JE SUIS L'ABYSSE

Né en 1973, Donato Carrisi est l'auteur d'une thèse sur Luigi Chiatti, le « Monstre de Foligno », un tueur en série italien. Juriste de formation, spécialisé en criminologie et sciences du comportement, il délaisse la pratique du droit pour se tourner vers l'écriture de scénarios. *Le Chuchoteur*, son premier roman, est un best-seller international et a remporté de nombreux prix littéraires, dont le Prix SNCF du polar européen et le prix des lecteurs du Livre de Poche en 2011. *La Fille dans le brouillard* et *L'Égarée* ont fait l'objet d'adaptations cinématographiques réalisées par l'auteur lui-même, avec respectivement Jean Reno et Dustin Hoffman dans les rôles-titres. Donato Carrisi est l'auteur de thrillers italien le plus lu au monde.

Paru au Livre de Poche :

Le Chuchoteur
L'Écorchée
L'Égarée
La Femme aux fleurs de papier
La Fille dans le brouillard
Le Jeu du chuchoteur
La Maison des voix
Malefico
Tenebra Roma
Le Tribunal des âmes

DONATO CARRISI

Je suis l'abysse

TRADUIT DE L'ITALIEN PAR ANAÏS BOUTEILLE-BOKOBZA

CALMANN-LÉVY

Titre original :
IO SONO L'ABISSO
Publié par Longanesi & C., Milan.

ISBN : 978-2-253-93787-6 – 1re publication LGF

À Antonio et Vittorio,
Mes fils, mes plus belles histoires

« *Why I should pity man more than he pities me ?*
Pourquoi devrais-je avoir de la pitié pour ces hommes
qui n'en ont pas pour moi ? »
Frankenstein ou le Prométhée moderne,
Mary SHELLEY, 1818

« Il est à la maison ! »
Frankenstein, réalisé par James WHALE, 1931

7 juin

Sur l'inscription, en hauteur, il manque des lettres et certaines sont tordues. Il n'a que cinq ans, il ne va pas encore à l'école, mais il reconnaît le *G* et le *H*, et il sait que le petit rond est un *O*, la même forme que celle de ses lèvres à cet instant, sous l'effet de la stupeur.

— *Grand Hôtel*, lit Vera pour lui en indiquant le gros bâtiment qui les attend, silencieux. Un grand hôtel pour une grande aventure, qu'est-ce que je t'avais dit ?

Les fenêtres closes sont des yeux aveugles ; les fissures sur les murs, des sillons tracés par des larmes séchées. Les inscriptions et les dessins colorés, qui n'ont plus rien de joyeux, lui donnent des airs de vieux géant humilié. La porte automatique, barrée par des planches de bois, ressemble à un manège cassé. De petits arbustes ont poussé, trouant l'asphalte tels des doigts de squelettes sortant de leurs tombes.

Hormis un chœur de cigales invisibles, on n'entend que les pas de Vera et le frottement des tongs en plastique de l'enfant. Vêtu d'un short bleu et d'un débardeur, il est à contretemps, incapable de tenir le rythme. Au contraire, Vera, élancée comme un flamant rose, dégage une grande confiance en elle, perchée sur ses sandales aux brides étincelantes.

Malgré le soleil aveuglant, l'enfant ne peut s'empêcher de lever les yeux pour admirer la femme qui marche à côté de lui. Elle porte des lunettes œil de chat aux verres foncés et trois gros bracelets qui glissent sur son coude quand elle retient le chapeau de paille qu'il aime tant, celui à la bande rose qu'ils ont volé ensemble dans un magasin de souvenirs. C'est lui qui lui a demandé de le mettre avant de sortir, et elle a accepté pour lui faire plaisir. Sous son short et son tee-shirt, Vera porte son bikini à fleurs vertes et jaunes de vedette de cinéma. Ses cheveux vaporeux, blond platine, brillent dans la lumière du matin. Sa peau est douce et lisse, avec de minuscules grains de beauté gracieux qu'on ne remarque que de très près.

En l'observant, l'enfant se sent triste. Il a parfois l'impression de ne pas mériter une maman si belle. Il est si mou et pataud, elle si parfaite.

— Avance, on est presque arrivés, le presse Vera, un peu agacée.

L'enfant est essoufflé, il voudrait lui demander de ralentir un peu, mais il se tait parce qu'il a peur qu'elle lui lâche la main. Cette proximité physique est si rare qu'il n'arrive pas à croire qu'elle ne se soit pas encore libérée de son contact moite.

Mais aujourd'hui, c'est une journée spéciale.

Vera porte sur son épaule un grand sac dans lequel elle a fourré les serviettes et le déjeuner : deux sandwichs et deux Coca-Cola. Une odeur de mortadelle flotte dans l'air et on entend les petites bouteilles qui tintent.

Aujourd'hui, c'est leur Grande Aventure.

Ils en parlent depuis des semaines. Le plus étrange, c'est que c'est elle qui l'a proposée. L'enfant a pensé que, comme les autres fois, Vera allait oublier. Mais non. Elle lui a fait une promesse et, apparemment, elle est en train de tenir parole.

Tant pis si l'endroit de la Grande Aventure n'est pas comme il l'imaginait. Au moins, il n'y a aucun homme-mouche avec eux, cette fois : c'est ainsi qu'il appelle les hommes qui se retournent sur Vera dans la rue, l'encerclent de leurs mille yeux et émettent un vrombissement incompréhensible et dérangeant, comme les mouches. Dans ces moments-là, Vera semble être la seule à ne s'apercevoir de rien. Parfois, l'un d'eux parvient à la faire rire. Alors elle le fait entrer dans sa vie, sans demander à son fils s'il est d'accord. Mais aujourd'hui, c'est différent. Aujourd'hui, personne ne fera rire sa mère, personne ne lui fera oublier son enfant.

Aujourd'hui, Vera est à lui, rien qu'à lui.

Désormais, il a compris que les hommes-mouches vont et viennent, mais ne restent pas. À un moment, Vera se lasse d'eux. Elle entre alors dans une phase où elle les ignore, et l'enfant s'en accommode. Parfois, l'un d'eux s'aperçoit de sa présence et, tel un père, entreprend de faire son éducation. Son souvenir de la dernière fois est une marque sous l'aisselle, le baiser brûlant d'une cigarette.

L'enfant ne sait pas qui est son véritable père. Il ne l'a jamais demandé à Vera. Probablement une des mouches de passage. Un petit gros qui, avant de disparaître, a mis sa laideur dans le ventre de Vera. Et le résultat, c'est lui. Voilà peut-être pourquoi Vera lui a interdit de l'appeler « Maman ». Il n'utilise ce mot que dans ses pensées. Et ils n'emploient jamais non plus le mot « famille ». Mais même Vera sait que, quand on met un enfant au monde, on doit lui expliquer les choses et s'assurer qu'il les apprenne. Par exemple, quelques semaines auparavant, ils ont vu un film où une « famille » organisait une sortie à la mer. Il y avait un enfant comme lui. Son papa lui offrait un masque de plongée et lui montrait comment s'en servir.

Voilà en quoi consiste la Grande Aventure : Vera lui a promis de lui apprendre à nager.

Il n'a pas de maillot de bain. Mais quand il l'a fait remarquer à Vera, avant de partir, elle a répondu : « Tu n'as pas besoin de maillot, ton slip fera très bien l'affaire. »

À cet instant, il s'en moque. Le cœur battant la chamade, il avance avec elle dans les buissons, enjambe gravats et morceaux de verre pour entrer par l'arrière du *Grand Hôtel*.

— Qu'est-ce que je t'avais dit ? s'exclame la femme avec enthousiasme en indiquant une piscine en forme de haricot.

L'enfant lâche la main de sa mère et reste cloué sur place. Il n'a que cinq ans, mais il a déjà appris à quel point il peut être douloureux de se fier à son imagination. Surtout quand elle naît d'une idée de Vera. Mais cette fois, c'est différent. Il en a la gorge nouée.

L'eau est noire. De petits insectes et quelques libellules volent au ras de la surface, qui évoque une pellicule transparente.

— Eh bien, qu'est-ce qui ne va pas ? demande Vera, agacée.

— Rien.

Mais il n'est pas crédible.

— Allez, dis-moi, qu'est-ce qui se passe ?

Il n'arrive pas à cacher sa déception.

— On peut toujours rentrer à la maison, menace Vera.

— Non ! On reste, dit-il d'une voix suppliante, craignant d'avoir tout gâché.

Vera le regarde, un sourcil levé derrière ses verres teintés, et sort une serviette de bain de son sac.

— On va chercher un endroit pour prendre le soleil.

Ils trouvent un espace entre des transats défoncés. Vera retire son short et son tee-shirt et s'allonge par terre.

— Tu ne te déshabilles pas ?

L'enfant retire son short, puis son débardeur. Il est gêné parce que sa mère le fixe. Il s'attend à ce qu'elle le traite de petit gros ou de gros lard, comme d'habitude. Mais pas cette fois.

— Pourquoi tu ne plonges pas ?

En voyant sa réaction, Vera éclate de rire, avant de fouiller dans son sac.

— J'ai une surprise pour toi…

Une surprise ? En général, les surprises de sa mère ne sont pas drôles. Comme la fois où elle a dit qu'elle partait lui acheter un cadeau d'anniversaire et qu'elle l'a laissé seul à la maison pendant trois jours.

Mais Vera sort une paire de brassards gonflables.

— Au début, tu vas mettre ça. Tu apprendras plus vite, explique-t-elle avant de les gonfler.

Il n'en croit pas ses yeux. Vera a déjà volé pour lui dans un magasin ou un supermarché. Des chaussures, des vêtements… Tout ce que l'enfant possède, y compris ses jouets, a été chapardé ou trouvé dans une poubelle. Une fois les brassards gonflés, elle l'aide à les enfiler. Il observe avec joie les boudins orange autour de ses bras. Maintenant, il faut trouver le courage d'entrer dans cette eau trouble.

— Et voilà, tu es prêt, l'encourage-t-elle.

L'enfant s'élance, confiant, mais s'arrête net : sa mère n'est pas à côté de lui. Toujours assise sur son drap de bain, elle allume une cigarette.

— Tu ne viens pas ? demande-t-il en regardant la piscine.

— Je finis ça et j'arrive. Commence, toi.

L'enfant voudrait l'attendre.

— Qu'est-ce qu'il y a… tu as peur ?

Il n'aime pas ce ton, qu'il connaît trop bien. Elle l'emploie souvent en présence des hommes-mouches, et les adultes finissent par se moquer de lui tous ensemble.

— Je n'ai pas peur, affirme-t-il en essayant d'avoir l'air sûr de lui.

Il ne veut pas gâcher cette journée, alors il se rapproche à nouveau de la piscine. Une fois au bord, il tend le pied et trempe un orteil dans l'eau, qui ressemble à de la gélatine. Il sait que Vera le fixe, il sent son regard entre ses omoplates. Sans tergiverser davantage, il s'assied et immerge ses jambes jusqu'aux genoux. Elles disparaissent dans l'ombre liquide tandis qu'un frisson glacial remonte le long de son dos. Il prend de grandes inspirations.

— Les brassards te permettront de flotter, le rassure Vera depuis sa serviette. Et puis je te surveille.

L'enfant cherche la force d'entrer dans ce liquide stagnant. Il sait qu'il n'a pas beaucoup de temps. Le temps est l'allié de la peur, il l'a appris la fois où Vera a lancé sur lui un cendrier en verre, parce qu'elle était malheureuse et qu'elle avait trop bu. Une seconde d'hésitation et il s'est retrouvé avec une grosse coupure derrière l'oreille gauche.

— Si tu n'y vas pas tout seul, je t'y balance, dans cette putain de piscine, poursuit sa mère d'une voix sombre en tirant sur sa cigarette.

L'enfant ferme les yeux et se laisse glisser.

Au début, il coule, mais quelque chose le ramène vers le haut. Les brassards le font flotter dans le bouillon noir. Pourtant, il a la désagréable sensation que la piscine s'est réveillée. Alors il bouge frénétiquement les pieds, plus pour lui échapper que pour nager.

— Tu as vu, ce n'est pas difficile ! Maintenant, essaie d'avancer un peu.

Avancer ? Qu'est-ce que ça veut dire ? Il n'a aucune idée de comment diriger son corps d'un côté ou de l'autre. Toutefois, pour ne pas la décevoir, il agite les bras et se dirige vers le centre. Il se sent fier en l'atteignant, mais cela ne dure pas : il y a quelque chose sous lui. Quelque chose qui essaie de l'attraper. Une caresse sur sa cheville. Il sursaute. Une main ? Il pousse un cri aigu, « de gonzesse », dirait Vera, tandis que son pied accroche un corps étranger qui émerge un instant à côté de lui, avant de replonger. Une branche solitaire et noueuse. Il entend sa mère rire au loin. Soudain, son attention est attirée par un très léger courant d'air qui arrive tout droit sur sa joue. Mais d'où vient-il ? Il regarde le haut de son bras droit.

Il y a une petite marque sur le plastique orange.

Ce petit trou insignifiant suffit à laisser échapper l'air. Au fur et à mesure que la bouée se dégonfle, il sent son bras s'alourdir. Il voudrait retourner vers le bord, mais avant qu'il puisse réagir, la même chose se produit dans l'autre brassard.

Ce qui le maintenait au-dessus de l'abysse est en train de l'abandonner.

Il se débat, convaincu que l'eau croupie veut le retenir. À plusieurs reprises, elle monte au-dessus de son menton et le liquide envahit sa bouche. La piscine ne veut pas le laisser partir. Sa première réaction est d'avertir Vera. Il parvient à lever la tête vers elle et à prononcer son prénom presque en entier. Il aperçoit sa mère, juste un instant, et c'est l'effarement.

Vera a ramassé sa serviette et la range dans son grand sac.

Saisi de panique, il se raidit et finit sous l'eau. Il peine à remonter à la surface : Vera, qui a remis son chapeau de paille et ses lunettes de soleil, est en train de s'éloigner en roulant des hanches sur ses sandales aux brides étincelantes. Son cœur d'enfant lui dit que ce n'est pas vraiment en train de se passer. Il crie, il l'appelle. Elle ne répond pas et, en attendant, il avale encore de l'eau amère qui lui coupe la respiration. Il se débat, il coule. Il penche la tête vers l'arrière pour la chercher du regard. Elle est partie. Elle n'est plus là. Sa mère n'est plus là.

Les brassards ne sont plus que des appendices flasques. Il pleure et fait des moulinets avec ses bras.

Des détritus remontent de l'abysse, l'entourent. Bouteilles en plastique, canettes, bidons rouillés, sacs-poubelle. Dans une tentative désespérée de se sauver, il s'agrippe aux déchets, en vain. Ses gémissements sont suffoqués, des larmes chaudes coulent le long de ses joues. L'horreur explose dans son ventre en même temps que l'angoisse. Le bord de la piscine est à la fois tout proche et très loin. Il coule, remonte à la surface. Pour combien de temps ? Sa prochaine inspiration pourrait être la dernière, il le sait. Il ne se résigne pas et se démène comme un diable, il essaie de résister au flux de l'eau qui l'entraîne vers le bas. Le bord se rapproche. Mais pas assez.

Pas assez !

Ses forces l'abandonnent. Ses jambes, raidies par les crampes, sont sur le point de lâcher. Quant à ses bras, il ne les sent plus. « Le petit gros est en train de couler », se moque-t-il lui-même en imitant la voix sans pitié avec laquelle Vera s'est si souvent adressée à lui.

Toutefois, précisément à ce moment, il fait une découverte inattendue. Un secret silencieux enfoui à l'intérieur de lui, peut-être depuis toujours, dissimulé sous les bourrelets.

Une irrésistible force inconnue.

Ses bras qu'il croyait inertes se tendent d'eux-mêmes et giflent violemment la surface de l'eau, ses pieds et ses jambes se réaniment pour le propulser. Il ne sait pas d'où vient cet instinct. C'est comme si quelqu'un d'autre avait pris le contrôle de son corps. Il ressort la tête et reprend son souffle. Ses poumons se remplissent d'air.

Encore un effort. Un autre. Puis il sent le mur et s'y cramponne tant bien que mal. Il reste ainsi, tremblant, secoué par des spasmes incontrôlables, ses doigts blancs agrippés aux carreaux de la piscine. Les secondes passent, puis les minutes. Le seul bruit qui l'entoure est le chant indifférent des cigales. Toujours rivé au bord, il avance avec prudence jusqu'à l'échelle rouillée, à laquelle il manque des barreaux. Il se hisse comme il peut et sort de la fosse sombre. Il fait chaud mais il a si froid. L'urine coule entre ses jambes, il ne s'en rend pas compte. Il ne perçoit que son cœur emballé.

— Maman… appelle-t-il pour la première fois d'une voix étranglée. Maman…

Il sanglote, tant pis si elle se moque de lui.

Il ne sait pas quoi faire ni où aller. Il n'a que deux certitudes.

Sa mère l'a laissé seul. Et maintenant, il sait nager.

1

L'endroit le plus tranquille de la Terre.

L'homme qui nettoyait l'avait lu dans un journal abandonné dans l'autobus, longtemps auparavant.

Le titre se référait au lac de Côme.

En réalité, l'article parlait de maisons, pas de personnes. De maisons vides constituant d'« excellents investissements ». Du moins c'était ce qu'il avait compris. Il ne lisait pas très bien et souvent le sens des phrases lui échappait, mais il avait été frappé par ces mots, qu'il avait interprétés comme un signe.

Ce matin de la fin du printemps, prêt à entamer sa tournée de ramassage des poubelles dans un quartier de villas entourées de verdure, il y repensait.

L'écran de sa montre à quartz, à laquelle il avait confié la mission de rythmer sa vie, indiquait cinq heures moins dix. Il faisait encore nuit noire. On apercevait le lac à l'horizon, longue ligne graphite, noir et argent. Il n'y avait pas âme qui vive sur la petite route sinueuse qui grimpait sur la colline. Au volant du camion-poubelle bleu et vert des services municipaux, il avait légèrement baissé la vitre pour faire entrer l'air frais sans décoiffer ses cheveux acajou bien peignés, avec une raie au milieu.

L'homme qui nettoyait observait les maisons en imaginant le silence qui y régnait, le sommeil de leurs habitants encore lovés sous leurs couvertures. Les jeunes couples, ceux avec des enfants, les conjoints de longue date. Chacun dans son lit. Et puis il y avait ceux qui, pour une raison ou pour une autre, n'avaient pas de famille. Les veufs, les divorcés et ceux qui n'avaient rencontré personne. Des gens seuls. Beaucoup d'entre eux mouraient sans héritiers, voilà pourquoi il y avait tant de maisons inhabitées.

— L'endroit le plus tranquille de la Terre, dit-il à voix basse.

Mais aussi le plus solitaire, bien que personne ne le dise. Pourtant, dix ans plus tôt, c'était justement pour cette raison que l'homme qui nettoyait avait choisi de s'installer ici. Au milieu de toutes ces solitudes, désormais il y avait aussi la sienne.

Il se gara et coupa le moteur. En faisant attention à ne pas se décoiffer, il cala sur sa tête la casquette des services municipaux. Il descendit, referma la portière et fut accueilli par un calme protecteur. Il retira ses lunettes de vue à la monture en nickel, nettoya les verres avec l'extrémité du gilet orange qu'il portait par-dessus son uniforme vert foncé et les chaussa à nouveau pour observer les alentours. Bientôt, des fenêtres s'éclaireraient, prémices de la frénésie imminente.

Mais pas encore. Pour le moment, il était toujours le maître incontesté de la création.

Il lui restait deux ou trois minutes avant de commencer sa tournée. Il décida d'en profiter sans troubler cette douce immobilité. À cette heure, certains gestes banals prenaient une signification différente, gratifiante. Comme se faire craquer les doigts et entendre ce faible son amplifié par la paix. Toutefois, ce qu'il aimait plus que tout était respirer. Il inspira et expira à pleins poumons. Un des petits plaisirs de la vie, auquel la plupart des gens accordaient peu d'attention. L'homme qui nettoyait, lui, avait appris à l'apprécier à cinq ans, alors qu'une piscine putride tentait de l'engloutir.

L'air matinal était le meilleur, alors il essayait toujours de se faire assigner la première tournée. Cela comportait l'avantage, outre le fait de ne pas avoir à interagir avec ses collègues, de profiter de la quiétude du matin. Un privilège aussi intime ne pouvait être partagé avec personne. L'homme qui nettoyait était taciturne. Même quand il pensait, ses raisonnements étaient de longues réflexions où les images défilaient dans sa tête, accompagnées de sensations très simples.

Toutefois, son introversion mettait les gens mal à l'aise.

Il ne voulait pas gêner les autres par sa présence. Personne n'apprécie la compagnie de quelqu'un qui ne parle pas, ne fume pas, ne boit pas d'alcool, ne s'intéresse ni au sport ni aux femmes et n'a ni épouse ni enfants dont il pourrait se plaindre. Un homme sans amis. Un homme qui n'en a pas besoin, aurait-il dit s'il avait été capable de le formuler. En effet, l'homme qui nettoyait ne possédait pas de définition de lui-même.

Nettoyer était ce qui le représentait le mieux.

Il était conscient de la perception négative de son travail : les gens comprenaient que quelqu'un doive s'occuper de leurs déchets, mais éprouvaient une pitié silencieuse pour ceux qui s'en chargeaient. Comme s'il s'agissait d'un acte de contrition, ou d'une condamnation. Mais cela ne lui pesait pas, au contraire. Il n'était pas incommodé par les mauvaises odeurs, ni gêné de mettre les mains dans ce que les autres rejetaient. Il fallait bien que quelqu'un accepte cette mission ingrate, c'était une loi irréfutable de la vie.

À Côme et dans la région, ce travail était fait avec discrétion. C'était une sorte de tour de prestidigitation. Chaque nuit, jusqu'au lever du soleil, les opérateurs des services municipaux qui prenaient en charge la dernière tournée, celle de minuit, nettoyaient la ville. Trois fois par semaine, avant de laver les rues, les petits camions bleu ciel et vert passaient de maison en maison récupérer les sacs-poubelle que chaque citoyen déposait sur le trottoir la veille au soir. Fermés hermétiquement, de couleur différente selon le contenu, ils étaient ramassés pour le tri selon un calendrier précis.

Le jeudi était le jour des déchets organiques.

La montre à quartz de l'homme qui nettoyait émit un bref signal électronique : cinq heures pile. Sa tournée pouvait commencer. Il prit ses gants de travail dans son camion et les enfila. Au moment où l'aube pointait, faisant briller la surface du lac de mille étincelles, il emprunta la rue déserte pour ramasser les sacs-poubelle devant les portails des villas. Quand il en avait rassemblé suffisamment, il revenait sur ses pas et les lançait un à un dans la benne du milieu, avant de les écraser avec un bâton. Il était aussi scrupuleux que silencieux.

Il s'occupait de ce quartier depuis six semaines et, selon l'ordre de rotation, il en changerait le lendemain. Il le regrettait un peu, il s'y était habitué. Il lui faudrait recréer une routine ailleurs.

Par exemple, depuis six semaines, chaque fois qu'il arrivait à la hauteur du numéro 23, il s'arrêtait pour regarder la petite villa datant du début du XXe siècle, avec ses drôles de fenêtres en pointe et ses pinacles sur le toit, entourée d'une grille. Elle était à mi-chemin entre l'église et le petit château. Les rideaux en dentelle étaient tirés mais sur un des larges rebords, à côté d'un vase d'hortensias, on apercevait un gros coussin où dormaient cinq chats. Un argenté, un noir et blanc, un au poil fauve et deux tigrés.

En prenant congé pour la dernière fois de cette maison singulière, l'homme qui nettoyait remonta ses lunettes, puis ramassa le petit sac de déchets organiques déposé à côté de l'entrée.

Il pesait moins de deux kilos.

Côme était la ville la plus tranquille et solitaire du monde. Et au milieu de toutes ces solitudes, en plus de la sienne, il y avait celle de la personne qui vivait dans cette maison.

Il retourna vers le camion mais, au lieu de jeter le sac avec les autres, il ouvrit la portière et le glissa sous le siège du conducteur.

Puis il monta, démarra et poursuivit sa tournée.

2

Vers quinze heures, un après-midi ensoleillé mais frais, un employé comme tant d'autres, en civil, sortit du dépôt pour rentrer chez lui.

L'homme qui nettoyait achetait ses vêtements en supermarché et les choisissait passe-partout. Il privilégiait les couleurs neutres, généralement un jean clair, un pull foncé et une chemise bleu ciel ou blanche, ainsi qu'un blouson en polyester gris clair avec une capuche qu'il pouvait sortir du col en cas de pluie.

Ce jour-là, il portait aussi un sac noir en bandoulière.

Il changeait au moins quatre fois de bus pour regagner la banlieue où il vivait, bien qu'il y en eût un direct. Ce choix ne reposait sur aucune raison spécifique, sinon sa prudence.

Il descendit à son arrêt habituel et avança, tête baissée et mains dans les poches, sur l'esplanade qui servait de cour à un ensemble d'immeubles. Son sac rebondissait sur sa hanche à chaque pas. Il traversa des groupes d'enfants qui disputaient des matches de foot improvisés sur des terrains maladroitement tracés à la craie sur le bitume. Des femmes fumaient en discutant entre elles ou au téléphone dans des langues incompréhensibles, certaines berçant doucement leurs bébés dans des poussettes, d'autres gesticulant de façon exagérée. Les hommes bavardaient dans leur coin, une bière à la main. Un mélange de rythmes et de musiques sortait des haut-parleurs des voitures garées, vitres baissées. Au milieu de cette humanité bruyante et voyante, l'homme qui nettoyait était un extraterrestre. C'était lui, l'étranger, pourtant il passait inaperçu, personne ne le saluait ni ne lui accordait le moindre regard. En théorie, il aurait pu être repéré, mais il savait depuis longtemps qu'il ne courait aucun risque : il était transparent. Autrefois, cela le faisait souffrir, mais il avait changé d'avis. Combien de personnes avaient ce pouvoir ? Cela le distinguait du commun des mortels.

Je suis invisible.

Il s'introduisit dans le hall de l'une des grandes barres HLM. Un réservoir d'eau était installé sur le toit. Il prit le seul ascenseur en état de marche pour gagner le septième étage. Son appartement était situé au fond d'un couloir sombre, protégé par les trois serrures sécurisées qu'il avait installées le jour de son emménagement. Il fouilla dans la poche de son blouson en polyester et en sortit un petit char d'assaut en fer-blanc, auquel étaient accrochées ses clés. Il ouvrit les serrures.

Il franchit le seuil puis blinda à nouveau le monde derrière lui, avec soulagement.

Il disposait de deux petites pièces et d'une salle de bains étroite. La première servait de salon et kitchenette ; le soir, le canapé se transformait en lit. La seconde se trouvait derrière une porte verte avec une poignée en laiton bruni.

Elle était fermée à clé.

Adossé à la porte d'entrée, l'homme qui nettoyait attendit. Le tapage qui montait de l'esplanade était atténué par le bruit des téléviseurs allumés, les disputes domestiques et les pleurs des bébés. Toutefois, au bout de quelques secondes, un acouphène envahit sa tête et les sons s'évanouirent.

La lumière qui arrivait par la fenêtre était brumeuse à cause du plastique opaque dont il avait recouvert les vitres. Le panorama d'immeubles en béton ne l'intéressait pas, et surtout il ne supportait pas l'idée que les voisins puissent l'espionner. Quand ses yeux se furent habitués à la pénombre, il examina la pièce pour s'assurer qu'il n'avait reçu aucune visite inattendue. Pour entrer chez lui, il aurait fallu traverser des murs, pourtant son instinct le poussait tout de même à inspecter son domicile. Il ne possédait ni ordinateur, ni téléviseur, ni aucun objet de valeur. N'ayant personne à appeler, il n'avait pas non plus de téléphone portable. Quant à l'argent, les services municipaux le lui versaient sur un compte postal dont il ne prélevait que le strict nécessaire. Néanmoins, il ne supportait pas l'idée qu'un étranger puisse violer ou, pire encore, contaminer son espace privé. Heureusement, tout était tel qu'il l'avait laissé ce matin-là. Chaque chose exactement à sa place.

Surtout la table au centre de la pièce. Sous la nappe à fleurs, il avait caché des objets.

L'homme qui nettoyait retira ses chaussures et les disposa près de l'entrée. Puis il accrocha son sac à une patère et ouvrit la porte gauche d'une petite armoire. Il ôta ses vêtements et les rangea soigneusement. En slip bleu ciel et chaussettes blanches, il observa son reflet dans le miroir fixé à l'intérieur du meuble : son corps glabre et grassouillet, ses hanches trop larges, sa peau laiteuse parsemée de petits grains de beauté, ses lunettes de myope et ses cheveux roux, bien peignés.

« Tu ne plonges pas ? »

Il secoua la tête et referma l'armoire pour chasser cette pensée. Il saisit un long tablier en plastique foncé et l'enfila, puis il reprit son sac noir et fit lentement glisser la fermeture pour en sortir le sachet de déchets organiques ramassé le matin devant le numéro 23. Le tenant entre deux doigts, il se dirigea vers la table et replia la nappe de sa main libre, dévoilant ce qu'elle cachait.

Disposés avec soin, de gauche à droite étaient alignés sept boîtes ouvertes de nourriture pour chat, trois paquets vides de croquettes, quatre flacons cassés de vermifuge pour félins, un pot de crème antirides bon marché dont il ne restait qu'un fond jauni, un tube de crème anticellulite vide, une plaquette où manquaient huit cachets amaigrissants, des collants de contention filés, une douzaine de bandes dépilatoires recouvertes de poils noirs, un flacon de teinture pour cheveux blond platine utilisée aux trois quarts, une brosse à dents rose aux poils consumés, dix-neuf paquets froissés de cigarettes Vogue, un briquet vert de la marque Bic, trois bouteilles vides de vodka bas de gamme, deux grandes bouteilles en plastique de limonade, une vieille ordonnance médicale pour un « anxiolytique Lorazepam, 2 mg, en gouttes, trois fois par jour », trois flacons vides de Lorazepam en gouttes, une carte de recharge téléphonique utilisée, des revues *people*, des tickets de caisse agrafés, et enfin une boîte d'allumettes portant le logo d'une discothèque.

Le Blue.

L'homme qui nettoyait observa le petit trésor de déchets accumulés au fil des dernières semaines, qui provenaient tous du numéro 23. Il avait sélectionné ces objets avec beaucoup d'attention, écartant le reste, en partant d'une thèse échafaudée au fil des ans.

Les poubelles d'une personne racontent sa véritable histoire. Car, à la différence des gens, les poubelles ne mentent pas.

On peut beaucoup apprendre de ce que jettent les gens. Dans le fond, c'était pour lui une façon d'interagir avec d'autres êtres humains. Mais pas avec tous : il s'intéressait uniquement à ses semblables.

Les solitaires.

Par terre, il y avait une bassine bleue. Il l'installa sur la partie de la table restée libre et déposa le sac-poubelle à l'intérieur. Il ouvrit un tiroir puis enfila des gants en latex. Enfin, il se munit d'une paire de ciseaux.

Après avoir découpé la partie supérieure du sac, il le retourna pour en renverser le contenu.

Sans surprise, les restes des derniers repas de la seule occupante de la villa du numéro 23 confirmaient ses habitudes frugales. L'homme qui nettoyait entreprit de les trier du bout de ses doigts gantés, pour mieux les examiner. Ces vestiges de repas, ajoutés à la qualité des objets disposés sur la table, indiquaient que cette femme n'avait pas de gros moyens. C'était d'ailleurs confirmé par les tickets de caisse. Toutefois, il y avait quelque chose de plus.

Une histoire cachée dans les nuances, quasi invisible pour un œil inexpérimenté.

L'homme qui nettoyait était doué pour saisir ce sens caché, c'était là son véritable talent. L'ensemble des restes devant lui composait le portrait d'une personne qui préférait nourrir ses chats plutôt qu'elle-même. L'alcool et le tabac n'étaient pas des plaisirs, mais des façons d'anesthésier sa tristesse. Et son obsession pour son apparence révélait sa tentative désespérée d'améliorer son existence avant qu'il ne soit trop tard. Mais la seule façon d'échapper à son malheur était d'envier le bonheur des autres, exhibé sans aucune pudeur dans les photos de la presse à scandale.

Toutefois, au-delà de ces spéculations, un autre point intéressait l'homme qui nettoyait : ces déchets contenaient la preuve que, pendant six semaines, l'habitante du numéro 23 n'avait reçu d'invités ni au déjeuner, ni au dîner, ni même pour un thé ou un café. Ses repas solitaires exprimaient le gouffre de l'abandon que vivait cette femme. Et quand l'affection de ses chats ne lui suffisait plus, elle cherchait probablement un peu de chaleur humaine dans les rencontres d'un soir qu'offrent les boîtes de nuit ringardes.

Comme le Blue.

L'homme qui nettoyait retira ses gants et sortit d'un tiroir un petit cahier à rayures entre les pages duquel un crayon était caché. Il le feuilleta rapidement : pendant des jours, il avait noté tout ce qu'il avait trouvé dans les poubelles de la femme. On aurait pu lui dire qu'il était mal de se mêler des affaires des autres. On aurait pu l'accuser de fureter.

« Espèce de sale fouineur ! »

Il aurait rétorqué que ce n'était pas vrai : ce faisant, il récupérait des ressources réutilisables qu'il remettait dans le cycle productif. Du verre, du fer, du plastique et de l'acier, auxquels il donnait une deuxième vie, contribuant à un cercle vertueux.

En fait, ce qu'il sortait des poubelles était bien plus précieux.

Par scrupule, il compléta la dernière liste, bien que conscient d'avoir déjà atteint son but. Quand il referma le cahier, il se sentit satisfait du travail accompli. Bientôt, il remballerait le sac de déchets organiques pour le jeter. Mais il pouvait aussi se débarrasser du reste : désormais, il avait compris la véritable histoire de l'habitante du numéro 23. Celle que probablement personne ne connaissait. Et dont tout le monde se fichait, sans doute. Lui, au contraire, se considérait comme le dépositaire de l'intimité d'un autre être humain. Mais cette femme pouvait être tranquille : ses secrets étaient en sécurité et ne seraient utilisés qu'à bon escient.

Il allait ranger le cahier quand son attention fut attirée par quelque chose qui brillait au milieu de la bouillie dans la bassine. Il se pencha, creusa avec la pointe du crayon et fit émerger un fragment coloré qui lui avait échappé jusque-là. Il le prit entre ses doigts, le nettoya avec un pan de son tablier et le plaça devant ses yeux.

Un ongle cassé, verni de rouge.

Il le fixa, stupéfait et enchanté. C'était bien plus qu'un simple déchet. C'était une partie de son corps.

Une relique.

Il le posa délicatement sur la table. Il émettait une étrange radiation, un signal profond qu'il percevait distinctement. Il se sentit excité : cet ongle cassé était son premier véritable contact avec l'Élue.

L'homme qui nettoyait se tourna vers la porte verte : il se sentait à nouveau prêt à l'ouvrir.

Le moment était venu d'en référer à Micky.

3

Le Blue était un bâtiment massif en béton brut, situé au milieu de nulle part.

À vingt et une heures quinze, Micky fit son entrée sur le parking, où stationnaient huit véhicules, dont un vieux minibus faisant office de navette. L'enseigne en néons indiquait *Dancing Blue*, mais plusieurs lettres étaient éteintes. Les baies vitrées du lieu avaient été colorées en bleu, mais on apercevait les stroboscopes de la salle à travers les fissures de la peinture.

Micky éteignit le moteur de sa fourgonnette Fiat Fiorino et retarda le moment d'en descendre. Avec les années, il avait appris la patience, une vertu fondamentale pour garder le contrôle de soi. Cela faisait partie des règles qu'il s'était imposées, et désormais il maîtrisait parfaitement ses pulsions. Il était patient et bon observateur, deux qualités tout aussi importantes.

On entendait les basses depuis l'extérieur. Dans sa tête, la musique se transforma en chœur de voix qui priaient pour lui.

Ils savaient qu'il arrivait.

Chaque chose doit être soigneusement étudiée, sans hâte, se dit-il pour refouler l'instinct qui pressait dans son ventre. Aussi, quand il fut certain qu'aucune surprise ne l'attendait, il descendit de sa voiture et se dirigea vers l'entrée.

Il portait un blazer en cuir noir, un pantalon assorti, une chemise claire à fleurs au col en pointe, une cravate fine couleur pourpre, une ceinture à boucle argentée et des bottines.

Ses cheveux étaient blond platine.

Une caissière lasse lui tamponna le dos de la main en l'informant que la première consommation était gratuite. Micky écarta un rideau rouge et se retrouva dans une grande salle aux lumières tamisées. À ce moment-là, sous l'effet des lampes à rayons ultraviolets, le tampon sur sa main afficha un ticket à présenter au bar. *Intéressant*, pensa-t-il.

La boîte de nuit organisait des « jeudis dansants à thème », et ce soir-là c'était la musique folk. Toutefois, les clients venaient surtout parce que le jeudi l'entrée était moins chère et incluait une consommation.

Micky observa les lieux derrière ses verres teints.

Sur une petite scène, un groupe de cinq musiciens jouait pour quelques couples qui dansaient, enlacés, sous une boule à facettes. Entre le bar, la piste et les petits canapés, il estima le nombre de clients à une quarantaine. Il les étudia avec attention. Comme il l'imaginait, les habitués du Blue avaient passé la soixantaine.

Il ne lui fallut que quelques secondes pour identifier la femme blond platine assise seule dans la zone fumeurs : elle tenait une Vogue entre ses doigts, et son gobelet en plastique contenait sans aucun doute une vodka-tonic.

Les informations de l'homme qui nettoyait étaient exactes.

Micky se dirigea vers le bar, montra sa main tamponnée et commanda un Coca-Cola. Puis il déambula, son verre à la main, en battant le rythme de la tête, faussement enjoué. En réalité, il tenait à l'œil la femme qui fumait.

Il attendait qu'elle le remarque.

Bientôt elle me verra, se dit-il, parce qu'elle est à l'affût. Or, soit les autres hommes étaient déjà en couple, soit ils n'étaient pas des concurrents à la hauteur. En effet, Micky possédait une qualité qui leur échappait.

La jeunesse.

Micky baissait la moyenne d'âge du lieu. Sa présence détonnait juste assez pour qu'il devienne la proie d'une femme plus âgée.

Comme prévu, la blonde aux fines cigarettes le remarqua.

Du coin de l'œil, il la vit changer de position pour pouvoir observer plus aisément l'énigmatique inconnu. Elle se demandait sans doute ce qu'il faisait dans un pareil endroit.

Elle n'a pas encore trouvé de compagnie pour la soirée, se dit Micky. *Tant mieux.* Et quand elle refusa poliment l'invitation à danser d'un type, il eut la preuve de son intérêt.

Elle m'attend.

Satisfait, il fit quelques pas dans sa direction, puis sortit un paquet de Marlboro et un Zippo : sous prétexte de fumer, il se plaça juste derrière le petit canapé où elle était installée.

La femme était concentrée sur la piste de danse, mais elle avait senti la présence de Micky, car sa pose mettait en avant ses attributs féminins. Micky détailla sa silhouette. La soixantaine, maquillage pour couvrir les rides. Des plis dans le cou, une peau grise à cause du tabac. Robe noire en dentelle, au décolleté généreux. Des sandales à talons qui dévoilaient un disgracieux oignon au pied. Des bijoux voyants. Et un parfum capiteux qui se mêlait à l'odeur du tabac au menthol.

L'air désinvolte, la femme tendit la main vers la table basse pour attraper sa vodka-tonic. Elle aspira longuement dans la paille tachée de rouge à lèvres, puis martela son verre vide avec ses doigts. C'est alors qu'il remarqua ses ongles vernis de rouge, et notamment celui de son majeur, qui était cassé. Il eut la confirmation que l'inconnue était bien l'habitante du numéro 23. Même s'il le savait déjà. Il l'avait toujours su.

L'homme qui nettoyait avait été malin de débusquer ce détail.

Elle se pencha en avant pour éteindre son mégot dans un cendrier, puis sortit une autre cigarette de son petit sac à main perlé de strass. Il profita de l'occasion pour faire un pas en avant et lui tendre la flamme de son Zippo. Elle se retourna et, feignant la surprise, accepta avec un sourire.

— Magda, se présenta-t-elle.

— Micky.

Il s'assit.

— C'est la première fois que tu viens au Blue, Micky ?

— J’en ai beaucoup entendu parler, mais c’est la première fois, en effet. C’est sympa.

— Cette soirée n’est pas la meilleure, dit-elle en indiquant la piste.

— Tu viens souvent ?

— Quand je peux. Le week-end, il y a plus d’animation, mais les autres jours une navette emmène ceux qui, comme moi, ne conduisent pas. Et la musique est pas mal.

Le groupe jouait une reprise folk d’un morceau que Micky avait déjà entendu. Sans doute un classique, mais il n’en était pas sûr. Il pria pour que Magda ne lui propose pas de danser. Pas tout de suite.

— Qu’est-ce que tu bois ? demanda la femme.

— Un Cuba libre.

C’était un mensonge. L’alcool endormait les sens, or il devait rester lucide.

— Qu’est-ce que tu fais dans la vie ? Tu es dans quel domaine ?

Magda alimentait la conversation pour faire connaissance plus vite.

— Je suis représentant de commerce. En chaussures pour femmes.

Il avait entendu un jour que les femmes étaient folles des chaussures et que, si elles pouvaient, elles passeraient leur temps à en parler et à les comparer. En effet, Magda se montra immédiatement intéressée, aussi il poursuivit.

— Je voyage beaucoup pour mon travail. C’est un peu dur, mais ça me plaît : je découvre des endroits, je rencontre des gens.

— Je me demande combien de belles femmes *jeunes* tu croises.

Il observa la bague à la pierre turquoise qu'elle portait à l'auriculaire de la main droite.

— C'est vrai, confirma-t-il avec nonchalance. Mais je ne juge pas les gens sur leur état civil… et puis il est rare qu'une femme me plaise.

L'autre accueillit le compliment sans grand enthousiasme.

— Que faut-il à une femme pour te séduire, alors ?

— Des cheveux blonds, répondit-il en la regardant.

Et c'était vrai.

Magda sourit, il profita de cet instant de silence pour lui prendre le poignet droit.

— Je peux ? demanda-t-il en le retournant pour lui lire les lignes de la main.

— Tu es voyant, ou quoi ?

— Parfois.

— Alors je t'en prie…

Micky retira ses lunettes noires, puis fronça les sourcils et se concentra, feignant de décrypter le mystère contenu dans les lignes qui se croisaient sur sa peau.

— Qu'est-ce que tu vois ?

Elle semblait anxieuse.

En attendant, il parcourait délicatement les lignes du bout des doigts, conscient qu'elle ressentait un mélange de plaisir et de chatouilles.

— Je vois une longue, longue attente dans ton passé, et un grand amour… Un amour tourmenté. Le destin, c'est à cause du destin si tu n'as pas pu réaliser ton rêve d'amour. Un destin défavorable et l'interférence de personnes méchantes et envieuses.

Il n'avait pas besoin de la regarder pour savoir qu'il avait fait mouche. Elle était silencieuse et son bras s'était raidi.

— Depuis, tu as cherché cette émotion chez tous les hommes que tu as connus, mais en vain… Tu as été blessée. Tu es devenue méfiante, et tu as bien fait.

— Il n'y a rien sur l'avenir ? demanda-t-elle timidement.

Il sourit.

— Je vois un long voyage, parce que tu as toujours voulu voir le monde. Je vois une surprise, quelque chose d'inattendu. Et je vois une rencontre qui changera tout pour toujours : je vois une personne…

— Qui est-ce ?

Il leva la tête et la fixa longuement de ses yeux bleus. Il la laissa deviner la réponse.

— En tout cas, tu es vraiment doué. Je boirais bien un autre verre, dit-elle en retirant sa main et en indiquant le tampon au dos pour indiquer qu'elle attendait qu'il le lui offre.

De toute évidence, elle avait pris goût à la situation.

— Bien sûr, dit Micky en remettant ses lunettes. Je vais te chercher à boire.

— Vodka-tonic !

Ça aussi, je le sais, aurait-il voulu répondre.

En allant vers le bar, il se félicita lui-même du déroulement de la soirée. Tout semblait très naturel. Il savourait d'avance le dénouement. Après les cérémonies et flatteries d'usage, ils pourraient passer aux choses sérieuses. De toute façon, je sais ce que tu veux, inutile de me faire croire le contraire. Il fallait juste attendre, ne pas se montrer pressé. Et surtout, choisir chaque mot avec soin. Il avait trop souvent, à ce stade, perdu la confiance péniblement acquise, juste à cause d'un mot de travers.

Il revint avec le cocktail demandé.

— Ça te dirait de danser avec moi ? proposa Magda.

Il se tut. En le voyant hésiter, elle fut déçue.

— Il est un peu tard, remédia Micky en regardant sa montre plaquée or. J'étais juste de passage, demain je travaille.

— Pas de problème.

Mais la femme s'était sentie rejetée.

— Le fait est que mon ex est partie en me laissant son chat… et il n'aime pas passer la nuit seul.

Cette confidence inattendue suscita la tendresse de la femme, qui se tourna à nouveau vers lui.

— Tu as un chat ?

— Eh bien, comme je t'ai dit, ce n'est pas vraiment le mien… Mais oui, maintenant il vit avec moi.

— Moi aussi j'ai des chats, je vois bien ce que tu veux dire.

— Ah bon ?! Quelle coïncidence !

— Et pour moi aussi, il est tard. Tu veux bien me raccompagner ?

— Bien sûr.

Il l'aida à enfiler sa veste, puis ils se dirigèrent ensemble vers la sortie. Une fois dehors, ils traversèrent le parking sans dire un mot. Micky sentait clairement l'électricité entre eux. La soirée était fraîche, leurs souffles se condensaient dans l'air. Il lui montrait le chemin, tout en s'assurant qu'il n'y ait personne dans les parages : le seul bruit était le claquement des sandales de la femme sur le sol. La fourgonnette était garée à l'autre bout, tout près de la route. Il accéléra.

À ce moment-là, il perçut une hésitation dans ses pas.

Elle a vu ma vieille voiture, se dit-il. *Son esprit a élaboré un signal de danger et elle ralentit.*

Mais Micky avait prévu ça aussi, alors il se tourna vers elle avec un sourire rassurant.

— Tu aimes les chaussures ? lui demanda-t-il. Quelle question idiote ! Quelle femme n'aime pas les chaussures ? J'ai des escarpins à te faire essayer, si tu veux. Quelle est ta pointure ? À vue de nez, je dirais trente-huit.

— Trente-huit, confirma-t-elle d'une voix très légèrement vacillante, en regardant la fourgonnette.

Il ne restait que quelques mètres, mais Magda ne donnait pas l'impression de vouloir poursuivre.

Micky fit mine de ne pas s'en apercevoir.

— C'est toujours la pointure qui s'épuise en premier dans les magasins, tu le savais ? Mais tu as de la chance, j'en ai plein dans mes échantillons.

Ensuite, au moment opportun, il sortit de sa poche le petit char d'assaut en fer-blanc qu'il utilisait comme porte-clés.

La femme remarqua le jouet.

— C'est mon neveu, le fils de ma sœur, qui me l'a offert. Je ne m'en sépare jamais.

Entendant parler d'une famille, elle se sentit rassurée.

— C'est très mignon. Maintenant, je sais que tu as un chat et un neveu.

Cette découverte semblait l'amuser. Elle prit quelques secondes pour réfléchir, puis décida qu'elle en savait suffisamment pour lui faire confiance.

Elle se dirigea vers le véhicule.

En parfait gentleman, Micky lui ouvrit la portière et attendit qu'elle soit bien installée avant de la refermer. Puis il fit le tour et monta à la place du conducteur. Il démarra et alluma le chauffage, car elle paraissait avoir froid.

— Merci, dit Magda en boutonnant le col de sa veste.

Une odeur de pin se diffusa dans l'habitacle, provenant d'un déodorant placé sur une des sorties d'air. L'autoradio s'éclaira. Il était réglé sur une station qui ne passait que d'anciens tubes italiens. Ils entendirent une vieille chanson d'amour. Micky sortit du parking du Blue et emprunta la longue route déserte. La brume qui montait du lac floutait la campagne environnante.

— Alors comme ça, tes cinq chats ne supportent pas non plus quand tu les laisses ? demanda-t-il alors.

— Parfois j'ai carrément l'impression que ce sont eux qui m'hébergent, blagua Magda.

Mais ensuite, elle s'arrêta net.

Micky s'y attendait : il avait posé la question exprès et était heureux qu'elle ait compris.

— Attends… poursuivit-elle la voix fêlée. Au Blue, quand je t'ai parlé de mes chats, je ne t'ai pas dit que j'en avais cinq.

Micky marqua une pause avant de confirmer calmement, sans quitter la route des yeux :

— C'est vrai. Tu ne me l'as pas dit.

4

Les brosses de la station de lavage avaient un effet hypnotique.

Les mains dans les poches, Micky les observait nettoyer sa Fiat Fiorino, envahi par une paix intérieure. Dans la station-service déserte, le froid de la nuit se mêlait à l'odeur d'essence. C'était régénérant. Micky avait déjà briqué l'intérieur de la voiture et passé la carrosserie au Kärcher. Quand le séchage fut achevé, il reprit le volant pour conduire le véhicule jusqu'au parking, où il le recouvrit d'une toile cirée grise.

Il rentra chez lui à une heure du matin.

Il se déshabilla calmement près de la porte, ramassa ses vêtements, les fourra dans un sac en plastique et les emporta dans la salle de bains.

Il alluma la lumière et se vit dans le miroir.

Il retira ses lunettes noires, qu'il posa sur le lavabo avec la bague à la pierre turquoise et la montre plaquée or. Puis il ôta ses faux sourcils et ses lentilles bleu clair.

Ensuite, il attrapa derrière ses oreilles les morceaux de fausse peau et fit lentement glisser sa perruque blond platine, dévoilant son alopécie. Il frotta son crâne pour enlever les résidus de colle et, ce faisant, caressa ses deux cicatrices verticales, symétriques, sur les côtés. Vingt-sept points d'un côté, vingt-trois de l'autre.

« Deux belles fermetures Éclair... »

Micky reposa sa perruque sur une tête en polystyrène, à côté de celle couleur acajou que portait habituellement l'homme qui nettoyait. Puis il brossa le postiche, muni de laque et d'un sèche-cheveux.

Il se glissa sous la douche et passa un gant exfoliant imprégné de savon au chlore sur tout son corps : cela brûlait et écorchait, mais c'était très efficace. Il utilisa une brosse métallique pour se débarrasser d'éventuelles impuretés sous ses ongles très courts et effaça le tampon du Blue sur sa main droite.

Puis vint le tour des vêtements.

Il plongea son pantalon, sa chemise, ses chaussettes et son slip dans la baignoire avec une lessive enrichie d'enzymes qui brisaient les liens protéiques entre les taches organiques et les tissus. Il ajouta une bonne cuillérée de bicarbonate de soude : disponible en supermarché, il était généralement utilisé en cuisine pour attendrir le rôti, mais il servait aussi à éliminer les résidus de liquide physiologique sur les habits de travail des employés des abattoirs.

En attendant que ses sous-vêtements sèchent, il enfila un masque doté d'un filtre à air et nettoya à sec, avec une solution d'eau distillée et de tétrachloréthane, sa cravate et la doublure en tissu de sa veste en cuir. Il tamponna l'extérieur du blazer avec un chiffon en lin imprégné de dissolvant à hydrocarbures raffinés. Il stérilisa sa montre, la bague, son portefeuille et sa ceinture avec un spray à l'ammoniaque, avant de procéder de même avec ses clés et le petit char d'assaut en fer-blanc. Il recouvrit les semelles en cuir de ses bottines avec un mastic à base de sulfate de chrome, puis il le retira. Des fibres et du terreau y étaient restés accrochés. Il frictionna ses chaussures avec un acide organique dilué avec de l'alcool à soixante-dix pour cent, puis les huila avec de la chromatine. Enfin, toujours nu, il repassa ses vêtements et les replia avec soin, dans le silence de son appartement.

À la fin de cette longue liturgie, Micky entra dans sa chambre. Un peu plus tard, l'homme qui nettoyait en sortit et referma la porte verte à clé.

La main sur la poignée en laiton bruni, il s'aperçut qu'il n'aimait pas prendre congé de Micky. Au début, leurs relations avaient été tourmentées, mais ils avaient fini par trouver un équilibre. Dans le fond, Micky était toujours resté à ses côtés. Bien que très différents, ils se complétaient à merveille. Il était timide, Micky expansif. Il était incapable de communiquer avec les gens, Micky employait les phrases qu'il avait entendues pendant des années dans la bouche des mouches qui tournaient autour de Vera. Par exemple, l'idée de lire les lignes de la main venait d'un camionneur serbe – sa mère était tombée dans le panneau. Micky lui donnait ce qu'il n'aurait jamais eu autrement : une vie. En échange, l'homme qui nettoyait prenait soin de lui. Il lui achetait des vêtements neufs, il économisait pour lui permettre de sortir le soir. Leur accord était satisfaisant. Jusque-là, leur cohabitation avait été pacifique. Une association parfaite.

Et surtout, à la différence des autres, Micky ne l'aurait jamais abandonné.

« Où que tu ailles, il te suffira de pousser une porte verte et je serai là. »

Un bref son électronique le ramena à la réalité : sa montre à quartz indiquait quatre heures deux du matin. Dehors, il faisait nuit.

Une journée parfaite commençait.

Le lendemain était toujours le meilleur moment. La sensation d'avoir tout réussi à la perfection était encore bien présente. Bientôt, le souvenir se consumerait, mais pas encore. Il devait donc profiter pleinement des quelques heures à venir.

Il prépara la cafetière moka et la posa sur le gaz comme un jour normal. Bientôt, il partirait au travail. Il était important de ne pas changer ses habitudes. Bien qu'épuisé, il n'avait pas sommeil. Encore trop d'adrénaline dans les veines. Il savait que la fatigue prendrait le dessus, mais il tiendrait jusqu'à son retour, et là il pourrait s'écrouler. De toute façon, le lendemain était un samedi, il pourrait s'attarder au lit.

La nuit suivante, il dormirait comme un bébé.

Après avoir bu son café, il prit des sacs de tri sélectif et divisa les déchets qu'il avait accumulés ces dernières semaines pour étudier la femme du Blue. Il s'en débarrasserait sur le trajet, il les répartirait entre plusieurs points de tri. Pendant cette opération, il eut une sensation de vide. La conscience d'avoir mené son œuvre à terme dans les temps impartis et de la façon prévue se confrontait au regret de devoir renoncer à l'occupation qui donnait du sens à ses journées.

Du moins tant que Micky ne lui confierait pas de nouvelle mission.

Toujours aux prises avec cette étrange nostalgie, il nettoya la table à l'eau de javel, faisant disparaître toute trace de l'Élue.

Une fois cette dernière opération achevée, il enfila ses vêtements ordinaires rangés dans l'armoire, qu'il troquerait bientôt contre l'uniforme vert foncé d'agent de propreté. Puis il colla sur sa tête la perruque couleur acajou et chaussa ses lunettes de vue à monture métallique. Au moment de sortir de chez lui, il s'arrêta sur le seuil, son trousseau de clés à la main.

Je suis invisible.

Maintenant, la journée parfaite pouvait commencer.

5

L'île Comacina, la seule du lac de Côme, avec sa végétation sauvage, semblait émerger des eaux telle une épave. Pour rejoindre la petite plage de cailloux située juste en face, il fallait suivre un sentier qui descendait en pente raide entre les arbres. Durant les week-ends de printemps, c'était une destination très prisée par les familles pour pique-niquer ou simplement se promener. Mais en semaine, l'endroit était désert.

Ce vendredi matin, l'homme qui nettoyait changeait les sacs des poubelles en bois le long du parcours. La semaine suivante, il lui faudrait les vider à nouveau. Il avait garé son camion dans la clairière au-dessus et était descendu à pied, accompagné par les bruits de la nature : les oiseaux, le clapotis de l'eau et une brise légère venue des montagnes qui agitait les buissons de laurier et en diffusait le parfum.

Comme toujours, l'homme qui nettoyait fit son travail avec diligence et attention. Quand il eut terminé, il admira un instant la vue sur les Alpes qui encadraient le lac. La journée était tiède, mais il avait chaud. Il s'épongea le front avec un mouchoir. En le sortant de la poche de sa combinaison, il fit tomber à ses pieds un petit fragment coloré. Il se pencha pour l'observer.

C'était l'ongle verni de rouge qu'il avait trouvé dans les déchets de l'Élue. La relique.

Il le ramassa, souffla dessus pour retirer la terre et s'arrêta net. Comment s'était-il retrouvé dans la poche de son uniforme ? Pour la première fois, sa certitude inébranlable de tout contrôler vacilla. Comment un pareil détail avait-il pu lui échapper ? Quelle que fût l'explication, il savait qu'il se flagellerait longtemps. C'était dans sa nature : cette erreur le tourmenterait sans répit. Il s'efforça de comprendre, réfléchit, et se rendit compte qu'il se sentait bien à cet endroit.

Il s'apprêta à jeter l'ongle, mais se ravisa et le replaça dans le mouchoir. En toute logique, il devait s'en débarrasser dans un endroit impossible à relier à lui. Mais en fait, il y avait autre chose, il ne savait pas dire quoi. Il frissonna. Cet objet, en apparence insignifiant, constituait un danger, et paradoxalement le mettait dans un état d'étrange excitation. Les émotions non maîtrisées représentaient également un risque, alors, pour se recentrer, il posa sa main calleuse sur l'écorce d'un cyprès et ferma les yeux. Imaginer la respiration de l'arbre l'aida à retrouver sa sérénité.

C'est à ce moment-là qu'il entendit les cris.

Il ouvrit les yeux et regarda dans toutes les directions, en alerte. Les hurlements cessèrent et il se demanda s'il les avait imaginés. Mais ils reprirent. Son cœur s'emballa, il ne comprenait pas ce qui se passait. Il regarda vers le lac.

À travers les branches, il aperçut un corps qui se démenait dans l'eau.

Il se trouvait à une dizaine de mètres de la rive et était en train de se noyer. Pourtant, à cette distance et en l'absence de vent, il ne devait pas être difficile de regagner la plage. Alors l'homme qui nettoyait comprit que le malheureux était pris dans un tourbillon. Ils étaient courants dans le lac. Ils prenaient par surprise et entraînaient vers le fond. Il n'aurait jamais voulu assister à cette scène. Cette mort insensée le terrifiait, tant elle lui semblait cruelle. En même temps, il n'arrivait pas à détourner le regard.

Il ne parvenait pas à s'en désintéresser.

Il se déplaça pour mieux voir. Le pauvret disparut et émergea plusieurs fois, suffoquant dans une tentative désespérée de se sauver. Pendant un instant, il aperçut son visage. C'était un enfant. Mais pas n'importe quel enfant.

Un enfant grassouillet qui portait des brassards orange dégonflés.

Sans réfléchir, il courut vers le rivage, retira ses grosses chaussures de travail et les abandonna sur les galets avec ses lunettes de vue. Il entra dans l'eau plate, trouble et glaciale, et se fraya un chemin. C'était comme si le lac ne voulait pas le laisser passer, réclamait cette vie pour lui, comme si ce tribut de chair et de sang devait payer une dette ancienne, liée à une piscine remplie de déchets.

Mais l'homme qui nettoyait ne le permettrait pas.

Quand il eut de l'eau jusqu'à la taille, il plongea, mettant à profit le seul apprentissage que sa mère lui avait transmis, bien qu'involontairement.

La nage.

Il tendit les bras, poussa énergiquement avec ses jambes et tenta de maintenir un rythme constant pour économiser ses forces.

« Regarde-moi, Vera, regarde comme je suis fort ! »

Il fonçait vers l'enfant.

Quand il fut à deux mètres, il sentit le courant lui mordre le mollet pour le tirer vers le bas. On aurait dit le tentacule d'une créature gigantesque, mais c'était seulement un de ces tourbillons assassins. Il parvint à se dégager. L'enfant, en revanche, était en train de renoncer : il ne criait plus, les mouvements de ses bras étaient chaotiques, pareils à ceux d'une marionnette à laquelle on aurait coupé les fils. L'homme qui nettoyait aurait voulu lui crier de résister encore un peu, il arrivait.

Mais l'enfant se raidit et, tel du plomb, disparut sous l'eau.

L'homme qui nettoyait prit une rapide inspiration et s'immergea à son tour, priant pour avoir assez d'oxygène. Il tendit la main dans l'obscurité verdâtre, pénétrant une forêt d'algues. Il ignorait dans quelle direction chercher, mais soudain il sentit quelque chose, qu'il agrippa instinctivement et tira vers lui.

C'était un avant-bras.

La prise était incertaine, mais il n'avait pas le temps de chercher mieux. Il se propulsa vers la surface avant que l'obscurité ne se referme sur lui.

Il sortit la tête de l'eau, chargé de ce poids inanimé. Pour comprendre s'il était mort ou vivant, le seul moyen était de le ramener jusqu'à la plage.

Après une traversée interminable, quand il sentit enfin le fond sous ses pieds, il traîna le corps sans se retourner pour le regarder. En tirant le poignet, il sentit le bras se désarticuler. Il lui avait sans doute luxé l'épaule.

Une fois sur la plage, il se laissa tomber à quatre pattes, haletant, et reprit lentement son souffle. Alors il se retourna.

Ce n'était pas un enfant, mais une jeune fille.

Il le comprit en voyant sa chevelure noire et son corps frêle. Elle était sur le ventre, le visage dans les galets. Son jean noir, ses tennis et son sac à dos coloré indiquaient qu'elle n'était pas venue se baigner.

Elle bougeait à peine. Elle n'était pas morte, elle essayait de respirer.

Sans se demander comment il avait pu la prendre pour un enfant de cinq ans, il la retourna avant qu'elle ne suffoque. En découvrant son visage, il recula. Ses traits délicats. Ses piercings aux oreilles. La ligne de crayon qui bavait sur ses paupières. La mèche de cheveux violets collée à son front.

Elle devait avoir douze ou treize ans.

Ses yeux étaient révulsés, une mousse blanche sortait de sa bouche et de son nez. L'homme qui nettoyait la regarda, pétrifié.

La jeune fille à la mèche violette ne respirait pas. Elle n'allait pas survivre longtemps.

Avoir risqué sa vie pour la voir mourir sur cette plage était un tel gâchis. Une partie de lui ne pouvait pas l'accepter. Il prit son courage à deux mains, se mit à califourchon sur elle et lui comprima le thorax, puis relâcha. De plus en plus fort. Il n'était même pas certain que ce soit la bonne chose à faire. Il sentait ses os fragiles, comme ceux d'un oisillon. Les côtes s'enfonçaient avant de se gonfler, tel un piston, en émettant un râle sourd. Il insista, épuisé, jusqu'à ce qu'un jet d'eau jaillisse de ses lèvres en même temps qu'un bref son guttural. L'homme qui nettoyait s'arrêta, indécis. Puis, constatant l'efficacité de la manœuvre, il reprit.

Peu de temps après, la jeune fille se mit à tousser et cracher un liquide jaunâtre. Quand sa respiration fut stabilisée, elle se démena comme une poupée cassée. Il lui fallut quelques secondes pour comprendre qu'elle convulsait. Il se souvint du jour terrible de son enfance où il avait été emmené aux urgences dans le même état. Il prit son mouchoir dans la poche de sa combinaison et le lui fourra dans la bouche pour qu'elle ne se morde pas la langue. Comprenant qu'il ne pouvait pas faire plus, il se releva. Toutefois, il n'arrivait pas à partir. Il restait planté là, les côtés de sa perruque acajou plaqués sur son visage. C'est alors qu'elle se calma et écarquilla les yeux. Des yeux marron profond et infiniment tristes.

Et elle le vit.

Tu ne peux pas me voir, se dit-il. *Je suis invisible.*

Toujours immobile, il tremblait. Ensuite, tout alla très vite. D'abord, les voix arrivèrent comme un écho lointain. Puis des silhouettes humaines coururent vers eux.

On avait assisté à la scène. On arrivait.

Avant même de se demander qui étaient ces gens, l'homme qui nettoyait prit une décision. Il ne pouvait pas rester là. Il n'avait rien fait de mal, mais il n'aurait pas su quoi dire. Il n'était même pas certain qu'on l'aurait cru. L'expérience lui avait appris à ne jamais faire confiance. Alors il jeta un dernier regard à la jeune fille à la mèche violette. Il ne saurait jamais ce que cachaient ces yeux vides qui le fixaient.

Il tenta de reprendre son mouchoir, mais elle ne desserra pas les dents.

Il n'avait plus le temps. Il ramassa ses lunettes et ses chaussures, puis, pieds nus, il courut sur le sentier, confiant : les arbres l'aideraient à disparaître.

Alors qu'il se dirigeait vers son camion, il entendit derrière lui les voix animées de ceux qui avaient accouru. Il les espéra trop occupés à prendre soin de l'adolescente pour s'intéresser à lui, mais il ne se retourna pas pour vérifier.

Il monta à bord de son véhicule et démarra sans plus attendre. Il jeta un coup d'œil dans le rétroviseur. À part la route, il ne vit rien.

19 septembre

L'enfant est réveillé par l'odeur. Il l'a déjà sentie, il ne se souvient plus où.

Il essaie d'ouvrir les yeux mais ses paupières sont lourdes, très lourdes. Il ne comprend pas s'il est réveillé ou s'il dort encore. Parfois il a l'impression de sombrer dans un rêve, il ressent une sorte de vertige dans le ventre, mais ensuite il remonte à la surface. Cela continue ainsi un moment, comme dans un grand huit, mais dans le noir. Ce n'est pas du tout amusant.

Il a mal à la tête. Une barre entre les deux yeux.

L'odeur est pénétrante, familière. Une odeur de désinfectant, d'hôpital. *Oui, je suis à l'hôpital*, se dit-il. *Encore.*

— Tu ne comprends pas, ça ne peut pas continuer ainsi, soutient une voix altérée. Cette fois il s'en est sorti, mais la prochaine ? On l'a sauvé juste à temps.

C'est Martina, l'assistante sociale. Elle dispute quelqu'un.

— Je… je… pleurniche une autre voix.

— Je quoi ? C'est ta responsabilité, Vera. Tu es sa mère, tu aurais dû le protéger.

Elles sont avec lui dans la chambre. Elles discutent à voix basse, peut-être pour ne pas le réveiller ou pour qu'il n'entende pas, s'il est en état. Les yeux toujours fermés, il les imagine. Vera en jupe courte et talons hauts, en train de ronger la peau autour de ses ongles vernis, puisqu'elle ne peut pas allumer de cigarette. Martina, les cheveux relevés en queue-de-cheval, en baskets, qui prend Vera de haut et lui parle comme à une gamine qui aurait fait une grosse bêtise, bien qu'elle ait dix ans de moins qu'elle.

— Je ne pensais pas que c'était aussi grave… se justifie Vera en sanglotant.

— Et tu croyais que c'était quoi, les deux trous qu'il a dans la tête ?

« Deux belles fermetures Éclair… »

L'enfant se remémore cette voix, ce rire qui résonne dans la cave, l'odeur du sang. Son sang.

— Il ne lui avait jamais fait mal avant. Il dit qu'il est comme un fils pour lui. Une fois, il l'a même emmené au zoo !

— Mon Dieu, comment peux-tu être aussi naïve ? Ou stupide ?!

Il n'a jamais entendu Martina autant en colère. Martina est toujours douce et souriante.

— Comment je pouvais le savoir ? Quand je suis rentrée à la maison, il dormait dans sa chambre. Il lui avait bandé la tête et il m'a raconté qu'il était tombé dans l'escalier.

— Il ne dormait pas, Vera. Ton fils était déjà dans le coma.

Vera se met à pleurer.

« Tu as vu ce que tu as fait ? C'est ta faute, gamin… »

Je ne suis pas tombé dans l'escalier, a-t-il envie de dire.

— Non, je ne l'accepte pas, affirme soudain sa mère, changeant d'humeur.

— Qu'est-ce que tu n'acceptes pas ?

— Ce n'est pas Micky… Je le connais, il en est incapable.

— Pourquoi tu le défends ? Il aurait pu le tuer.

— Il nous aime !

— Je me fous de savoir avec qui tu couches, Vera. Mais si un jour, un de tes petits amis s'ennuie et décide de tester la résistance de la tête de ton fils de six ans, le moins que tu puisses faire est de porter plainte.

« Viens ici, gamin, on va faire un jeu… »

La trappe qui se soulève. La trappe de la cave est verte. On descend par la cuisine. Main dans la main, un échelon à la fois. Docile, sans protester : quelqu'un qui nous aime ne peut pas nous faire de mal.

— Quand Micky boit, il perd un peu le contrôle, admet Vera. Mais il n'est pas méchant, et il regrette toujours après. Une fois, on s'est disputés et il m'a cassé le nez, mais ensuite il a pleuré très fort : pour le calmer, j'ai dû le serrer contre moi toute la nuit.

— Je ne sais plus comment m'y prendre avec toi, Vera. Vraiment, je ne sais plus, dit Martina d'une voix lasse. Quoi qu'il en soit, la police recherche Micky. Donc s'il te contacte, tu dois nous prévenir, c'est clair ?

— D'accord, d'accord.

— Et occupe-toi de ton fils, insiste Martina. Achète-lui des vêtements, parce que ceux qu'ils portent sont trop petits. Et assure-toi qu'il mange suffisamment, il ne grandit pas assez pour son âge.

— Tu devrais peut-être lui chercher une autre famille, tente sa mère, soudain conciliante. Ce serait mieux pour tout le monde. Surtout pour lui.

— Tu sais bien comment ça s'est passé la dernière fois…

— Oui, mais on peut réessayer.

On dirait une fillette qui demande quelque chose à une adulte et attend impatiemment la réponse. Mais Martina est inflexible.

— Personne ne prendra soin de ton fils, Vera. Quand les gens apprennent son histoire, ils se rétractent. Et maintenant ce sera encore plus difficile, avec ces deux cicatrices sur la tête. Tu le sais aussi bien que moi.

Mon histoire, se répète l'enfant, toujours dans une sorte de demi-sommeil douloureux. *Quelle est mon histoire ?*

6

Il entra et referma à la hâte derrière lui.

Sa respiration haletante résonnait dans le silence de l'appartement. Il était parti en courant, laissant son camion-poubelle dans la clairière. Il n'était pas passé au dépôt, n'avait pas changé de vêtements. Son uniforme, encore trempé, gouttait sur le carrelage. Sa perruque ruisselait telle une serpillière mouillée.

Qu'est-ce que j'ai fait ? se dit-il en l'arrachant d'un geste rageur. *Qu'est-ce que j'ai fait ?*

L'image de la jeune fille à la mèche violette qui ouvrait les yeux et le voyait sur la plage de galets était imprimée dans son esprit. C'était comme si elle continuait à le regarder. Ou plutôt comme si elle pouvait le voir *maintenant*, à ce moment précis. Elle voyait à quoi il ressemblait et l'endroit où il vivait, bien que l'homme qui nettoyait n'eût jamais fait entrer personne chez lui. Pire encore, elle voyait à l'intérieur de lui.

Je suis invisible. Pourtant, il ne s'était jamais senti aussi exposé et vulnérable.

En général, c'était Micky qui décidait quand tomber le masque. Et quand elles comprenaient enfin qui il était vraiment, elles n'avaient pas le temps d'assimiler cette découverte : la conscience s'éteignait dans leurs yeux en même temps que la lueur vitale.

Mais maintenant, tout était terminé. Il y avait un témoin.

S'il l'avait laissée se noyer, il ne serait pas dans cette situation. Il avait voulu modifier le cours du destin, et maintenant il sentait monter en lui une émotion refoulée depuis longtemps.

La peur.

Il l'avait éradiquée de son existence en se jurant qu'il ne céderait plus le contrôle de ses gestes à une impulsion aussi méprisable et vulgaire. Mais là, son cœur battait au rythme de ceux des hommes sans courage.

— Non, entendit-il alors dans l'appartement silencieux. Non.

L'homme qui nettoyait se dirigea vers la porte fermée. Derrière, Micky avait parlé. Et son cœur avait instantanément retrouvé son rythme normal.

— Tu te rappelles ce que je t'ai appris ce jour-là dans la cave ?

Il s'en souvenait. La lumière de la lucarne. L'odeur de térébenthine. Les boîtes contenant les clous, les vis et les boulons. Les outils bien rangés sur le comptoir en bois. Et ces mâchoires en acier, ouvertes vers le haut.

— Alors récite la leçon…

L'homme qui nettoyait posa instinctivement ses mains sur les côtés de sa tête, comme si une douleur ancienne se réveillait dans ses vieilles cicatrices.

— J'ai appris à ne pas pleurer et à ne pas crier.

La douleur, trop forte pour un enfant. Et le visage qui le fixait, cigarette au coin de la bouche.

« C'est pour ton bien, gamin. Pour ton bien. »

— Et quoi d'autre ? demanda Micky.

— J'ai appris que la peur ne sert à rien, elle est inutile… parce qu'elle ne me sauvera pas.

— Bien. Et qu'est-ce qu'on fait, quand on cède aux flatteries de la peur ?

L'homme qui nettoyait hésita un instant.

— On se punit.

Il connaissait la procédure. Il se dirigea vers le coin cuisine, ouvrit le tiroir des couverts et en sortit un couteau aiguisé. Il referma la main droite sur la lame.

Et il serra.

La nouvelle douleur effaça la peur, le nettoya de l'ignominie. Il relâcha sa prise, jeta le couteau dans l'évier et se banda la main avec un torchon, qui prit une couleur rouge intense.

— Bravo, mon garçon, le félicita Micky.

Puis il se réfugia derrière la porte verte.

7

Il passa le reste de la matinée et tout l'après-midi sur le canapé, le regard dans le vide. Il lui faudrait inventer une excuse pour le camion. Il pourrait toujours crever un ou deux pneus et simuler un accident. Mais pour le moment il s'en moquait.

Hormis la sensation provoquée par son uniforme mouillé qui séchait peu à peu grâce à la chaleur de son corps, il ne ressentait rien.

La nuit tomba. Le torchon qui faisait office de bandage à sa main était trempé, mais la plaie ne saignait plus et la douleur cédait la place à des picotements.

Il alla se laver.

Ensuite, il recousit sa blessure avec du fil et une aiguille, puis il la protégea avec une bande. Il prépara une soupe en sachet avec des vermicelles et s'assit à table, en slip et chaussettes. Il portait automatiquement la cuillère à sa bouche, l'esprit vagabond. Sa peau était rouge à cause de la douche brûlante, qui n'avait pourtant pas réussi à le débarrasser de l'odeur du lac, comme si l'eau stagnante avait imprégné ses chairs. Il le tolérait, mais c'était épuisant. Après avoir mangé, il rinça sa vaisselle et la rangea dans le buffet. Comme tous les soirs, il ouvrit le canapé et prépara son lit avec des draps propres. Puis il éteignit la lumière et se coucha sur le dos.

Il ferma les yeux et attendit le sommeil.

Il chercha le bruit qui l'aidait habituellement à se détendre : la voix du réservoir d'eau sur le toit. Il l'entendait gémir, voire chanter comme une baleine, à travers les buses du dispositif anti-incendie. Il ne fonctionnait probablement plus depuis des années, comme tant de choses dans cet immeuble négligé. Pourtant, l'idée de cette masse de liquide inerte au-dessus de lui, séparée par quelques centimètres de béton, le rassurait.

C'était comme avoir une piscine sur la tête.

Mais ce soir-là, la citerne se taisait, tel un avertissement silencieux.

Selon son plan, la journée parfaite aurait dû s'achever par une bonne nuit de sommeil. Il aurait dû s'écrouler et dormir tout son saoul, pour se réveiller totalement revigoré. Ce repos était sa récompense pour son travail pointu de recherche et de préparation, qui avait duré des semaines avant la soirée au Blue. Mais ce qui s'était passé ce matin-là avait tout effacé, y compris son épuisement justifié. La vie d'avant semblait très loin. En plus, il avait l'impression d'avoir compromis sa collaboration avec Micky. Et puis, même s'il avait du mal à l'admettre, il y avait autre chose. Il ne savait pas quoi, mais c'était là.

Une idée lui vint. Incapable de la repousser, il ouvrit les yeux.

Inutile de tourner autour du pot : il avait essayé toute la journée, sans résultat. Il ne pouvait plus faire semblant de rien. Il voulait avoir des nouvelles de la jeune fille à la mèche violette. Il se moquait de qui elle était, de comment et pourquoi elle s'était retrouvée dans le lac. La question était autre.

Était-elle saine et sauve ?

Il l'avait abandonnée sur la plage et il s'était enfui. Il avait vu des personnes accourir, mais il ignorait ce qui s'était passé ensuite.

— Allez, dis-le… l'exhorta Micky d'une voix calme, derrière la porte verte.

— Si elle est vivante, elle se souviendra de moi, dit-il en soupirant. Si elle est morte, on me cherchera pour savoir ce qui est arrivé.

Son sort était inéluctablement lié à celui d'un autre être humain. Ceci le concernait plus qu'il ne l'aurait voulu ou même imaginé. Il ne pouvait pas s'en désintéresser.

— Tu sais ce que tu dois faire…

— Non, je ne sais pas.

Mais c'était faux. Il savait. Un peu qu'il savait.

— Nous n'avons pas beaucoup de temps. Ils vont venir ici.

Cette idée le terrorisait. Mais Micky avait raison, c'était la seule solution.

Il écarta les couvertures et sortit de son lit.

8

Il était sorti de chez lui à vingt-trois heures, en tenue sombre. Une casquette noire dissimulait son crâne chauve et son visage.

Il fallait qu'il retrouve la jeune fille.

N'ayant pas accès à Internet, il ignorait si la presse locale avait mentionné l'incident du matin. Il ne savait même pas dans quel hôpital elle avait été emmenée. La seule possibilité était de les vérifier un à un. Il était déjà allé à Menaggio, le plus proche du lieu de la noyade, et aussi à Valduce, mais sans résultat. Vers une heure moins dix du matin, il monta dans un bus vide desservant l'hôpital Sant'Anna. Il descendit à l'arrêt suivant et revint à pied.

Devant le bâtiment, il aperçut un petit groupe de photographes et cameramen qui attendaient visiblement quelqu'un. Il s'était passé quelque chose. Leur présence le rendit nerveux. En même temps, elle indiquait peut-être qu'il se trouvait au bon endroit.

Il évita l'entrée principale et emprunta l'accès pour les camions venant prélever des déchets spéciaux, sur l'aile est. Il montra son badge des services municipaux au gardien dans sa guérite, qui lui ouvrit la porte sans poser de question.

Il était déjà venu, y compris de nuit, soit pour le travail, soit pour voler des médicaments ou du matériel médical, comme le fil résorbable de collagène avec lequel il s'était recousu la main. Il se dirigea vers le vestiaire des employés chargés de la désinfection, qui était vide. Il choisit un casier et en força le cadenas à l'aide d'un tournevis sorti de sa poche. Il troqua ses vêtements contre un uniforme bleu de personnel de service. Il enfila même des protège-chaussures et une charlotte en plastique, en veillant bien à dissimuler ses cicatrices. Puis il récupéra un chariot de nettoyage dans un cagibi et emprunta l'ascenseur réservé aux brancards.

Il comptait sur le fait que l'hôpital serait moins animé de nuit. Néanmoins, il avait peu de temps pour trouver la jeune fille.

Il concentra ses recherches sur les services de soins intensifs et de réanimation.

L'environnement était stérile et tous les membres du personnel portaient des masques chirurgicaux. Il les imita pour éviter que l'on voie son visage.

Il alluma l'autolaveuse. Le bourdonnement des brosses rotatives se mêlait à la perfection aux percussions rythmées des respirateurs et au battement cristallin des moniteurs cardiaques.

En nettoyant le sol, il passa les chambres en revue. Certaines accueillaient jusqu'à quatre patients, pour la plupart des hommes ou des personnes âgées. Tels des ballons d'hélium, ils semblaient prêts à s'envoler.

En regardant bien, on apercevait le simple fil qui les reliait encore à ce monde.

Toutefois, la plus jeune patiente de cette espèce de Luna Park pour fantômes avait une chambre individuelle, au fond du couloir.

Elle n'était pas seule : une infirmière notait ses paramètres vitaux dans un dossier, qu'elle accrocha ensuite au lit avant de sortir. Elle remarqua à peine l'homme qui nettoyait. Il attendit qu'elle s'éloigne puis il bloqua sa machine, sans l'éteindre pour ne pas troubler l'harmonie sonore.

Il entra dans la chambre.

La jeune fille à la mèche violette dormait, sereine. Elle était probablement sous sédatifs. Sa bouche était recouverte d'un masque à oxygène. Un appareil électronique surveillait les battements de son cœur et préviendrait si elle se réveillait. Mais pour le moment, il émettait des bips réguliers, aussi l'homme s'approcha du lit.

La tête relevée, ses cheveux noirs épars sur l'oreiller, elle portait une blouse légère. Ses bras maigres reposaient le long de ses hanches. Deux perfusions sortaient du gauche. La ligne de son cou était fine, son thorax enveloppé d'une bande couvrant la clavicule qu'il lui avait luxée pour la traîner hors du lac. Il lui avait sans doute aussi fracturé quelques côtes quand il avait appuyé sur son sternum pour faire sortir l'eau de ses poumons. Et elle avait une attelle à la cheville.

En avançant vers elle, il remarqua que sa peau diaphane était couverte de bleus, traces de sa lutte pour se libérer de l'étreinte mortelle du courant. Il observa plus attentivement son visage, dont il ne se souvenait pas bien. Il se demanda encore pourquoi il avait eu l'instinct de lui sauver la vie. Ce n'était pas uniquement parce qu'il l'avait prise pour lui-même petit, au départ : quand il avait compris son erreur, il aurait pu l'abandonner sur la plage sans la réanimer. Tout lui semblait si confus. Il était toujours resté à la marge, refusant tout contact humain non nécessaire. Alors pourquoi avoir fait une exception pour cette jeune fille ? Elle n'avait rien de spécial. Il prit conscience que ces pensées étaient dangereuses. Micky ne devait pas savoir qu'il doutait ainsi.

Quelqu'un avait posé une photo encadrée sur la tablette au bout de son lit. Ainsi, si elle ouvrait les yeux, elle verrait cette image rassurante d'elle-même entourée d'un homme d'une quarantaine d'années et d'une femme un peu plus jeune, sans doute ses parents. Ils étaient beaux, bronzés et souriants. Quelle étrange façon de préserver le bonheur, se disait l'homme qui nettoyait chaque fois qu'il regardait un portrait de famille. Les gens croyaient-ils vraiment pouvoir enfermer ce qu'ils ressentaient dans un cliché ? Il n'avait jamais été pris en photo. Même sur son badge ou sur sa carte d'identité, il s'agissait d'inconnus qui lui ressemblaient.

Sur une chaise, il aperçut des sachets transparents contenants les effets personnels de la patiente. Il reconnut le mouchoir qu'il avait placé entre les dents de la jeune fille quand elle avait eu des convulsions. Il le récupéra et pensa soudain au morceau d'ongle verni de rouge qu'il y avait déposé.

La relique.

Il ouvrit le tissu, mais évidemment elle n'y était plus. Il pensa aux implications possibles de cette erreur d'inattention. Elle a dû se perdre dans l'eau ou sur la plage, pensa-t-il. Inutile de la chercher. Cette histoire lui donnait trop de fil à retordre, jugea-t-il en rangeant le mouchoir dans sa poche.

Le moment était venu d'y mettre un terme.

Il se dirigea vers le chariot contenant les médicaments et le défibrillateur, certain d'y trouver ce qu'il cherchait.

Des gants en latex. Une seringue hypodermique. Un flacon d'insuline.

Sans quitter la porte des yeux, il prépara une dose massive. Personne ne remarquerait un minuscule point rouge entre les orteils de la patiente. Dans quelques secondes, leur lien serait rompu. Ils seraient tous les deux libres. Pour toujours.

Il retourna vers le lit et calcula qu'il lui faudrait moins de deux minutes pour s'éloigner, avant que le moniteur cardiaque enregistre une accélération insolite et donne l'alarme. Il était déterminé à achever son travail. D'une main, il tint la seringue verticale ; de l'autre, il souleva le drap.

Il se pencha mais s'arrêta net, le bras en l'air. Sur la face interne du mollet, entre les griffures, il distingua une petite écriture décolorée.

Une séquence numérique, notée au stylo.

L'homme qui nettoyait recula, abasourdi, en laissant retomber le drap. Il frissonna. Cette vision avait suffi à faire naître en lui des réactions en chaîne qu'il ne savait dompter.

Il comprit qu'il ne serait jamais capable de faire cette injection.

9

À six heures du matin, le bar de la gare commençait à se remplir de monde.

L'homme qui nettoyait était installé à une table du fond, à l'écart, une tasse sale devant lui, abandonnée par un client. Les mains dans les poches de son blouson gris, sa casquette sur la tête, il scrutait le va-et-vient au comptoir. Les travailleurs, dépourvus de bagages, prenaient un petit déjeuner rapide avant de rejoindre leur bureau. Les voyageurs, eux, buvaient leur café en regardant l'heure pour se diriger à temps vers leur quai. L'homme qui nettoyait se demandait d'où ils venaient et où ils allaient. S'ils partaient pour revenir ou quittaient ce lieu pour toujours. Où ils habitaient, s'ils venaient de dire au revoir à quelqu'un ou si une personne, quelque part, les attendait.

Perdu dans ses pensées, il jetait parfois un coup d'œil au téléviseur mural, où défilaient en boucle les images d'un journal. Il connaissait désormais la séquence par cœur et savait que, après les actualités internationales, réapparaîtraient l'homme et la femme qu'il avait vus en photo à l'hôpital.

Mitraillé par les flashes et cerné de micros, le père de la jeune fille à la mèche violette faisait une déclaration à la sortie de Sant'Anna. Sa voix se mêlait aux annonces des trains au départ ou à l'arrivée.

« Je voudrais faire la connaissance de l'homme qui a risqué sa vie pour sauver ma fille, disait-il, un bras autour des épaules de sa femme, trop bouleversée pour parler. *Je ne sais pas pourquoi il a choisi de rester anonyme, mais je le respecte, même si en tant que parent j'espère pouvoir un jour lui serrer la main. »*

L'homme qui nettoyait avait écouté ces paroles à plusieurs reprises, mais chaque fois il avait l'impression d'y percevoir une fausse note. Il se savait peu intelligent, mais il était tout de même capable d'anticiper les conséquences.

« Je ne sais pas pourquoi il a choisi de rester anonyme... »

Cette phrase dirigeait les soupçons vers lui. Certains se demandaient sans doute si la raison de sa décision était noble ou si le bon samaritain avait quelque chose à cacher.

Ils vont venir me chercher, se répétait-il avec certitude. Micky a raison. *Ils* vont venir. Aussi s'en voulait-il de ne pas avoir réussi à liquider la jeune fille à la mèche violette, à l'hôpital. Il avait raté une occasion unique. Micky n'allait pas être content.

« Notre fille sera bientôt guérie », expliquait l'homme à la télévision.

Il dégageait puissance, force et sécurité. L'homme qui nettoyait ne savait pas qui il était ni pourquoi les journalistes s'intéressaient autant à l'affaire. Il supposait qu'il s'agissait de quelqu'un d'important, s'il ne pouvait même pas vivre en paix le drame qui avait frappé sa famille. Cet aspect n'était pas à négliger. Les gens ne se lasseront pas de cette histoire tant qu'ils n'auront pas leur compte, pensa l'homme qui nettoyait. Et vu le nombre de clients du bar qui paraissaient intéressés, il comprit que cela n'arriverait pas de sitôt.

Les journalistes s'étaient également emparés de l'affaire en raison d'un détail mis en évidence par l'un d'eux, qui avait posé une question sur la dynamique de l'accident. Pendant que le père de l'adolescente avait répondu, une ombre était passée sur son visage. L'homme qui nettoyait l'avait aperçue et avait immédiatement reconnu le spectre de la peur.

« Elle a glissé dans le lac en prenant une photo avec son téléphone et elle s'est cassé une cheville, avait-il déclaré avec un sourire forcé. *Probablement un selfie. »*

La plus grosse crainte du père était que les choses ne se fussent pas passées comme il les racontait. L'incertitude le rongeait. La nécessité de protéger sa fille dissimulait aussi sa peur de la vérité.

Et l'homme qui nettoyait détenait probablement la solution du mystère.

Quelle ironie. Le père de la jeune fille ne pouvait pas savoir qu'un inconnu sans nom, assis à une table du bar de la gare, comprenait mieux que quiconque le doute qui le dévorait. Il ne pouvait imaginer qu'un étranger si différent de lui, de sa famille et de ses fréquentations habituelles, si loin de sa façon d'appréhender le monde, possédait quelque chose qui le concernait. Et qui aurait pu faire voler en éclats en un seul instant son univers de cristal.

Une réponse.

L'homme qui nettoyait devait trouver une bonne raison pour vérifier sa théorie. Mais cela voulait dire s'impliquer à nouveau, faire un autre pas en pleine lumière. Il n'était pas certain de vouloir quitter le confort des ténèbres. Voilà pourquoi il se trouvait depuis plus d'une heure dans ce bar.

Il devait décider si la meilleure solution était de monter dans un train au hasard et de disparaître pour toujours.

Dans le fond, il l'avait déjà fait un certain nombre de fois. Sans rien emmener. Laissant tout en état. Un appartement, des objets sans valeur, quelques vêtements dans une armoire. Ils ne trouveraient rien sur lui. Personne ne se poserait de questions.

Même ce qui se trouvait derrière la porte verte ne l'inquiétait pas.

Au début, ils se demanderaient de quoi il s'agissait mais, incapables de comprendre, ils renonceraient.

Sans doute devait-il lui aussi oublier. Aller dans une autre ville, trouver un autre logement. Peindre une autre porte en vert et reléguer son secret derrière. *Remettre les choses à leur place.* Il avait passé dix ans à Côme. Jamais auparavant il n'était resté aussi longtemps quelque part. Cela pouvait suffire.

Quand il comprit qu'il avait pris sa décision, il se leva. Il avait des fourmis dans les bras à force d'avoir gardé la même position trop longtemps, ou à cause de la tension dans ses épaules. La tête baissée pour ne pas se faire remarquer, il sortit du bar et se dirigea vers un des couloirs qui menaient aux quais.

Les gens le croisaient, le frôlaient. Personne ne savait qui était l'homme qui marchait parmi eux. Il n'était qu'une tache transparente qui passait furtivement dans leur champ de vision avant de disparaître. Il se demandait parfois comment ils auraient réagi s'ils l'avaient regardé ne serait-ce qu'un moment. Quand, rarement, l'homme qui nettoyait décidait de se noyer dans une foule, c'était pour ressentir le pouvoir de son invisibilité.

Mais cette fois, c'était différent.

La véritable raison pour laquelle il s'était réfugié dans la gare ce matin-là, c'était qu'il pouvait y trouver un téléphone public. Et l'appel qu'il allait y passer déterminerait son choix de rester ou non à Côme.

Il souleva le combiné et glissa des pièces dans la fente, puis il composa le numéro noté sur le mollet de la jeune fille.

Après un nombre infini de sonneries, une voix masculine répondit.

— Allô…

L'homme qui nettoyait se tut et attendit.

— Allô, répéta la voix, agacée. Qui est à l'appareil ?

Il sait que je suis là, il m'entend respirer.

— Qui est-ce ?

L'homme qui nettoyait raccrocha. Ces quelques mots lui avaient suffi pour reconnaître la voix.

Tu voulais faire ma connaissance, non ? Eh bien, c'est chose faite.

22 octobre

— Ils vont repousser, pas vrai ?

Martina, distraite, est en train de lui préparer son sac.

— Quoi donc ?

L'enfant est devant la fenêtre mais il ne voit pas l'extérieur, les gens qui entrent et sortent de l'hôpital. Son regard s'arrête avant, sur son reflet mélancolique dans la vitre.

— Mes cheveux. Ils vont repousser ?

Martina s'approche de lui.

— Bien sûr qu'ils vont repousser, le rassure-t-elle en caressant son crâne recouvert d'un fin duvet.

— Et les cicatrices, elles vont disparaître ?

— Je crains que non, dit-elle avec sa sincérité habituelle, qui lui a permis de gagner la confiance de l'enfant. Mais dès que tes cheveux auront repoussé, on ne les verra plus. Et entre-temps, je t'ai acheté un cadeau.

L'assistante sociale va chercher son sac, fouille à l'intérieur et en sort une casquette, qu'elle lui enfile.

— Tu es très beau.

L'enfant regarde à nouveau son reflet dans la vitre. Il n'est pas convaincu, mais il se tait pour ne pas lui faire de peine. Aujourd'hui, c'est un jour important. Martina est heureuse qu'il sorte enfin de l'hôpital, au bout d'un mois. Mais lui, il ne sait pas s'il doit être heureux.

— Tu crois au paradis, toi ?

— Parfois, répond Martina. Pourquoi ?

— Quand on meurt et que personne ne sait comment on s'appelle, qu'est-ce qu'ils écrivent sur la tombe ?

— Dieu sait qui on est.

— Quand je suis arrivé ici, personne ne savait comment je m'appelais…

Il se souvient que tout le monde criait, aux urgences. Il tremblait très fort, tellement fort que les docteurs lui avaient mis quelque chose dans la bouche pour qu'il ne se morde pas la langue. Mais cela l'empêchait de dire son nom. Personne ne savait comment l'appeler. Il était seul.

— Mais maintenant, c'est fini, commente Martina sans le contredire.

En fait, il pourrait se réjouir de quitter les lieux. Il n'en peut plus de l'odeur de désinfectant. Et en même temps, il est triste.

— Je suis obligé de rentrer à la maison ?

— Je vous ai trouvé un appartement plus grand, tu pourras avoir ta chambre rien que pour toi.

— Vera ne veut pas de moi. Je vous ai entendues… Vous croyiez que je dormais, mais j'étais réveillé.

Vous croyiez que j'étais mort, mais j'étais vivant.

— Ta mère parle beaucoup, tu sais. Mais maintenant elle a un travail et elle pourra s'occuper de toi. Tout va bien se passer.

— Et Micky ?

La question fut comme une pierre jetée dans un étang : elle disparaît immédiatement sous la surface, mais on ne peut l'ignorer tant que l'eau fait des remous.

— Vera m'a promis que tu ne le reverrais jamais, dit Martina sur un ton solennel.

— Je n'y crois pas.

— La police le cherche, je pense que Micky n'a pas intérêt à ce qu'on le trouve.

— La police ne le trouvera pas.

Il en est tellement certain qu'il en a les larmes aux yeux.

— Tu ne dois pas avoir peur : Micky ne peut pas te faire de mal.

Martina ne le sait pas, mais Micky est comme les autres mouches de sa mère.

— Si je reste avec Vera, il reviendra.

— Non.

— Tu me le jures ?

L'assistante sociale hésite. Il le voit. « Tu me le jures », quatre mots qui coincent les grands. L'enfant n'a que six ans, mais il a déjà compris comment cela fonctionne. Si on veut savoir si un adulte dit la vérité, il faut le faire jurer. Ça marche à tous les coups. Avec Vera, c'est inutile. Mais Martina n'est pas comme Vera. Martina n'aime pas mentir.

La femme s'assied sur le lit et lui fait signe de s'installer à côté d'elle. Il obéit.

— Voici ce qu'on va faire.

Elle lui soulève une jambe, relève son pantalon et baisse sa chaussette. Puis elle prend un stylo et elle écrit sur sa peau, au-dessus de sa cheville. L'enfant, qui se demande ce qu'elle fait, ressent un chatouillement agréable.

— C'est mon numéro de téléphone, explique-t-elle. Tu ne dois pas l'effacer ni le laver. Et puis, dans tous les cas, je passerai chaque semaine voir comment ça se passe avec Vera, et je le noterai à nouveau si besoin.

— Ça sert à quoi ?

Mais l'enfant sent que c'est bon pour lui, il est rassuré.

— Ce sera notre secret : s'il se passe quelque chose, tu m'appelles ou bien tu montres ce numéro à quelqu'un pour qu'il m'appelle. J'arriverai tout de suite.

— Et si je meurs ?

L'assistante sociale reste muette, alors l'enfant répond à sa place :

— Si je meurs, au moins tu pourras dire comment je m'appelle.

10

Un bocal de cornichons dans les surgelés.

Elle l'expliquait aux jeunes filles dès le collège, et elle le leur répétait quand elles grandissaient. Il était vital qu'elles en comprennent l'importance. On ne savait pas quand ni même si cela servirait. On espérait d'ailleurs que cela n'arriverait jamais, mais mieux valait connaître cette possibilité. Et il était fondamental de ne pas en parler aux hommes. C'était une sorte de secret réservé à la caste des femmes.

Un bocal de cornichons dans les surgelés constituait un signal.

Quand un employé de l'un des supermarchés de la région trouvait un bocal de cornichons dans les surgelés, il devait en référer immédiatement à sa direction, qui la prévenait. Aucun intermédiaire ne connaissait la finalité de cette procédure. La chasseuse de mouches savait alors avec certitude que, quelque part, une femme était en danger. Soit elle subissait des maltraitances dans le cadre de sa famille et ne pouvait porter plainte, soit elle était menacée par son partenaire, soit, dans le pire des cas, elle était victime de séquestration.

La chasseuse de mouches s'occupait seule de libérer ces prisonnières. Depuis plus d'une semaine, elle surveillait sans relâche un supermarché en banlieue, où on lui avait communiqué la présence anormale de cornichons dans les surgelés.

Elle passait sa journée à arpenter les rayons en faisant semblant de faire ses courses, tenant à l'œil les clientes dans l'espoir de remarquer celle qui avait lancé l'appel au secours. Si la femme en danger revenait au magasin, la chasseuse de mouches l'identifierait. Naturellement, elle ne porterait pas de panneau avec l'inscription *Victime d'abus*, mais il y avait toujours un détail révélateur, comme des bleus, des lésions ou une fracture. Mais aussi un foulard ou un pardessus, malgré la chaleur, ou encore des lunettes de soleil trop grandes.

Quand elle repérait une femme maltraitée, la chasseuse de mouches cherchait un contact visuel. En croisant son regard, l'autre comprenait qu'il existait une porte de sortie. La chasseuse lisait dans leurs yeux l'égarement, l'impuissance et surtout la peur.

Les bourreaux étaient toujours prudents et beaucoup de ces femmes ne pouvaient ni téléphoner ni utiliser Internet. De toute façon, elles n'auraient pour la plupart pas eu la force d'appeler à l'aide de cette manière. Laisser un bocal de cornichons dans les surgelés était déjà un énorme pas. D'habitude, dans leur monde fait d'abus et d'intimidations où la moindre erreur, même une assiette cassée, était durement sanctionnée, les cornichons étaient rangés avec les cornichons et les surgelés avec les surgelés. Elles n'y dérogeaient jamais, au risque de prendre des coups.

Aussi, enfreindre la règle du rangement des rayons était déjà un premier acte de rébellion.

Pourtant, ce lundi, la chasseuse de mouches était en train de perdre son optimisme. Depuis des jours, elle remplissait son Caddie et le vidait au bout de deux heures avant de recommencer. Elle avait mal au dos à force de rester debout. Sans compter le manque de nicotine, parce qu'elle ne pouvait pas prendre une pause toutes les vingt minutes pour fumer. Depuis qu'elle avait commencé sa surveillance, elle avait diminué sa consommation de cigarettes. Et comme chaque fois, elle était gagnée par une toux grasse.

À cinquante-trois ans, sa santé physique était le cadet de ses soucis.

Elle ne prenait pas soin d'elle-même, cela ne l'intéressait pas. Son psychologue lui disait toujours qu'elle était au bord de la dépression. Mais, après cinq ans de thérapie, le malaise intérieur qui aurait dû la faire craquer pour de bon ne s'était toujours pas manifesté. En revanche, elle était tourmentée par les symptômes de sa ménopause tardive, alors qu'elle n'aspirait qu'à la paix. La chasseuse n'avait peur ni de vieillir, ni des rides, ni de grossir. Autrefois elle avait été une belle femme, mais cette époque était révolue et elle ne regrettait rien.

Elle portait les cheveux courts parce que c'était pratique. Quant au maquillage, elle n'y pensait même pas. Et elle n'achetait que des vêtements confortables.

Il était deux heures moins le quart. En général, le supermarché se vidait à partir de treize heures. Les ménagères étaient rentrées préparer le déjeuner, il ne restait plus que quelques célibataires et des femmes âgées qui profitaient de ces moments de calme pour étudier tranquillement les promotions de la semaine. Alors elle décida qu'elle méritait une cigarette. Cependant, en s'appuyant à son Caddie pour masser son pied douloureux, elle leva un instant les yeux vers le rayon petit déjeuner.

Vingt-cinq ans, un physique de mannequin. Cette jeune femme portait une casquette, un legging coloré, des baskets, un gros sac Vuitton et un sweat-shirt qui lui descendait jusqu'aux genoux. Elle hésitait devant les céréales. Toutefois, la chasseuse de mouches ne se focalisa pas sur elle, mais bien sur son compagnon : cheveux longs couleur miel, vice de les remettre en permanence derrière ses oreilles, tee-shirt, gilet, baskets de marque, airs de beau ténébreux. Un type dont on regrettait d'être tombée amoureuse.

Les bras croisés, l'homme dévisageait sa compagne, et son regard était comme une laisse. Cela pouvait n'être qu'une impression. Elle ne remarqua pas de trace visible de coups sur la jeune femme, néanmoins ses vêtements pouvaient les cacher. Hormis l'attitude du jeune homme, rien ne semblait suspect.

Pourtant, quelque chose ne collait pas. L'imagination de la chasseuse se mit en marche.

Ils portent des vêtements trop chers pour ce supermarché. Ils doivent vivre dans le centre. Elle l'a convaincu de venir faire leurs courses ici et il est contrarié. Il se demande ce qu'ils font dans un repère pour immigrés et femmes au foyer. Et c'est déjà la deuxième fois que sa petite amie l'amène ici. Il va le lui faire payer.

La chasseuse de mouches décida de chercher une confirmation à ses hypothèses.

Elle poussa son Caddie dans leur direction. Au rayon des produits laitiers, elle passa entre eux pour ouvrir la porte d'un frigo et attraper une bouteille de lait. Elle regarda un instant la jeune femme, espérant que celle-ci s'en aperçoive. Leurs yeux se croisèrent une fraction de seconde, pas assez pour lui adresser un signe entendu. Alors la chasseuse dévissa le bouchon de la bouteille de lait et se retourna brusquement.

Le liquide blanc trempa le jeune homme de la tête aux pieds.

— Pardon, je n'avais pas vu qu'elle était ouverte, s'excusa-t-elle en faisant mine de retenir un petit rire.

Il réagit exactement comme elle s'y attendait. D'instinct, il leva le bras et serra le poing, mais il se retint. Un silence glacial tomba. La jeune femme avait tout vu.

— Ça va, ce n'est pas grave, dit le jeune homme, dont les veines saillantes du cou indiquaient la tension.

L'avertissement était clair : disparais de ma vue.

— Ça m'est déjà arrivé, insista-t-elle sans bouger. Mais la dernière fois, c'était un bocal de cornichons.

En entendant ces mots, la jeune femme frissonna, mais garda le silence. Elle sortit des mouchoirs en papier de la poche de son sweat-shirt et, avec l'excuse de nettoyer le lait sur les vêtements de son compagnon, elle lui tourna le dos. Pour lui permettre de s'éloigner.

De loin, elle entendit le jeune homme dire :

— Laisse, je vais le faire moi-même.

La chasseuse avait en partie atteint son but. Elle sortit du supermarché et repéra la voiture du couple. Ce ne pouvait être que la Porsche blanche qui détonnait dans le paysage. Elle alluma une cigarette et attendit qu'ils sortent. Cela ne prit pas longtemps.

Dehors, il laissa enfin libre cours à sa colère. La fille, quelques pas devant lui, avait les yeux rivés au sol.

— Trouve-toi une autre marque de céréales, parce que moi, je ne reviens pas dans cet endroit de merde, dit-il.

Quand ils passèrent devant elle, la chasseuse jeta son mégot et les suivit.

— Hé, dit-elle pour attirer leur attention.

Le blond se tourna, surpris de la voir devant lui.

— Qu'est-ce qu'il y a, encore ?

Elle fouilla dans sa poche et en sortit un billet de cinq euros.

— Je suis désolée, j'aimerais vous payer le pressing.

L'autre hésitait entre l'envoyer balader ou lui rire au nez.

— Pas besoin.

Ce qui signifiait : ne me provoque pas.

Mais elle fit un pas en avant, s'approchant dangereusement de ce que son psychologue appelait « zone de garde » : le périmètre dans lequel un sujet violent se sent en droit d'attaquer.

— J'insiste.

— Tu vas arrêter de me casser les couilles, oui ? ricana le jeune homme.

Sa petite amie était paralysée par la peur. Gueule d'ange, lui, était au bord de l'explosion.

— Je me sens coupable, dit la chasseuse en essayant de glisser le billet dans la poche arrière du jean du blond.

— Ne me touche pas, sale lesbienne !

En tentant de s'écarter, la chasseuse de mouches regarda la jeune femme qui observait la scène, pétrifiée. *Bien*, se dit-elle. *Si elle voit qu'il est capable de le faire à une autre femme, peut-être qu'elle comprendra qu'il ne l'aime pas vraiment et qu'elle trouvera le courage de faire plus que laisser un bocal de cornichons au mauvais endroit. Porter plainte, par exemple.*

La chasseuse lâcha le bras du jeune homme pour prendre quelque chose dans la poche de son jean. Il ne remarqua pas son geste mais, juste après, son expression changea. Sa colère retomba.

Il avait reconnu la lame d'un couteau à cran d'arrêt, qui appuyait sur ses testicules.

La chasseuse de mouches toussa, lui projetant des glaires au visage.

— Excuse-moi, très cher, dit-elle la gorge en feu.

La mouche était prise dans la toile. Mais maintenant, il fallait s'occuper de la jeune femme. Elle se dirigea vers elle.

— Tout va bien, la rassura-t-elle en lui tendant son smartphone.

Son petit ami lui lança un regard haineux.

— Tu la connais ?

Elle réfléchit un moment en fixant le téléphone.

— Non.

— Sale pute, tu la connais.

La chasseuse de mouches intervint :

— On peut porter plainte pour agression.

Allez, ma chérie, prends ce téléphone et compose ce numéro. C'est le moment de te débarrasser pour toujours de ce salaud. Il suffit que tu me donnes une raison, même minuscule. Il suffit que tu me demandes de l'aide, tout simplement, et les renforts arrivent dans la minute.

Mais la jeune femme hésitait.

— On peut mettre fin à tout ça, affirma alors la chasseuse.

À ce moment-là, son visage doux se transforma.

— Mais t'es qui, espèce de salope ? Qu'est-ce que tu nous veux ?

Ce *nous* était une défaite. Soudain ils se ressemblaient, tous les deux. La chasseuse comprit qu'elle ne pourrait pas la sauver. Grave soumission psychologique, état d'assujettissement persistant. La bête domestiquée léchait la main de son dompteur, ne se pliait qu'au fouet. Déçue, la chasseuse joua sa dernière carte :

— La première fois, il te donne juste une baffe et tu lui pardonnes, tu te dis qu'il n'est pas comme ça, qu'il a un peu trop bu. La deuxième, il te faut un peu plus de temps pour arrêter de lui en vouloir, mais ensuite tu mets ça sur le compte du stress. La troisième, c'est ta faute, du moins c'est ce que tu te racontes : tu l'as énervé parce que, quand tu t'y mets, tu es vraiment chiante. Mais entre-temps, les baffes s'intensifient. Bientôt, elles deviennent coups de pied et de poing, tu ne sais plus comment cacher les bleus, même le fond de teint ne suffit plus. Parfois il pleure, il te demande pardon. Tu fais l'amour avec lui en espérant tout oublier, mais en même temps tu pries pour ne pas tomber enceinte. La seule chose que tu obtiens, c'est de ne plus pouvoir te regarder dans le miroir à cause de la honte et des hématomes. Mais sois tranquille, c'est lui qui réglera le problème, il t'attrapera par les cheveux et te cognera le visage, il le fera voler en éclats…

Elle referma son couteau et remarqua un changement imperceptible chez la jeune femme, qui se voûta, désabusée. Elle l'implora du regard de trouver le courage qui lui avait manqué jusque-là, mais ce n'était sans doute qu'un espoir.

Maintenant, tu es seule à nouveau, pensa-t-elle. *Seule avec lui.*

Elle tourna les talons et s'éloigna, la mâchoire contractée. En passant à côté de la Porsche, elle prit la plaque en photo. Soudain, son portable vibra dans sa main. Quelqu'un lui avait laissé un message. Elle l'écouta.

— Va à Nesso, dit une femme d'une voix synthétique. Ce matin, un bras a émergé des eaux du lac.

11

Le lac de Côme s'étendait sur cent quarante-cinq kilomètres de longueur. Sa côte découpée compliquait les déplacements autour.

La chasseuse de mouches roulait vers la rive est à bord d'une Clio verte qui avait plus de quinze ans et aurait eu besoin d'une révision et d'un bon nettoyage. Elle chercha un paquet de cigarettes parmi les tracts éparpillés sur le siège passager. Elle les imprimait elle-même et les affichait dans les supermarchés et les salles d'attente des médecins.

Un numéro de téléphone, l'adresse d'une page Instagram et d'une page Facebook, accompagnés du dessin d'une maison sans porte ni fenêtres, avec le slogan : *La porte de sortie, c'est toi !*

La chasseuse était nerveuse, elle avait besoin de fumer. Elle suivait les indications du message de son informatrice, sans savoir à quoi s'attendre.

Les eaux sombres du lac avaient régurgité un bras. *Un bras.* Elle avait du mal à y croire.

La chasseuse détestait le lac et ne comprenait pas pourquoi tant de gens venaient s'installer dans la région. Arrivant des quatre coins du monde, ils achetaient des villas à Bellagio. Et Varenna, ancien village de pêcheurs, était devenu un repaire de hipsters. Ces lieux chargés d'histoire étaient prisés par les millionnaires et les stars du cinéma. Mais aucun ne tenait longtemps. Tôt ou tard, quelque chose les chassait de leurs luxueuses demeures avec jardin et accès privé au lac, dont les volets restaient clos.

Ceux qui naissaient dans ces endroits, en revanche, ne pouvaient les quitter.

La chasseuse avait essayé d'emménager dans un appartement d'une ville lointaine. Mais au bout d'un moment, le lac était venu la chercher, elle avait senti son appel dans les écoulements des lavabos. Une odeur pénétrante accompagnée de mystérieux gargouillements, l'invitation à rejoindre ce bouillonnement ancestral. Et quand elle l'avait expliqué à un plombier, il l'avait regardée comme si elle était folle. C'était à cause du lac, qui entrait dans les os dès l'enfance. Qui se buvait *in utero*. Auquel on appartenait.

Alors la chasseuse était rentrée.

Depuis cinq ans, elle se consacrait à sa mission, trouver les femmes en difficulté avant qu'il ne soit trop tard. Elle leur offrait une échappatoire à leur relation délétère, à leurs liens morbides, à leur mariage gangrené. Parfois elle réussissait, parfois cela finissait mal. Elle n'était jamais indulgente avec les victimes. Bien que méprisant ceux qui soutenaient qu'une femme maltraitée « l'avait bien cherché, dans le fond », elle était convaincue que nombre d'entre elles n'étaient pas totalement innocentes. Comme la jeune femme du supermarché qui, après avoir appelé à l'aide, s'était rétractée par commodité : il s'agissait non seulement de renoncer au luxe que lui offrait le blondinet à la Porsche blanche, mais surtout de prendre en main son existence. Le tout sans aucune certitude.

La chasseuse était convaincue que les coups ne rendaient pas les gens dociles, mais paresseux.

Très souvent, la peur d'affronter le changement est plus forte que celle de la violence : de nombreuses femmes attendent en vain que leur bourreau devienne gentil, sans considérer que cela pourrait ne jamais arriver.

Voilà pourquoi, quand son informatrice l'appelait pour lui donner un tuyau, elle se disait toujours qu'une femme n'avait pas trouvé en elle-même « la porte de sortie », ou alors qu'elle n'avait pas su imaginer sa propre mort.

Il était seize heures quand elle arriva à Nesso, un village situé en haut d'une colline, divisé en deux par une fissure rocheuse, une gorge creusée par deux fleuves qui s'unissaient juste avant de se jeter dans le lac, formant une cascade de deux cents mètres de haut.

La chasseuse gara sa Clio près du belvédère et descendit les trois cent quarante marches qui menaient au pont de la Civera, une construction datant de l'époque romaine. Elle était seule. Quand elle passait sous les porches des maisons surplombant la gorge, le bruit de la cascade s'amplifiait. Puis elle entendit aussi des voix, qui provenaient de la jetée tout en bas.

Quand un crime était commis dans ce secteur, elle retrouvait toujours les mêmes personnes.

Un journaliste, pigiste de longue date pour une antenne locale, se tenait à côté du canot pneumatique des carabiniers. Il sentait généralement la sueur.

— Je ne peux rien faire avec ça ! protestait-il de sa voix rauque.

— Et moi, je ne compte pas y passer la nuit, répondait Silvi, le médecin légiste.

Cet homme maigre d'une soixantaine d'années était surnommé « le docteur des morts », parce qu'il intervenait quand les patients n'avaient plus besoin d'être soignés.

— Je dois écrire au moins cinq mille signes pour gagner mes quarante-cinq euros. Avec ça, je peux à peine rédiger un entrefilet, se plaignit le journaliste.

— Ce n'est pas mon problème, répondit le médecin en aidant les plongeurs à retirer leurs bombonnes.

L'un d'eux, un jeune lieutenant, aperçut la chasseuse le premier.

— Qui vous a prévenue ? demanda-t-il d'un ton suspicieux.

La femme agita la main en guise de salut et avança vers eux d'un pas assuré.

— La star des féministes, la railla le journaliste. Je me disais bien qu'il manquait quelqu'un…

Le soleil descendait vers la rive opposée, l'ombre des montagnes s'abattit progressivement sur eux. Le froid piquant n'était pas dû à la température, mais à la sensation de gel caractéristique des scènes de crime, y compris l'été.

— Qu'est-ce que vous avez pêché ? demanda la chasseuse en s'arrêtant au bout de la jetée.

— Il n'y a rien pour toi, tu peux partir, répondit le médecin légiste.

— J'ai entendu parler d'un bras. C'est une femme ? demanda-t-elle en désignant la petite caisse en acier où avaient été rangés les restes.

Silvi leva les yeux au ciel.

— Bien sûr, je n'ai pas encore les résultats des prélèvements, mais on peut supposer que la victime est de sexe féminin, répondit-il avec agacement.

— Le reste du corps ?

— Aucune idée…

Personne n'ajouta quoi que ce soit.

Leur air indifférent surprit la chasseuse.

— Vous allez déclencher l'alerte ?

— Pour quoi faire ? demanda le lieutenant avec étonnement.

— Pour prévenir qu'un type en liberté s'amuse à découper des femmes en morceaux.

Les rires fusèrent. En effet, exaspérée de ne pas être prise au sérieux, elle avait tiré ses conclusions de manière un peu hâtive.

— En fait, on sait déjà de qui il s'agit, intervint le journaliste.

Elle le regarda. Était-il sérieux ?

— Qui ?

— Le lac, lui répondit le docteur des morts avant de s'adresser au journaliste. Explique-lui pourquoi cette histoire ne t'intéresse pas.

— Parce que tous les deux ou trois ans, le lac nous offre un pied, une jambe… parfois même une tête.

— Je n'y crois pas, répondit la chasseuse.

Le médecin, amusé, encouragea le journaliste à poursuivre :

— Raconte-lui l'histoire du touriste allemand...

— Ah oui ! Le lac l'a recraché morceau par morceau : d'abord une oreille, puis une main, enfin le buste.

— On l'a assemblé comme un puzzle et on l'a rendu presque en entier à sa veuve, assura Silvi.

À nouveau, ils rirent. Ils se sentaient le droit de plaisanter parce que pour eux ce bras n'était qu'un objet. Sans visage ni nom, il n'y avait pas d'empathie avec la victime.

— Ce sont les cadavres des personnes qui se suicident dans ces eaux, intervint le lieutenant pour mettre fin à cette conversation déplacée. Ils se jettent de là-haut, se cognent contre les parois rocheuses, et ensuite les courants font le reste : ils battent les corps contre les pierres ou les entraînent au fond.

— Comment pouvez-vous être certains que la propriétaire de ce bras s'est suicidée ?

— Nous n'en sommes pas certains, admit le carabinier, mais c'est l'hypothèse la plus probable.

— Vous voulez dire que vous ne plongerez pas pour chercher le reste de cette malheureuse ?

— C'est ce qu'on a fait jusqu'ici, mais il y a une fosse de quatre cents mètres de profondeur à cet endroit, reprit-il en se tournant vers le lac en apparence tranquille. Ce n'est pas facile d'y descendre, il fait trop noir et le fond est trop sableux. Au moindre mouvement, on soulève de la matière, au risque de se faire aveugler et de perdre l'orientation.

La chasseuse de mouches poussa un soupir résigné, avant de poser à nouveau les yeux sur la caisse.

— Je peux voir le contenu ?

Le journaliste secoua la tête, écœuré :

— Moi, j'y vais.

Le lieutenant acquiesça, alors le médecin ouvrit les loquets et souleva le couvercle.

La chasseuse fit un pas en avant. Elle aurait préféré s'épargner ce spectacle, mais cette inconnue méritait au moins un regard dénué de dégoût. Elle avait été un être humain.

— Caucasienne, la soixantaine. L'état de conservation des tissus et les lacérations typiques indiquent qu'elle a passé deux ou trois jours dans l'eau. Le démembrement a eu lieu au niveau de l'épaule droite : la nature de la lésion ne permet pas de conclure à l'utilisation d'un outil tranchant.

Personne ne l'a taillée en pièces, pensa la chasseuse, simplifiant le jargon du médecin légiste. Sinon, les nerfs, les veines, les artères et la peau autour de la tête de l'humérus seraient découpés de façon régulière, et non arrachés. Même si cela n'excluait pas l'homicide.

— Cause du décès : une irrésistible force inconnue.

Cette dernière phrase, conventionnelle, concluait généralement les rapports du médecin quand la mort était violente ou brutale. On la trouvait à la fin des rapports de police ou dans les sentences sans coupables. Elle était souvent associée aux cas où le cadavre était en trop mauvais état pour qu'on puisse l'identifier.

Voilà pourquoi, en l'absence de nom, la chasseuse chercha sur le bras un détail racontant quelque chose sur la personne à qui il avait appartenu. Un signe particulier qui lui révélerait que cette femme avait eu une vie, une maison, des relations affectives. Mais la seule trace du passé sur ce membre pâle et flasque, abîmé par son séjour dans l'eau, était le vernis rouge sur les ongles.

Elle remarqua que l'un d'eux était cassé.

12

Une grande villa au bord du lac, à Cernobbio. De loin, elle ressemblait à une vieille boîte richement décorée. De hautes verrières donnaient sur un jardin aux haies disposées de façon géométrique, qui hébergeait de nombreux cyprès et rosiers, des bancs en pierre et des fontaines.

L'homme qui nettoyait observait la maison depuis les hauteurs non loin, essayant d'imaginer quelle vie on pouvait y mener. La différence entre son monde et celui-ci était si nette qu'il ne s'était jamais posé la question auparavant. Il comprit que pour obtenir une réponse il ne suffisait pas de franchir le seuil d'une maison luxueuse : il fallait être né du bon côté du portail. Dans sa vision simplifiée du monde, il était convaincu que les riches étaient toujours heureux. Même si, de façon inattendue, les événements de l'avant-veille l'avaient fait changer d'avis.

« Elle a glissé dans le lac en prenant une photo avec son téléphone, avait déclaré le père de la jeune fille à la mèche violette aux journalistes devant l'hôpital. *Probablement un selfie. »*

Mais le numéro de téléphone noté sur le mollet de sa fille racontait une autre histoire.

L'homme qui nettoyait ne savait pas ce qu'il faisait devant cette maison. Toutefois, une impulsion nouvelle, à laquelle il ne savait pas donner de nom, l'incitait à chercher le secret de la jeune fille qu'il avait sauvée. Il avait enfilé son uniforme vert, bien que ce matin-là il eût appelé le travail pour prendre un jour de repos.

Il ne connaissait qu'une seule façon de découvrir la vérité sur quelqu'un : fouiller dans ses poubelles.

Les gens sont faibles, se disait-il. *Ils commettent des péchés dont ils ont honte par la suite. C'est pour cela qu'ils essaient de cacher qui ils sont réellement. Mais souvent, ils ignorent un détail : ce qu'ils jettent avec légèreté en construisant leur mensonge, les déchets de leur fiction, peuvent révéler la vérité.*

Les riches sont particulièrement doués pour cacher leurs ordures, au risque que la puanteur nuise à la splendeur qui les entoure. Les propriétaires de la villa avaient un composteur autonome. Les autres poubelles étaient stockées dans une cabane éloignée de l'habitation. Les jours de ramassage, les domestiques sortaient les bacs devant un portail latéral. L'homme qui nettoyait étudia le moyen de s'emparer de leur contenu, en évitant de se faire repérer par les caméras de surveillance. Cela ne s'annonçait pas simple. Il aurait dû renoncer, mais quelque chose l'en empêchait.

La jeune fille avait voulu se faire du mal, il en était certain. Elle n'était pas tombée à l'eau par accident. Elle s'y était jetée.

En notant le numéro de son père sur sa jambe, elle avait exprimé la volonté qu'il soit le premier prévenu, après qu'on aurait repêché son cadavre. C'était pour cette raison que la tentative de faire passer les faits pour un accident le mettait en colère. Les riches se servaient de leurs murs d'enceinte non pas pour s'enfermer, mais pour ne pas avoir à regarder comment vivaient les autres gens. Et ils employaient des domestiques pour nettoyer leur crasse. Ce mensonge ne visait donc qu'à masquer quelque chose qui ne leur plaisait pas.

L'homme qui nettoyait s'apprêtait à regagner son appartement quand il vit arriver une ambulance, sirène éteinte, suivie d'une Mercedes noire aux vitres teintées. Le portail en fer battu s'ouvrit automatiquement et le petit cortège emprunta l'allée de graviers qui serpentait dans la verdure avant d'arriver à la villa.

Un homme portant un pull fin et un blazer ainsi qu'une femme en imperméable descendirent de l'arrière de la voiture. Les parents de la jeune fille à la mèche violette furent accueillis par plusieurs domestiques regroupés devant l'entrée, qui se précipitèrent pour emporter leurs bagages et installer une rampe métallique sur l'escalier.

Peu après, les infirmiers ouvrirent les portes arrière de l'ambulance et en sortirent un fauteuil roulant, dans lequel était installée la jeune fille.

Malgré la distance, l'homme qui nettoyait eut l'impression que, hormis l'attelle à sa jambe, elle allait bien.

La mère, bras croisés sur la poitrine, était immobile. Le père, en revanche, donnait l'impression de tout contrôler : il donnait des indications au personnel pour que le fauteuil puisse accéder à la maison dans les meilleures conditions possible.

En regardant la scène, l'homme qui nettoyait pensa à ce qu'il était en train de faire juste avant de remarquer la fille dans le lac. La journée parfaite. La brise dans le bois. Le panorama sur les Alpes. Il faisait doux, pourtant il transpirait : il avait sorti son mouchoir pour s'éponger le front et le cou. Le même qu'il avait ensuite placé dans la bouche de l'adolescente en proie aux convulsions. Il se souvint alors du petit corps qui se débattait et de son râle quand il avait essayé de faire revenir l'air dans ses poumons. Le regard fixe qui l'avait transpercé quand elle avait repris connaissance.

L'avant et l'après. Deux moments à la fois distincts et très proches. Depuis, tout avait changé. Et, bien que conscient qu'il lui fallait accepter ce nouvel état de fait, l'homme qui nettoyait ne comprenait pas encore pourquoi.

Pourquoi se trouvait-il là ? Ce n'était pas sa place.

Le fauteuil roulant franchit le seuil de la villa et, au moment où les portes se refermaient, l'homme qui nettoyait remarqua que le père de la jeune fille à la mèche violette s'attardait à l'extérieur : il s'arrêta quelques secondes, puis se tourna vers le jardin et le lac. L'homme riche et puissant balaya les environs des yeux, comme s'il cherchait quelque chose ou quelqu'un à la frontière entre son monde et l'autre, où il n'avait jamais regardé.

Peut-être la confirmation d'un pressentiment. Peut-être la réponse à un appel téléphonique muet reçu à l'aube.

13

Une irrésistible force inconnue.

La formule qui classait sans suite les morts violentes inexpliquées continua de la tourmenter sur le chemin du retour. Pour la chasseuse de mouches, chaque chose devait avoir une place, un sens logique. L'univers devait être gouverné par des lois précises et non par le chaos.

« Le démembrement a eu lieu au niveau de l'épaule droite, avait dit le docteur Silvi au sujet du bras surgi de l'eau. La nature de la lésion ne permet pas de conclure à l'utilisation d'un outil tranchant. »

Quelque part, au fond du lac, gisaient les restes d'une femme sans nom. On savait seulement qu'elle avait la soixantaine et que, à la fin de sa vie, elle s'était mis du vernis à ongles rouge. Les yeux rivés sur la route, la chasseuse s'imaginait la scène : le petit pinceau passé doucement sur les ongles, l'odeur, la femme soufflant légèrement sur ses doigts pour accélérer le séchage.

Une irrésistible force inconnue.

Cette formule était une déclaration d'impuissance, une capitulation. Elle ne la supportait pas, de même qu'elle ne supportait pas le mot qui définissait l'homicide d'une femme par un homme. Elle n'arrivait même pas à le prononcer, parce qu'au lieu de stigmatiser l'assassin, cela marquait la victime, effaçant automatiquement son identité des mémoires, la réduisant au statut de « femme assassinée », une catégorie de malheureuses liées pour l'éternité au souvenir de leurs bourreaux.

Elle se gara dans l'allée et coupa le moteur. On ne vernit pas ses ongles pour aller se suicider, pensa-t-elle. Ou alors elle s'était mise sur son trente-et-un justement pour l'occasion ? Jusqu'à la fin de sa vie, sa grand-mère avait exigé qu'on lui apporte son rouge à lèvres quand le docteur venait lui rendre visite. La femme du lac aurait pu se faire belle pour son rendez-vous avec la mort. Ou pour ne pas faire piètre figure quand on trouverait son cadavre.

Elle sortit de sa voiture et descendit l'escalier en béton qui menait à l'entresol de la petite maison où elle habitait.

Épuisée par sa longue journée, elle laissa tomber son sac à main et tendit la main pour chercher l'interrupteur. Elle alluma la lampe de l'autre côté de la pièce, sur laquelle elle avait posé un vieux foulard qui créait une atmosphère ambrée.

Frigorifiée, elle se dirigea vers la petite cheminée située près du canapé. Avant de retirer sa veste, elle prit quelques bûches rangées dans un panier et alluma le feu. Les flammes sautillèrent en diffusant leur chaleur.

La chasseuse regarda autour d'elle. La maison était dans un état désastreux : il y avait des papiers et de la poussière partout. Son bureau, dans un coin de la pièce, était un véritable dépôt, le PC et l'imprimante étaient entourés de babioles accumulées elle ne savait comment. Quant à la cuisine et à la salle de bains, mieux valait ne pas en parler. Dans l'ensemble, on aurait dit la tanière d'un animal, plutôt que le lieu de vie d'un humain.

Elle avait hérité de la petite maison à deux niveaux de ses parents, mais elle n'en occupait que la partie inférieure, qui avait autrefois été une sorte de salle de jeux. Le dimanche, sa famille y invitait des amis pour jouer aux cartes : ils disputaient d'interminables parties de *burraco*. C'était également là qu'elle se cachait, petite, pour éviter de se faire disputer après une bêtise. Et c'était là qu'elle avait perdu sa virginité, une nuit éthylique d'été. Aujourd'hui, elle avait choisi de délimiter son repaire pour économiser sur le chauffage, du moins voulait-elle le croire. En vérité, il y avait trop de fantômes à l'étage supérieur.

Elle n'y avait pas mis les pieds depuis cinq ans.

En bas, elle avait la sensation que les spectres la laisseraient en paix. Elle dormait sur un lit simple placé contre le mur, sous une fenêtre donnant sur le jardin tout en offrant une vue sur la route.

La maison était isolée, mais la chasseuse n'avait pas peur.

Quand elle fut réchauffée, elle alluma son ordinateur pour vérifier si elle avait reçu des messages de demande à l'aide sur les réseaux sociaux. C'est alors que son téléphone sonna, affichant « numéro inconnu ». Elle répondit.

— *Appel à charge du destinataire. Autorisation numéro 200607,* annonça une voix enregistrée. *Si vous acceptez, appuyez sur 9.*

Elle raccrocha sans prendre la communication. Ce n'était pas arrivé depuis un an, mais ce délai lui semblait très court.

Instinctivement, elle regarda le plafond. Vers l'étage du dessus.

Avant de reprendre ses recherches, elle alla à la cuisine. N'ayant pas mangé depuis des heures, elle se sentait affamée. Les placards étaient vides, un paradoxe pour quelqu'un ayant passé toute sa semaine dans un supermarché. Elle aurait dû en profiter pour faire ses courses, mais elle avait oublié. Il ne restait qu'une soupe lyophilisée et quelques crackers. Elle vida le sachet dans une petite casserole d'eau qu'elle posa sur le gaz. C'est alors qu'il lui sembla entendre des pas dans l'escalier extérieur. Elle se tourna vers l'entrée.

Qui pourrait avoir envie de venir ici ?

Quelques secondes plus tard, on frappa. La chasseuse de mouches, sur ses gardes, se dirigea vers la porte et essaya d'identifier le visiteur à travers le verre dépoli de la porte. Puis elle ouvrit.

— Excuse-moi, je ne voulais pas te déranger, dit la femme sur le seuil. Je peux entrer un moment ?

— Bien sûr, répondit la chasseuse en s'écartant pour la laisser passer.

En même temps, elle se répétait : *Qui pourrait avoir envie de venir ici ?*

Pamela était en survêtement, signe qu'elle sortait de la salle de sport. Elle sentait le shampoing à la cannelle. Son amie ne venait jamais la voir chez elle, et elle ne pouvait l'en blâmer. Si elle avait vaincu sa réticence, c'était qu'il s'était passé quelque chose. Pamela jeta un regard circulaire et la chasseuse perçut son inquiétude, mais elles firent toutes deux semblant de rien.

— Quel bordel ! dit Pamela pour dédramatiser.

— C'est pour ça que je ne t'invite jamais. Et de toute façon, mon psy dit que l'ordre n'est qu'une mystification.

Son amie ne comprit pas la blague, ou ne voulut pas la contrarier. En tout cas, elle resta plantée au milieu de la pièce, les mains sur les hanches, nerveuse.

— Je t'aurais bien offert une bière, mais le frigo est vide.

— Pas de problème, de toute façon je ne vais pas m'attarder.

Pamela retira tout de même sa veste, dévoilant un tee-shirt moulant qui mettait en valeur ses abdominaux, sculptés par des heures d'entraînement.

La chasseuse, elle, avait un « cul de réserve » au niveau du ventre – ainsi définissait-elle l'amas de gras autour de son nombril.

— Alors, ce bras surgi du lac ? demanda son amie.

La chasseuse haussa les épaules et se dirigea vers la cheminée pour y ajouter une bûche.

— Une femme, la soixantaine. Le membre était dans l'eau depuis vendredi, plus ou moins. Le lieutenant et le médecin légiste penchent pour un suicide, mais ils se fondent uniquement sur leur expérience d'affaires similaires.

— Je me doutais que ça se passerait comme ça…

Pamela lui filait des tuyaux sur les crimes violents dont les victimes étaient des femmes. À trente et un ans, elle était déjà sergent des carabiniers. Malgré leur différence d'âge, les deux femmes étaient très proches.

— Le lieutenant ne cherchera pas le reste du corps, donc on n'a plus qu'à espérer que le lac rende quelque chose qui permette d'identifier la malheureuse.

— Dans les jours à venir, un proche signalera forcément sa disparition, suggéra Pamela. En comparant l'ADN, on trouvera un nom.

— Mais ça ne lèvera pas le doute sur le fait de potentielles violences…

Pamela secoua la tête.

— Comme toujours, tu n'imagines pas que la réponse puisse être plus simple. Il faut toujours que tu envisages le pire scénario.

La chasseuse souleva la tête d'un coq en paille rangé sur une étagère, d'où elle sortit du tabac et des feuilles à rouler.

— J'ai besoin d'un service, dit-elle prudemment.

— De quoi s'agit-il ?

Elle sortit son smartphone de sa poche et le lança à son amie, qui le rattrapa.

— Les dernières photos.

— Ça, c'est une bagnole de dragueur ! s'exclama Pamela en découvrant la Porsche blanche.

— J'ai besoin que tu te renseignes sur son propriétaire. Qui il est, ce qu'il fait, s'il a un casier, surtout pour maltraitance. Sa petite amie a appelé à l'aide, mais ensuite elle s'est rétractée.

La chasseuse était convaincue qu'elle ne tarderait pas à le regretter.

— Elle avait des traces de coups ?

— Pas visibles.

Pamela écarta les bras, comme pour dire qu'une intuition ne suffisait pas à formuler une accusation.

— Le pire bourreau n'est pas celui qui frappe tous les jours, mais celui qui t'apporte des fleurs le lendemain.

— D'accord, envoie-moi les photos par mail, accepta son amie en lui rendant son téléphone. Il faut que je rentre chez moi.

Mais de toute évidence, elle n'en avait pas envie.

Sans commenter, la chasseuse lui tendit sa cigarette. Pamela tira dessus, expirant un nuage de fumée, sans pour autant se délester du poids qu'elle portait en elle.

— À mon avis, le lieutenant et le docteur Silvi ont raison sur la femme du lac. Il s'agit très probablement d'un suicide. Mieux vaut la laisser reposer en paix.

— Tu ne veux pas savoir pourquoi elle l'a fait ?

— Ça la regarde. Dans le fond, c'est ce qu'elle voulait : être oubliée.

— Que sais-tu du drame qui a sans doute conditionné son geste ?

— Et toi, tu crois que tu te sentiras mieux si tu le découvres ?

Au début, la chasseuse avait cru que le cynisme de Pamela était lié à sa mauvaise humeur, mais cette question était une attaque frontale.

— Rien ne pourra me faire me sentir mieux, précisa-t-elle.

Son amie comprit qu'elle avait dépassé les bornes et pénétré un territoire délicat.

— Ce n'est pas ce que je voulais dire.

La chasseuse ne pouvait pourtant pas nier que ce qu'elle faisait pour les autres femmes était une façon de compenser les erreurs de sa vie précédente. Pamela était seulement inquiète de la voir aussi impliquée.

— Ça ne fait rien, dit la chasseuse en allumant une autre cigarette.

— Le jour où cette femme a fini dans le lac, il y a aussi une jeune fille de treize ans qui y est tombée, dit Pamela, mal à l'aise, pour se justifier. Mais elle a été sauvée. Imagine, si c'était elle qu'on avait retrouvée en morceaux.

— Qui est-ce ? demanda distraitement la chasseuse pour éviter que son amie évoque à nouveau son passé.

— La fille des Rottinger.

— Je suis censée les connaître ?

— Des gens qui ont trois zéros de plus que nous sur leur compte en banque.

— La fille s'est jetée à l'eau ?

— Elle était ivre.

— Ivre ?

— À l'hôpital, ils ont trouvé un fort taux d'alcool dans son sang. La famille parle d'un accident : elle serait tombée en prenant un selfie. Elle a une cheville cassée. Même si ce n'est pas tout à fait la vérité, son père, Guido Rottinger, est un ingénieur assez puissant pour faire accepter cette version des faits à la terre entière.

— Comment a-t-elle été sauvée ?

— Des témoins ont vu un homme la traîner jusqu'à la rive, au risque de se noyer lui aussi, mais ensuite il a disparu.

— Disparu ?

Drôle d'histoire. La chasseuse était incrédule.

— Tu verras, il se fera connaître quand il comprendra que la gratitude des Rottinger vaut de l'or.

La chasseuse espéra qu'il n'en fasse rien. Elle admirait les héros anonymes, ils étaient si rares.

— La jeune fille va bien, maintenant ?

— Elle a été gardée en soins intensifs, mais uniquement à cause de son nom de famille… Hormis sa cheville, qui a nécessité une petite intervention chirurgicale, elle s'en est sortie avec une épaule luxée et quelques égratignures. Ah, et il y a autre chose : elle avait un corps étranger dans la bouche. Tu ne vas pas le croire…

— Quoi ?

— Un morceau d'ongle verni de rouge.

16 avril

Depuis quelques jours, Vera est très triste.

Le matin, elle ne veut pas se lever et parfois elle dort jusqu'au soir. Quand elle sort du lit, c'est pour se mettre sur le canapé devant la télé et y rester jusqu'à l'aube. Elle regarde l'écran, mais son esprit vagabonde. L'enfant le voit dans ses yeux vides. Il sait qu'elle devrait aller au travail et que, si elle n'y va pas, elle sera renvoyée. Pourtant Martina a fait des pieds et des mains pour lui trouver ce poste de shampouineuse, et Vera était très contente au début.

Que va-t-il se passer, maintenant ?

Vera a déjà été triste comme ça. En général, à cause d'un homme-mouche. Chaque fois, c'est pareil : l'enfant s'en rend compte car sa mère devient très confuse. Par exemple, elle fait tomber la cendre de sa cigarette dans son café avant de le boire comme si de rien n'était, elle sort sur le balcon sans culotte ou alors elle reste des heures plantée dans le couloir de l'appartement parce qu'elle a oublié ce qu'elle devait faire.

L'enfant sait bien que, si Vera ne retourne pas au salon de coiffure, on ne lui donnera pas d'argent pour faire les courses. Dans son sac à main, il n'y en a plus.

Et le placard où ils rangent les provisions est vide. Vera n'a pas l'air de s'en soucier. Mais lui, tous les soirs, il se couche avec des crampes à l'estomac.

Le pire, c'est que lorsqu'elle est triste sa mère ne lui parle pas. Quand il lui pose une question, elle ne répond pas. C'est comme si elle était partie ailleurs, dans une autre maison, et qu'elle n'avait laissé que son corps.

Combien de temps s'est écoulé depuis son dernier repas ? L'enfant a fait le compte sur le calendrier de la cuisine. Cela fait sept jours qu'il n'a pas mangé.

Martina lui a promis de passer chaque semaine, mais cela fait un moment qu'elle n'est pas venue. Où est-elle ? Pourquoi n'arrive-t-elle pas ?

Maintenant, l'enfant a toujours sommeil, lui aussi. Il boit un peu d'eau au robinet puis va s'allonger à côté de Vera. Avant, il la suppliait de lui donner à manger. Maintenant il ne pleure plus, il a compris que c'était inutile. Il se recroqueville à côté d'elle et écoute sa respiration pour s'endormir.

Les autres fois, à un moment, Vera finissait par se lever, se douchait et reprenait lentement la vie d'avant. Mais pas cette fois. L'enfant craint que cette fois ne soit pas comme les autres. Il a peur qu'ils s'endorment et ne se réveillent jamais. Il est de plus en plus faible.

Une lumière éclaire ses paupières fermées. Il n'arrive pas à ouvrir les yeux, il a peur d'être aveuglé. Il redresse la tête : les stores ont été relevés. Le jour arrive dans la pièce telle une gifle.

Quelqu'un est en train de chantonner un air sans paroles.

L'enfant se frotte les yeux. Il est fatigué mais ne veut pas se rendormir. Il veut comprendre ce qui se passe. La voix de Vera qui chante provient de la salle de bains. Elle a l'air de bonne humeur. Les genoux de l'enfant tremblent, alors il marche en se tenant au mur. Il s'approche de la porte et la voit devant le miroir, nue, en train de peigner ses longs cheveux blonds. Elle a même mis du rouge à lèvres. Quand elle le remarque, elle arrête de chanter et lui sourit dans le miroir. Un sourire lumineux, comme l'enfant en a rarement vu.

— *... Tu es claire comme l'aube, tu es fraîche comme l'air...* chante ensuite Vera.

Il connaît cette chanson. Sa mère ne la chante que quand elle est heureuse. C'est bon signe, cela veut dire que la tristesse a disparu. Mais il s'aperçoit que les lèvres de sa mère ne bougent pas. Bizarre. En fait, la voix vient d'une autre pièce. L'enfant se tourne : Vera n'est plus devant le miroir de la salle de bains, mais à la cuisine, vêtue d'une robe rouge. Comment est-ce possible ? L'enfant a le vertige, pourtant il avance jusqu'à elle.

— S'il te plaît, j'ai faim… essaie-t-il de lui dire, mais il n'est pas sûr que cela soit le cas, parce qu'il a aussi envie de vomir.

Vera lui sourit à nouveau, sans lui dire un mot. Elle se vaporise un nuage de parfum, alors l'enfant comprend que sa mère sort. Elle se dirige vers la porte d'entrée, il a du mal à la suivre.

— Tu vas où ?

Pas de réponse. Vera enfile ses chaussures à talons hauts.

— Je ne veux pas rester tout seul. Je t'en supplie, ne me laisse pas seul…

Mais Vera ne va nulle part. Elle se tait. Alors l'enfant comprend qu'elle s'est faite belle pour quelqu'un.

Mais pour qui ?

Puis l'enfant lève les yeux et suit la ligne du regard de sa mère.

La porte du placard à provisions est verte. Elle n'était pas comme ça avant, quelqu'un l'a peinte. Il entend un bruit à l'intérieur. Comme une sorte de couinement, accompagné d'ongles qui grattent le bois.

Qui que ce soit, il a envie de sortir.

— Courage, lui dit sa mère. Il t'attend…

Il y a un invité dans l'appartement. Un sifflement mélodique, deux notes prolongées d'une douceur dérangeante. Un appel.

L'enfant avance à pas incertains vers la porte verte. À mi-chemin, il se tourne vers Vera, mais elle a disparu. Sans s'arrêter, il atteint la poignée, tend le bras mais n'a pas la force d'appuyer dessus. Sa vue est brouillée. Il insiste. Cette fois, cela fonctionne : la porte s'ouvre. Alors il se passe quelque chose d'étrange. La lumière du jour n'envahit pas la pièce, mais recule comme un chat échaudé. Dans le noir, la braise d'une cigarette s'allume et s'éteint par intermittence.

— Comment tu vas, gamin ? demande une voix familière. Quand je siffle, tu dois accourir, tu le sais ?

Il reconnaît une silhouette dans l'ombre, n'en croit pas ses yeux : Micky est revenu. Il est là, debout entre les étagères vides.

— Cette fois, tu ne diras rien à personne, promis ?

L'enfant secoue la tête.

— Je vois que tes cheveux n'ont pas repoussé.

Martina avait promis que si, mais en fait non.

— Tant mieux, affirme Micky en riant. Comme ça, on voit bien les fermetures Éclair.

Martina lui avait aussi assuré que Micky ne reviendrait jamais.

— Viens, crâne d'œuf, et referme derrière toi.

L'enfant obéit, craintif. Après avoir refermé la porte, il s'aperçoit que Micky cache son bras gauche derrière lui.

— J'ai entendu dire que tu avais faim.

L'enfant hésite, puis acquiesce.

Micky fait claquer sa langue, comme quand il est contrarié.

— Ça ne va pas, ça ne va pas du tout… Ta mère fait des sacrifices pour toi, et comment tu la remercies ? En te mettant à pleurnicher.

— Je ne le ferai plus, promet l'enfant. Je ne demanderai plus jamais à manger.

— Je sais que tu es sincère, mais je vais tout de même faire en sorte que tu ne l'oublies jamais.

Des larmes chaudes coulent sur les pieds nus de l'enfant.

— Tu comprends que c'est nécessaire. C'est mon devoir, se justifie Micky. Sinon, comment je peux te donner une éducation ?

— *Non…* dit l'enfant dans un murmure. Je t'en prie, non…

— Combien de nourriture as-tu mangé, ces dernières années, pour être aussi gros ? Et maintenant tu accuses ta mère de ne pas t'en donner assez ? C'est pour ton bien, gros tas.

L'enfant n'arrive pas à retenir ses sanglots.

— Allons-y, qu'on en finisse.

Micky perd patience. Enfin, il lui montre sa main cachée derrière son dos.

Elle serre un objet qui brille dans le noir.

L'enfant sait qu'il est inutile d'essayer de s'enfuir.

Micky glisse sa cigarette entre ses dents.

— Viens ici et ouvre la bouche.

14

L'homme qui nettoyait admirait les lueurs incendiaires de l'aube sur le lac. Il pensait à Micky.

Quelque chose l'inquiétait.

Pour l'instant, son colocataire restait sagement derrière la porte verte. Mais ce n'était qu'une question de temps. Bientôt, il sortirait de son silence.

En attendant, il était imprudent de modifier ses habitudes, alors l'homme qui nettoyait avait repris son travail.

Il était revenu sur les lieux de l'événement qui avait contrarié ses plans : la berge du lac où il avait sauvé la jeune fille à la mèche violette, perdu sa relique et désobéi à Micky.

L'homme qui nettoyait était conscient que ces faits étaient irréversibles.

Comme il l'avait prévu quand il se trouvait sur la petite plage le vendredi précédent, ce coin de paradis avait été pris d'assaut par les familles le week-end. En témoignaient les corbeilles remplies de déchets en tout genre, surtout des restes de pique-nique. Il sortit les sacs, les ferma et les remplaça par des nouveaux, avant de les charger dans son camion.

Ce faisant, il scruta les environs.

Reprendre le travail constituait aussi un prétexte pour revenir sur les lieux sans attirer l'attention. Il voulait comprendre ce qui s'était passé avant qu'il ne remarque la jeune fille qui se noyait dans le lac. Il était important de reconstruire les moments qui avaient précédé les faits.

En réalité, il cherchait la réponse à une question précise : d'où s'était jetée la jeune fille à la mèche violette ?

Il balaya les berges du regard en repensant au courant qui l'avait traînée le long du canal entre la rive et l'île Comacina.

À cinq cents mètres, il repéra un petit ponton à peine visible dans la végétation.

Il programma sa montre à quartz pour qu'elle sonne quinze minutes plus tard. Puis il avança sur la colline qui surplombait le lac, se frayant un chemin entre les arbustes qui semblaient vouloir le retenir. Il constata qu'il fallait une bonne dose de détermination pour arriver jusque-là. La même que quand on a décidé de s'ôter la vie.

Une fois sur le ponton, il s'arrêta : le bois était pourri. Le garde-corps était en place, mais des lattes manquaient au sol. Il ne prit pas le risque d'en casser plus avec son poids. Toutefois, il aperçut quelque chose au bout.

Un sac de courses blanc.

Il pouvait tourner les talons et rejoindre son camion, ou bien aller voir ce qu'il contenait. Rien ne prouvait qu'il appartenait à la jeune fille à la mèche violette, mais son instinct lui disait que si.

Il était pressé par le temps. Après s'être assuré qu'il n'y avait personne dans les environs, il tâta le bois du pied. Au troisième pas, il faillit tomber. À mi-parcours, il dut éviter un trou. Il n'avait aucune envie de finir à nouveau dans l'eau, parce qu'il savait ce qui se cachait sous cette surface immobile.

Il lui fallut sept minutes pour gagner l'extrémité du ponton. Il attrapa le sachet et, sans perdre de temps à en inspecter le contenu, il repartit vers le rivage. Quand le réveil sonna, il remontait le sentier menant au parking.

Le seul bruit dans l'habitacle était celui de sa respiration. Il sentait monter en lui une étrange excitation : de la peur, mais aussi de la curiosité. Comme quand on se lance dans une nouvelle aventure. Cette émotion était généralement réservée à Micky, les nuits où il sortait rencontrer une Élue. Comme toujours, l'homme qui nettoyait se contentait des restes. Mais cette fois, il eut l'impression d'être lui-même le protagoniste. Il attendit de retrouver sa lucidité pour ouvrir le sac.

Une bouteille de whisky à moitié vide. Les jeunes filles ne devraient pas boire de ce truc, pensa-t-il. Mais que savait-il des adolescentes ? Alors il comprit qu'elle avait bu pour se donner du courage. Ce qui confirmait qu'elle s'était jetée dans le lac. Puis l'homme qui nettoyait sortit une sorte de tablette.

Il lui fallut trois secondes pour comprendre de quoi il s'agissait. Effrayé, il l'envoya valser loin de lui. Elle finit sous le siège passager, disparaissant de sa vue.

Son cœur battait à tout rompre. L'homme qui nettoyait n'avait jamais possédé de téléphone portable et s'en méfiait pour une raison très simple : ces appareils pouvaient anéantir son plus grand pouvoir, l'invisibilité. Ce que les gens se disaient à travers ces engins pouvait être écouté par la police ou les carabiniers. C'était d'ailleurs sans doute en train de se produire à ce moment précis. Il lui fallait s'en débarrasser au plus vite. Il tendit la main vers l'espace entre le levier de vitesse et le siège et ramassa l'appareil du bout des doigts.

En l'observant plus attentivement, il se sentit rassuré.

L'écran était noir : ce téléphone était cassé, déchargé ou simplement éteint. Aussi, avant de réfléchir à comment s'en débarrasser, il l'examina. Il était entouré d'une sorte de coquille rose fluorescent, portant une inscription entourée de petites étoiles.

F-u-c-k, lut-il avec grande difficulté.

Que cela signifiait-il ? Était-ce le nom de la jeune fille à la mèche violette ?

Micky allait être en colère. Bien sûr, il pouvait le lui cacher. Mais son compère finissait toujours par tout savoir. L'homme qui nettoyait y pensa parce qu'il venait d'avoir une idée. Le téléphone représentait un danger, mais aussi une opportunité. Il était peut-être stupide, mais il comprenait que si Fuck l'avait laissé sur le ponton, c'était pour que quelqu'un le trouve. Son père, conclut-il en repensant au numéro noté sur sa jambe. Donc cet objet était important pour la jeune fille.

Pourquoi ?

Ce mystère l'agaçait. Pourtant, s'il gardait l'appareil, c'était pour une autre raison : il lui appartenait, à elle. Grâce à lui, ils étaient à nouveau proches, très proches. Comme sur la plage et dans la chambre d'hôpital.

Quelque chose les reliait. Et l'homme qui nettoyait devait comprendre de quoi il s'agissait.

15

— C'est impossible, répétait son amie au téléphone, regrettant sans doute de s'être laissé convaincre.

Elles s'étaient donné rendez-vous à l'hôpital Sant'Anna.

La chasseuse de mouches n'avait pas dormi de la nuit, obnubilée par ce que lui avait involontairement révélé Pamela. Le lendemain matin, de bonne heure, elle l'avait tirée du lit en la suppliant par téléphone de venir vérifier avec elle si cette histoire était bien une sorte de blague macabre. Elle espérait se tromper. Elle ne voulait pas d'une nouvelle obsession. Elle pensait déjà à la facture exorbitante de son psy. Toutefois, si une partie d'elle-même refoulait l'éventualité la plus extrême, l'autre refusait de l'ignorer.

Le destin est une force féroce, se dit-elle en traversant Côme en voiture. Pourtant, il avait parfois des conséquences exaltantes. Comme, peut-être, le morceau d'ongle rouge.

— Si le morceau d'ongle rouge est celui du bras repêché à Nesso, il aurait dû parcourir environ dix milles nautiques pour finir dans la bouche de la fille des Rottinger, objectait Pamela à l'autre bout du fil.

Oublions un instant l'absurdité de la chose : la gamine est tombée dans le lac vendredi et, si le membre a été repêché hier, on présume que la femme à qui il appartenait s'est suicidée le même jour. Donc, dans tous les cas, le courant n'aurait pas pu traîner l'ongle d'un point à un autre en si peu de temps.

— C'est ce que je me suis dit aussi, répondit-elle.

Elle n'était plus sûre de rien.

— Alors pourquoi es-tu en train de me forcer à venir avec toi ? hurla son amie, exaspérée.

— Parce que je veux me prouver que je suis timbrée et que je ne pourrai pas y parvenir sans ton aide.

Vers sept heures vingt, la Clio descendit la rampe du parking de l'hôpital. Pamela l'attendait, adossée à sa voiture, les bras croisés et l'air énervée, comme toujours. Elle était en uniforme, car elle prenait son service peu après.

— Je vais y aller seule, lança-t-elle sans préambule en se dirigeant vers son amie. Toi, tu m'attends ici.

— Pas question, réagit la chasseuse.

— Depuis combien de temps tu n'es pas entrée dans cet endroit ?

La question la laissa pantoise. C'était là qu'elles s'étaient rencontrées, un soir, cinq ans auparavant.

— Je vais bien, assura-t-elle. Mais c'est d'accord, je reste ici.

Elle regarda son amie se diriger vers les ascenseurs. Une fois seule, elle alluma une cigarette, bravant l'interdiction de fumer sur le parking. Elle fréquentait toutes les urgences de la zone du lac, car elle y trouvait régulièrement les femmes qui avaient besoin de son aide. C'était souvent là que commençait sa longue et difficile opération de persuasion. Un homme violent envers sa femme n'était pas aussi discrédité socialement que les autres criminels, parce que généralement les étrangers n'avaient rien à craindre de lui : avec eux, il se montrait gentil, sympathique et amical. Ainsi, la reconstitution des faits présentait toujours des incohérences. Il fallait faire une confiance aveugle à la victime, celle-là même qui pendant si longtemps avait subi sans se rebeller.

C'était peut-être demander trop d'empathie aux gens, se dit la chasseuse.

Par ailleurs, si, au lieu de demander une punition plus sévère pour l'assassin d'une femme, on avait passé une loi lui permettant de se libérer à la première gifle, peut-être aurait-on obtenu des résultats. Mais la statistique des morts était sans doute préférable. Parce que les morts font la une, et surtout ils ne peuvent pas parler. Mieux vaut une martyre de plus qu'une pauvre idiote forcée d'admettre qu'elle s'est laissé berner par amour.

À ce moment-là, la chasseuse se demanda si la femme du lac avait appelé quelqu'un à l'aide avant de finir au fond de l'eau.

Elle jeta son mégot par terre et l'écrasa avec la semelle de sa chaussure. Elle ne venait jamais à Sant'Anna. Elle n'aurait pas cru avoir un jour le courage d'y remettre les pieds. C'était pour cela qu'elle avait impliqué Pamela, au-delà du fait que sa fonction leur ouvrirait des portes. Mais là, seule, elle sentait monter un malaise.

Elle entendit des pas. Instinctivement, elle regarda autour d'elle, mais le parking était vide. Comment était-ce possible ?

Elle inspira et expira régulièrement, comme le lui avait conseillé son psychologue en cas de montée d'angoisse. Elle comprit qu'il n'y avait aucun spectre avec elle.

Ce qu'elle entendait, c'étaient ses propres pas, un soir de juin, de nombreuses années plus tôt.

Heureusement, les portes de l'un des ascenseurs s'ouvrirent et Pamela en sortit.

— Alors ?

Son amie haussa les épaules.

— C'est bien ce que je pensais : j'ai perdu mon temps.

— Qu'est-ce qu'ils t'ont dit de l'ongle ? reprit la chasseuse, ignorant la contrariété de son amie.

— Qu'il n'est pas rare de retrouver des corps étrangers dans la cavité orale, dans les poumons ou même dans l'estomac de quelqu'un qui a été sur le point de se noyer. Parfois ce sont même des objets.

— J'ai compris, mais est-ce qu'ils l'ont conservé ?

— Ils n'avaient aucune raison de le faire.

— Tu leur as laissé entendre que cela pourrait avoir de l'importance pour une autre affaire ? insista l'autre, déçue.

— Oui, mais maintenant il a été jeté avec les déchets hospitaliers.

La chasseuse s'y attendait, c'était logique. Mais elle voulait quand même essayer.

— Je ne sais pas pourquoi je me laisse embarquer là-dedans, reprit Pamela avec colère.

— Tu ne vas pas en parler à tes supérieurs ?

— Sans l'ongle, impossible de comparer avec l'ADN du bras. Donc, pour autant qu'on sache, les deux ongles appartenaient à deux femmes différentes.

La chasseuse refusait de se résigner : elle la suivit jusqu'à sa voiture et, avant que son amie puisse ouvrir sa portière, se planta devant elle.

— Ça va te paraître insensé, mais je sens qu'il y a quelque chose là-dessous.

Pamela leva les yeux au ciel, exaspérée.

— Je n'en parlerai pas au lieutenant. Même pas en rêve. Ce n'est pas facile pour moi, tu sais.

Elle savait.

— Hier soir, quand tu es venue chez moi, tu étais troublée et furieuse. Ne crois pas que je ne m'en sois pas aperçue.

— C'est Giorgia qui me rend folle, avoua enfin sa jeune amie. Elle s'est mise en tête qu'on devrait faire notre *coming out*, mais pour moi ce n'est pas envisageable !

— Tu as essayé de lui dire la vérité ?

— Comment ça ?

— Pour une femme militaire, c'est déjà assez compliqué sans révéler son orientation sexuelle.

Mais Pamela était trop fière de son uniforme pour admettre que quelque chose n'allait pas dans la façon dont la traitaient ses collègues et ses supérieurs. Son expression se durcit.

— Le fait que je t'aide à trouver les femmes maltraitées ne veut pas dire que je te considère comme la dépositaire absolue de la vérité sur les relations de couple.

— Au contraire, je suis sans doute la personne la moins apte à en parler, admit la chasseuse de mouches avec humour.

Elle s'apprêtait à ajouter que c'était le sujet favori de son psy, mais elle fut interrompue par la sonnerie de son téléphone.

Encore un numéro inconnu, qu'elle imagina à nouveau à la charge du destinataire. Elle refusa l'appel.

— Pourquoi tu ne réponds pas ?

— C'est un appel commercial, mentit-elle. Ils veulent me convaincre de changer d'opérateur.

Son amie la crut, ou n'eut pas envie d'approfondir. De même qu'elle n'avait pas envie de continuer à parler de sa vie privée.

— Tu vas laisser tomber cette histoire d'ongle et de bras ?

— Non.

Pamela la poussa pour ouvrir la portière de sa voiture, comme si elle en avait assez de son obstination. Mais, avant de partir, elle lui tendit une enveloppe.

— C'est quoi ?

— Une copie du dossier de la petite Rottinger : l'enquête sur l'accident du lac a été archivée. Je te connais, je sais que tu vas continuer à poser des questions, alors autant te donner les réponses avant que tu ne t'attires des ennuis.

— Pourquoi est-ce que je m'attirerais des ennuis ?

— Je te l'ai dit : M. Rottinger fait tout pour enterrer l'affaire.

— Pourquoi ? répéta la chasseuse, convaincue qu'il y avait une autre raison.

Pamela décida d'être sincère.

— Imagine ce qui se passerait si on savait que quelqu'un avec ton passé s'en mêle…

C'était brutal, mais elle avait raison, pensa la chasseuse. *Quelqu'un avec ton passé.* Elle accepta l'enveloppe sans ajouter un mot.

16

Il les voyait tout le temps.

Ils déambulaient dans les rues comme s'ils n'avaient plus le contrôle d'eux-mêmes, le visage éclairé par l'écran qu'ils tenaient devant eux. Cette lumière engloutissait peu à peu leur âme et déterminait leurs gestes. Les gens ne regardaient plus où ils allaient ni ce qui les entourait. Il les voyait sourire ou pleurer devant ces écrans. Victimes d'un étrange enchantement, ces personnes étaient là sans y être.

L'homme qui nettoyait s'était souvent demandé à quoi ressemblait l'ailleurs où l'humanité vivait sa vie parallèle. Il n'y était jamais allé et, ne sachant comment cela fonctionnait, il avait trop peur d'y perdre son invisibilité. Toutefois, depuis qu'il avait trouvé le portable de Fuck, il s'intéressait soudain à ce monde.

À la fin de son service, il était monté dans un bus et avait étudié les mouvements des passagers qui manipulaient ces appareils, avec l'intention de les répéter par la suite.

« Tu n'y arriveras pas, tu n'es qu'un attardé ! »

Combien de fois, petit garçon, avait-il entendu cette insulte dans la bouche de Micky ? Avec le temps, il s'était convaincu que c'était vrai. En tout cas, il lui fallait toujours un certain temps pour comprendre. Peut-être à cause des deux trous qu'il avait dans la tête. Heureusement, certaines activités ne requéraient pas d'être intelligent, même lui pouvait les mener à terme. Deux, en particulier, lui réussissaient plutôt bien.

Nager et nettoyer.

Il vérifiait régulièrement que le téléphone de Fuck se trouvait toujours dans la poche de son blouson. Il avait peur de le perdre. S'il le sortait pour s'affairer dessus, les autres passagers n'y verraient rien d'étrange. Pour une fois, il aurait pu être comme eux, ce qui lui sembla étonnamment désirable. Mais ensuite, il se rappela la coque rose sur laquelle était imprimé le nom de la jeune fille à la mèche violette, et il se ravisa.

Il avait décidé de ne pas rapporter l'objet chez lui. Par sécurité. Pour éviter que la police ou les carabiniers puissent l'espionner. Mais aussi pour le tenir à l'écart de Micky. Après avoir longuement réfléchi à une cachette, il avait eu une illumination.

Il descendit du bus à dix-neuf heures passées, après avoir erré tout l'après-midi. La nuit tombait. Il emprunta à pied la route de la colline. Tout était silencieux. Il passa devant les maisons qu'il n'avait toujours vues qu'à l'aube, encore endormies, à la fin de sa tournée. À cette heure, elles étaient éclairées et on apercevait leurs habitants à l'intérieur. Des mamans préparaient le dîner pour leurs enfants, pendant que des papas les enveloppaient dans des serviettes douillettes après le bain, ou les aidaient avec leurs devoirs. Pendant un instant, il envia ces enfants : il n'avait jamais rien connu de semblable.

D'une démarche lente, comme un passant qui se trouverait par hasard dans le quartier, il arriva devant la seule maison éteinte.

La villa du numéro 23 l'attendait.

Il reconnut la fenêtre en pointe et les rideaux en dentelle tirés, qu'il avait si souvent observés. L'hortensia avait séché et il n'y avait aucun chat sur le coussin à côté. D'abord, l'homme qui nettoyait contrôla que personne ne pouvait le voir. Puis il escalada le portail, contourna la maison et se retrouva à l'arrière, où il y avait un petit potager. Comme prévu, il trouva aussi une autre entrée.

Il força la porte et entra.

La pièce étroite servait de buanderie. Il écouta la maison. Aucun bruit. Le silence était épais. Sur un mur, une photo où son amie Magda l'observait en souriant. L'homme qui nettoyait décrocha le cadre. Puis il passa en revue la cuisine avec son papier peint couleur paille, la salle à manger avec la table et le buffet, un séjour avec deux canapés, un téléviseur, deux statues en porcelaine et des vases contenant des fleurs en soie. Lors de son exploration des lieux, il ramassa les autres photos de la propriétaire des lieux, dans l'intention de s'en débarrasser.

Un escalier menait à l'étage. Il monta.

Une salle de bains, un dressing, des vêtements, des chaussures, une coiffeuse. Il prit un flacon de parfum, dévissa le bouchon, le renifla et reconnut l'odeur de la femme du Blue. Il se tourna vers la porte de la chambre à coucher : cinq chats dormaient dans un fauteuil. Ils semblaient amaigris. Le gris leva la tête et le regarda. Puis les autres l'imitèrent.

L'homme qui nettoyait alla préparer des gamelles de croquettes et d'eau, qu'il laissa sur le sol de la cuisine. Les animaux se jetèrent dessus. Il les observa depuis la porte en se demandant pourquoi il les nourrissait. Dans le fond, personne ne s'était jamais assuré qu'il ait à boire ou à manger quand, enfant, il restait seul à la maison, même pendant plusieurs jours. Le sort de ces chats n'aurait pas dû l'intéresser. Que lui arrivait-il ? Il évitait ainsi d'avoir à les enterrer. Mais il savait qu'il y avait autre chose.

Enfin, il put se consacrer au portable de Fuck.

Il s'assit à la table de la salle à manger et le posa devant lui pour l'examiner. Il y avait des boutons sur les côtés, probablement pour l'allumer. Il appuya sur le plus gros. L'écran noir s'éclaira faiblement et une petite pomme mordue apparut dans l'obscurité.

Soudain, l'appareil prit vie.

Il explosa dans une myriade de couleurs. D'abord il y eut un crâne rose, puis des éléments s'y ajoutèrent, chacun avec une inscription, et ensuite des rectangles avec d'autres légendes, accompagnés de sons qui se succédaient rapidement. C'était comme si le téléphone avait retenu ces informations trop longtemps et que, à nouveau allumé, il les sortait toutes à la fois.

L'homme qui nettoyait observa l'appareil avec appréhension, espérant qu'il se calmerait vite. Quelques secondes plus tard, son vœu fut exaucé.

Il commença par lire les légendes sous les symboles. Une sorte de fleur multicolore lui sauta aux yeux, avec dessous le mot *Photos*. Il tendit l'index pour toucher le dessin, d'autres sections apparurent. Il en choisit une au hasard, et des séries de photos apparurent.

La plupart étaient de Fuck. *Te revoilà.* L'homme qui nettoyait était content de la revoir.

Sur certaines d'entre elles, la jeune fille à la mèche violette était seule, prenant des poses étranges ou des expressions qu'il ne savait déchiffrer : comme si elle cherchait l'approbation de quelqu'un. Sur d'autres, elle était avec une amie de son âge qui portait un appareil dentaire. Elles se trouvaient à l'école ou dans un bar. À pied ou sur un scooter. Ces images étaient insouciantes, parfois effrontées. Fuck portait toujours des tee-shirts et des jeans déchirés. L'homme qui nettoyait trouva étrange qu'avec des parents si riches elle n'ait pas de quoi s'acheter de nouveaux vêtements. Peut-être était-ce une forme de protestation. Ou alors elle essayait de passer inaperçue, comme lui. Il continua et remarqua que la jeune fille était parfois maquillée. Elle se voulait provocante, mais elle n'était qu'une enfant. *Cela ne me regarde pas*, se répétait-il, gêné. Lui avoir sauvé la vie l'autorisait-il à s'en mêler ? Il y avait énormément de photos et, en passant son doigt sur la partie basse de l'écran, il en faisait apparaître d'autres. Des centaines, dont une attira son attention.

Fuck était allongée, en pyjama, sur un lit rose à baldaquin, probablement dans sa chambre, sans maquillage. L'air innocent, elle serrait contre elle un ours en peluche.

L'homme qui nettoyait décida que cette photo était sa préférée.

Il toucha malencontreusement l'écran et entendit une chanson mélancolique. Soudain, il fut plongé dans une autre dimension. Une voix masculine, douce et déchirante, chantait dans une langue qu'il ne connaissait pas. Sans comprendre le sens des paroles, il eut l'impression qu'elles parlaient de lui.

Il ferma les yeux et se laissa transporter par la mélodie. C'était la première fois. Il pensait détester la musique, mais il n'avait jamais rien ressenti de similaire. Tout était nouveau, nouveau et étrange. Soudain, il eut le vertige et rouvrit les yeux, effrayé. Que se passait-il ? Il ne savait pas déchiffrer ces sensations qui l'assaillaient telle une tempête. Craignant qu'elles ne le submergent, il appuya sur le bouton pour éteindre le téléphone.

La photo de la jeune fille qui serrait son ours en peluche disparut. La musique se tut.

17

À la nuit tombante, l'humidité du lac imprégnait les vêtements et laissait partout une patine blanchâtre.

En rentrant chez elle, la chasseuse de mouches avait allumé un feu, dont la chaleur l'avait débarrassée de cette moiteur collante.

Sur le chemin du retour, elle s'était arrêtée dans une supérette pour acheter de la bière et un paquet de saucisses précuites. N'ayant pas envie de cuisiner, elle les avait déposées telles quelles dans une assiette, pour se donner l'illusion d'un vrai repas, et elle les avait emportées sur le canapé avec une canette de Perlenbacher chaude. Elle s'était allongée et enroulée dans une couverture, sans retirer ses chaussures. Puis elle s'était laissé hypnotiser par le crépitement du bois et la danse des flammes.

Elle avait passé la journée à aider une mère de cinq enfants qui avait enfin décidé de porter plainte contre son mari, qui lui frappait les jambes et les fesses avec une ceinture. Elle l'avait accompagnée aux urgences pour qu'un médecin constate les traces des coups, puis chez les carabiniers. Avec un sang-froid admirable, la femme avait raconté ses vingt-six années de sévices à un caporal-chef d'un âge inférieur à la durée de ce mariage malheureux. Le détail le plus choquant de cette histoire n'était pas lié aux violences prolongées et régulières, ni à l'habileté du bourreau pour frapper uniquement les parties du corps cachées par les vêtements. C'était que les cinq enfants, désormais adultes, n'avaient jamais rien soupçonné. La chasseuse avait mis des mois à convaincre la femme de faire cesser cette hypocrisie. Ce long travail de persuasion était épuisant.

Dans son sac à main, qui traînait par terre à côté du canapé, se trouvait l'enveloppe que Pamela lui avait remise le matin à l'hôpital. La copie du dossier de l'accident de la fille des Rottinger. Une procédure nécessaire pour les forces de l'ordre, mais qui n'aurait aucune suite judiciaire.

La chasseuse n'avait pas eu une minute pour le lire. Ou alors quelque chose l'en empêchait.

« Imagine ce qui se passerait si on savait que quelqu'un avec ton passé s'en mêle... »

Pamela avait raison. Ce qui l'effrayait plus que tout, c'était que son passé sorte de la prison de l'oubli où elle l'avait confiné.

C'était pour cette raison qu'elle montait la garde dans cette maison.

Mais elle devait élucider ce qui s'était passé au lac, sinon elle ne trouverait pas la paix. Ainsi, malgré la fatigue, elle tendit le bras pour poser sa canette vide par terre et en profita pour ramasser l'enveloppe. Elle l'ouvrit avec les dents et en sortit les documents.

Elle les examina à la lueur dorée de la cheminée.

Le rapport était un texte brut, probablement édulcoré, fidèle à la version fournie par la famille de l'adolescente. Ce fameux vendredi, elle avait séché les cours pour aller au bord du lac. Elle avait pris le bus jusqu'à la partie donnant sur l'île Comacina. Cela avait été confirmé par le chauffeur. Mais il n'y avait plus aucune trace d'elle à partir de ce moment-là, et ce jusqu'à ce qu'elle tombe dans l'eau pour des raisons qui restaient obscures, « probablement en prenant un selfie ».

Pamela avait dit que la jeune fille était ivre, et le rapport médical le confirmait. Son amie avait raison : on essayait de faire passer cette affaire pour une gaminerie.

La chasseuse analysa la partie où l'on résumait la dynamique du sauvetage, qui était celle qui l'intéressait le plus. Les témoins qui avaient accouru sur la petite plage pour secourir l'adolescente avaient décrit la scène à laquelle ils avaient assisté de loin : un inconnu s'était jeté à l'eau pour venir en aide à la jeune fille en difficulté, risquant à son tour d'être emporté par les tourbillons du lac. L'homme avait réussi à la ramener vivante et avait pratiqué sur elle des gestes de premiers secours.

Puis il avait disparu.

La chasseuse de mouches se demanda à quel moment, caché entre ces lignes, l'ongle verni s'était retrouvé dans la bouche de la petite Rottinger. Cela avait pu arriver pendant qu'elle se débattait dans le courant. Mais dans ce cas, la probabilité pour qu'il ait appartenu à la suicidée présumée de Nesso était dérisoire, voire nulle. Ou alors il y avait une autre explication : quelque chose qui avait échappé à tout le monde.

Une idée s'était insinuée en elle quand Pamela lui avait raconté les faits. Puis cette idée avait lentement pris forme dans son esprit, mais elle n'avait pas eu le courage d'en parler à son amie, craignant de passer pour une folle. Cela concernait celui qui endossait le rôle de héros. Le personnage le plus ambigu de cette affaire.

Les histoires ne sont jamais linéaires, se répétait-elle en pensant à la sienne. Ce sont des labyrinthes et, parfois, on trouve des portes fermées, qui ouvrent sur des réalités parallèles ou d'autres histoires secrètes.

Le mystérieux sauveur pouvait être la clé de l'une de celles-ci.

Pourquoi s'éclipser après sa bonne action ? En même temps, s'il avait eu quelque chose à cacher, il ne se serait jamais exposé en se jetant à l'eau pour sauver une étrangère. Et s'il connaissait la jeune fille ? Et s'il avait une part de responsabilité dans l'accident ? Non, se dit la chasseuse. Et puis, dans ce cas, la famille Rottinger n'aurait pas étouffé l'affaire, et les carabiniers auraient dû ouvrir une enquête pour découvrir son identité.

Elle prit une saucisse et mordit dedans sans quitter les documents des yeux. *Toute vérité a un point faible*, se rappela-t-elle. Elle l'avait appris dans sa vie d'avant. Or il restait une question sans réponse, qui aurait dû éveiller les soupçons des enquêteurs.

Pourquoi cet homme se trouvait-il à cet endroit ?

Le tic-tac d'une vieille pendule à coucou, gagnée par son père à un tournoi de pêche à la truite quand elle était enfant, rythmait ses pensées en quête de réponses. Elle écarta l'assiette de saucisses, car elle n'avait plus faim, et réfléchit.

Les témoins de la noyade avaient une bonne raison pour se trouver du côté de l'île Comacina ce vendredi matin. Un jardinier qui travaillait dans une villa des alentours, trois maçons qui rénovaient une maison et un facteur qui achevait sa tournée. Le sauveur anonyme pouvait être arrivé là par hasard, mais quelque chose ne collait pas. La chasseuse connaissait la petite plage où s'étaient déroulés les faits. Le week-end, elle était prise d'assaut par les promeneurs et les familles, mais en semaine elle était déserte. Alors, partant des maigres informations dont elle disposait sur le compte de l'homme, elle réfléchit.

Elle savait qu'il était un nageur confirmé et que, par la suite, il avait su faire sortir l'eau des poumons de la jeune fille.

Elle pensa à un professionnel : un maître-nageur, un plongeur, voire un médecin ou un infirmier. En tout cas, quelqu'un qui connaissait les procédures de sauvetage. Toutefois, en cherchant une confirmation dans le dossier médical de la jeune Rottinger, elle changea d'avis : l'épaule lustrée et les côtes fêlées indiquaient qu'il n'était pas habitué à ce genre d'intervention. Il avait été maladroit.

Il était aussi écrit que l'adolescente avait eu une crise de convulsions et que l'homme avait eu la présence d'esprit de lui glisser quelque chose dans la bouche pour l'empêcher de se mordre la langue.

La chasseuse de mouches s'arrêta sur ce détail. Le texte n'indiquait pas de quoi il s'agissait. Cela pouvait être un objet trouvé sur place, comme une petite branche. Ou un morceau de vêtement de la jeune fille, voire de lui-même. Le rapport ne le précisait pas. À nouveau saisie de frénésie, elle écarta sa couverture, s'assit en tailleur et disposa tous les documents devant elle sur le canapé, attendant une illumination.

Des photos étaient jointes au dossier.

Dessus, on pouvait voir les Converse de la jeune fille, son jean foncé, son tee-shirt, son sac de cours et un mouchoir beige à bordure écossaise. La chasseuse l'observa : ce n'était pas le genre d'accessoire qui appartient à une adolescente, mais plutôt à un homme adulte. C'est cela qu'il lui a mis dans la bouche, pensa-t-elle, écoutant son sixième sens. Et l'ongle verni était emballé dans ce tissu. La relation de causalité était inattaquable, l'enchaînement des événements élucidé. Mais elle ne pouvait pas s'en satisfaire, parce que le plus difficile restait à venir.

Trouver ce satané mouchoir.

Il pouvait contenir une trace d'ADN provenant de la victime de Nesso. Toutefois, il ne fallait pas se précipiter ni se faire d'illusions. En l'absence d'enquête et ne s'agissant pas d'une preuve de crime, l'objet avait sans doute été rendu à la famille avec les autres effets personnels de leur fille. À cette heure, il était sans doute perdu, jeté ou détruit, comme l'ongle.

À nouveau, la chasseuse de mouches pensa au mystérieux sauveur. Elle ne pouvait encore tirer aucune conclusion, mais son aura sombre ne laissait aucun doute. Elle frissonna. Était-ce de la paranoïa ? Peut-être pas.

Quelque chose de terrible s'était passé. Quelque chose qui pouvait ne pas être terminé. *Encore une fois.*

29 novembre

Garde la bouche fermée, se répète l'enfant. *Ne parle pas*. De toute façon, quand il essaie, il bute sur les mots et crache. Alors mieux vaut se taire.

— Qu'est-ce qui se passe, pourquoi tu ne dis pas un mot ? demande Martina au volant.

Elle l'a installé devant, à côté d'elle, et elle lui a attaché la ceinture de sécurité. Pendant un instant, leurs visages ont été très proches et il a senti sa respiration. Le souffle de Martina a une très bonne odeur. Ce court moment a été agréable, mais il ne le lui a pas dit, par peur de rougir.

Toutefois, son amie ne se résigne pas à son silence.

— Tu veux écouter un peu la radio ? demande-t-elle en tendant la main vers le bouton.

Mais il bloque son bras. Il n'aime pas la musique. Depuis six mois, chaque fois que Micky vient les voir, Vera met un disque pour que les voisins n'entendent pas.

— C'est une preuve de courage, justifie sa mère. Micky veut que tu sois fort. Il veut que tu deviennes un vrai homme, comme lui.

Mais l'enfant en a assez de ce courage fait de peur. Parfois il regrette même les hommes-mouches. Heureusement, un jour, Martina est arrivée et l'a emmené. Et maintenant, après un mois d'hospitalisation, elle l'accompagne dans un grand institut où il y a d'autres enfants. Mais ses dents, comme ses cheveux, ne repousseront pas. Et il sait d'avance qu'avec ses cicatrices sur le crâne et tout le reste, ce sera un problème.

— Martina, c'est quoi mon histoire ? demande-t-il en se couvrant la bouche avec sa main.

— Comment ça ?

— Tu as dit à Vera qu'aucune famille ne veut de moi parce que quand ils apprennent mon histoire ils changent d'avis… Quelle histoire ?

— Tu as dû mal comprendre, dit Martina.

Mais elle baisse les yeux.

L'institut est un grand bâtiment marron. Ils arrivent le soir. L'enfant n'a pas de valise, juste les vêtements qu'il porte. Martina a promis qu'ils lui en donneraient d'autres.

— Ici, tu es en sécurité, lui dit-elle avant de partir.

Il comprend qu'elle se réfère à Micky, qui s'est échappé à nouveau. Et quand l'enfant a demandé où était Vera, Martina lui a répondu que sa mère était malade et qu'elle avait été emmenée dans un endroit où on allait la soigner.

— Écoute, ajoute l'assistante sociale en se baissant pour se mettre à sa hauteur et le regarder dans les yeux. Je ne veux pas te mentir : les premiers jours, ce ne sera pas facile. Mais avec le temps, tu vas t'intégrer et tu seras bien ici.

L'enfant ne comprend pas ce qu'elle veut dire, il ne sait pas s'il doit avoir peur. Alors Martina fait quelque chose que sa mère n'a jamais fait : elle se penche et l'embrasse. Puis elle s'en va.

La trace humide encore perceptible sur son front, il suit une bonne sœur qui le guide dans les longs couloirs déserts. Il fait froid et ça sent la soupe. Ils entrent dans une grande pièce plongée dans l'obscurité, où il y a beaucoup de lits. Dans chacun, un enfant dort. La sœur lui indique le sien.

— Le petit déjeuner est à sept heures, explique-t-elle en lui remettant une serviette et une savonnette. Fais ta toilette et n'oublie pas tes prières.

Quand la bonne sœur s'en va, il retire ses vêtements, les plie et les pose sur une chaise. Puis il se glisse sous les couvertures et ferme les yeux.

Autour de lui, ses nouveaux compagnons dorment. Mais le silence est troublé par des petits bruits : des respirations, les ressorts des matelas qui grincent quand l'un d'eux se tourne, des soupirs. Des murmures qui deviennent des voix curieuses. Des bruits de pas qui approchent. Les autres s'attroupent autour de son lit, curieux de découvrir le nouveau venu. Les yeux fermés, il perçoit leur présence, des ombres qui bougent devant ses paupières closes. Ils ricanent, commentent son crâne chauve, ses fermetures Éclair. Ils se moquent, disent : « Il n'a même pas de cheveux, on dirait un ver. » Je ne suis pas un ver, voudrait-il répondre. Je suis un enfant. Il fait semblant de dormir, espérant qu'ils se lasseront, mais non. Maintenant, ils le secouent. D'abord doucement, puis plus fort. On le pince. « Le ver est tout mou », dit l'un. « Je vais le réveiller », affirme un autre. Alors il fait quelque chose qu'au début l'enfant ne comprend pas. Puis un jet chaud arrive sur son visage. Il reconnaît l'odeur âcre de l'urine. « Réveille-toi, gros ver », hurle l'autre. L'enfant garde les yeux fermés, mais il se met à pleurer. Et il commet une erreur fatale : il entrouvre la bouche. « Regardez, dit alors un troisième enfant, on dirait un bébé ! »

« Viens ici et ouvre la bouche... »

Les rires tourbillonnent autour de lui, l'enfant est comme englouti. Les insultes deviennent des coups. Des claques sur les fesses, des coups de pied dans les reins. Un de ses assaillants s'approche de son oreille et crie de toutes ses forces. L'enfant essaie de résister, mais il est en train de devenir sourd. À ce moment-là, il bondit vers l'autre. Il lit dans ses yeux la surprise qui se mue en terreur quand il ouvre grand la bouche pour lui offrir un sourire méchant, déshumanisé. Il ressent une satisfaction inattendue en lui mordant le visage. Un plaisir qu'aucun enfant ne devrait éprouver.

18

Le vent s'insinuait entre les feuilles et les branches du grand tilleul, se cachait sous la nappe en lin comme s'il voulait jouer avec. La jeune fille à la mèche violette, le nez en l'air, se laissait caresser par la brise. Elle n'avait jamais pris plaisir à des choses aussi simples, avant. Mais maintenant qu'elle était coincée dans un fauteuil roulant, elle avait tout le temps de les apprécier.

Ce matin-là, son père avait demandé aux domestiques de l'emmener prendre son petit déjeuner au jardin, sous la tonnelle. À côté de la fontaine mais loin du lac, avait-il ordonné pour éviter qu'elle repense à son accident, comme il l'appelait. Il n'avait pas pris la peine de lui demander si elle était d'accord. Elle était donc assise devant une table couverte de viennoiseries, de confitures, de pain, de jus d'orange et d'œufs brouillés.

Son père planifiait tout, en famille comme au travail, et ne voulait pas entendre qu'elle détestait les œufs.

Ce repas faisait partie de la mise en scène. Tout devait revenir à la normale au plus vite. L'épisode du lac devait être archivé, pour que la vie reprenne son cours et que les apparences soient sauves, pensa-t-elle. Elle n'avait que treize ans, mais elle avait appris très tôt le code de conduite des Rottinger. Il y avait une règle d'étiquette pour chaque chose, même la plus improbable. Rien d'étonnant, donc, à ce que son « accident » n'ait pas tant troublé leur routine irréprochable : il existait une procédure y compris pour le problème « fille qui a bêtement failli se noyer ».

Elle repensa à la main qui lui avait attrapé le bras quand elle sombrait vers le fond. Le souvenir de ce contact la fit frissonner. Elle ne se souvenait pas de grand-chose d'autre.

Elle n'avait pas touché à la nourriture et elle n'avait pas faim, peut-être à cause de l'âcreté dans sa bouche. Le goût du lac. Cela avait été comme avaler un poisson de boue qui vivait encore à l'intérieur d'elle. Elle le sentait bouger dans son ventre. Maintenant, tout ce qu'elle mangeait était visqueux et avait la saveur du lac. Sans compter l'effet des médicaments. Elle était certaine que sa mère avait versé les gouttes du neuroleptique que les médecins lui avaient conseillé dans le jus d'orange qui brillait dans son verre en cristal. Ils disaient que le fait qu'elle ait tout oublié de son accident était bon signe, que son esprit guérissait seul du choc. Il y avait pourtant une chose qu'elle ne parvenait pas à oublier. Mais elle n'en avait parlé à personne pour éviter l'humiliation de ne pas être crue ou, pire, de voir les autres faire semblant de la croire.

L'être de lumière qu'elle avait rencontré reprenait parfois vie devant ses yeux.

Sous la forme d'une ombre qui se découpait entre les arbres de la petite plage, à contre-jour. Un géant sans visage qui, après l'avoir regardée sans dire un mot, avait disparu dans le néant.

Elle aurait voulu disparaître ainsi, elle aussi. Mais elle était toujours là.

La jeune fille regarda sa jambe posée sur le support du fauteuil : l'attelle qui l'immobilisait remontait jusqu'au genou. Un orthopédiste venu exprès de Suisse avait assuré que la cheville guérirait sans deuxième opération, mais qu'il faudrait compter encore un mois pour la rééducation. En gros, son été était fichu. Mais cela avait aussi des bons côtés.

En tout cas pour ses parents.

Elle était seule sous la tonnelle, mais ne pouvait ignorer les regards du vieux jardinier qui s'occupait des rosiers, ni ceux des domestiques qui trouvaient tous les prétextes pour s'affairer autour d'elle, bien que toujours à distance suffisante pour ne pas attirer l'attention. Ils la surveillaient. Elle était convaincue que sa mère le leur avait ordonné. De quoi avait-elle peur exactement ? Qu'elle se lève de son fauteuil roulant et boite jusqu'à la rive pour faire un autre plongeon ?

Pour feindre que tout allait bien et que leur confiance en elle était intacte, ses parents lui avaient acheté un nouvel iPhone, le dernier modèle, censé remplacer l'ancien qui, selon leur version, était tombé dans le lac avec elle après le fameux selfie. Elle détestait cette mise en scène. En fait, personne ne voulait réellement savoir ce qui s'était passé.

Peut-être qu'elle ne le savait pas elle-même.

Le matin de l'accident, elle s'était réveillée avec une étrange idée en tête. Quelque chose l'avait poussée à voler une bouteille de whisky dans le frigo bar du studio, à la cacher dans son sac de cours et à prendre un bus pour rejoindre un endroit où elle n'était jamais allée. Sans raison précise, elle était descendue à un arrêt désert. Depuis la route, elle avait vu le vieux ponton branlant, caché dans la végétation. Elle avait descendu la colline et traversé un bois d'arbustes pour gagner la rive. Là, elle avait noté le numéro de téléphone de son père : sur son ventre et sur ses mollets. Puis elle avait avalé le nectar, qui lui avait brûlé la gorge. Et elle avait glissé la bouteille à moitié vide avec son iPhone dans un sac en plastique trouvé dans les parages.

Le reste était confus.

Elle maudissait parfois le mystérieux sauveur qui l'avait ramenée au rivage. Puis elle regrettait et le remerciait intérieurement de ne pas l'avoir laissée sombrer dans l'abysse. Elle se demandait comment c'était là-dessous, avec tout ce silence.

— Tu n'as pas encore essayé ton nouvel iPhone ? demanda sa mère en arrivant dans son dos.

Elle portait une jupe blanche moulante et un chemisier en soie. Elle était toujours belle et élégante et, même si les gens disaient qu'elle lui ressemblait, la jeune fille à la mèche violette se sentait laide et pataude, comparée à elle.

— Tu ne l'as même pas sorti de sa boîte, dit sa mère.

— Je le ferai après, répondit la jeune fille sans conviction.

— C'est bizarre. Avant, tu passais ton temps sur ce truc.

Avant. Ce mot était la seule exception à la règle selon laquelle on ne parlait pas de l'accident. Tout le monde était concentré sur l'*après*, sans même se demander pourquoi elle ne voulait plus de téléphone portable. *Plus jamais*.

— Si vous teniez vraiment à me faire un cadeau, j'aurais préféré le choisir, dit-elle.

— Je t'écoute. Qu'est-ce que tu aurais voulu ?

— Des béquilles.

— L'orthopédiste dit que c'est trop tôt.

— L'orthopédiste dit que je pourrai commencer à les utiliser quand je me sentirai prête, répondit-elle. Et je le suis.

Sa mère croisa les bras et lui lança un regard interrogateur.

— Pourquoi ?

C'était là que la jeune fille voulait en venir.

— La fête.

Cet événement majeur de la fin de l'année scolaire avait lieu dans la villa d'une de ses camarades de classe, issue d'une des grandes familles de Côme.

— Pas question, dit sa mère.

Elle s'attendait à cette réaction. Mais elle *devait* y aller. Cette soirée était attendue par tous ses camarades.

Et elle voulait voir quelqu'un.

Sinon elle finirait à nouveau dans ce maudit lac, elle en était certaine. Or elle ne voulait pas mourir noyée, surtout pas après avoir éprouvé ce que cela faisait d'être avalée par l'eau, de perdre ses forces et son souffle.

— Tu n'es pas en état, poursuivit sa mère en essayant d'être ferme malgré sa voix tremblante, terrorisée à l'idée qu'il lui arrive à nouveau malheur.

Si elle ne la ralliait pas à sa cause, comment pouvait-elle espérer convaincre son père ?

— Vous avez dit à tout le monde que je vais bien. Si je n'y vais pas, les gens vont se poser des questions…

Elle laissa sa phrase produire l'effet escompté : une sorte de point d'interrogation se forma entre les sourcils de sa mère. Sa pire crainte était les indiscrétions. Mais pas de n'importe qui : uniquement des personnes qui appartenaient à leur monde enchanté.

— Il faut que tu demandes à ton père, conclut-elle.

La jeune fille à la mèche violette était ravie d'avoir ouvert une brèche dans les résistances de sa mère. L'énergie apparente de la femme de l'ingénieur Guido Rottinger cachait sa fragilité. Elle qui, aux yeux de tous, avait su le faire capituler. Elle qui, selon les chroniques mondaines, avait un ascendant spécial sur lui. Mais qui était en fait sous la coupe du caractère autoritaire de son mari et des antidépresseurs.

Avant que sa mère ajoute autre chose, le majordome s'approcha, une sorte de prospectus à la main.

Une phrase y était imprimée : *La porte de sortie, c'est toi !*

Avec la discrétion qui le caractérisait, le serviteur parla à Madame Rottinger suffisamment bas pour qu'elle seule l'entende mais suffisamment haut pour ne pas être impoli envers la jeune fille. En effet, celle-ci distingua la phrase : « Je l'ai installée dans le bureau. »

Sa mère avait de la visite, tant mieux. Elle se leva et se dirigea vers la maison. L'adolescente remercia cette inconnue du prospectus de lui avoir permis de mettre fin à la discussion. Enfin détendue, elle but son jus d'orange sans se demander ce qu'il contenait, ou plutôt avec l'espoir que les médicaments balaieraient ses idées noires. Puis elle ferma les yeux et se laissa à nouveau caresser par le vent. Mais elle les rouvrit soudain : elle avait identifié un bruit.

Des notes de musique.

Qui disparurent aussi vite qu'elles étaient arrivées, au point qu'elle se demanda si elle avait rêvé. Tout semblait calme au-delà du mur d'enceinte, il n'y avait personne. Que se passait-il ? Était-ce une blague ? Puis la musique revint, accompagnée d'une voix mélancolique. En la reconnaissant, elle se sentit perdue : c'était un avertissement, la promesse que les comptes en suspens seraient réglés. Et cela venait du lac.

Everyday Life, de Coldplay.

La chanson qu'elle avait écoutée sur son iPhone le jour où elle s'était jetée à l'eau avec l'intention de mourir.

19

Elle n'était jamais entrée dans une maison comme celle-ci. Elle pensait que cela n'existait que dans les films.

La chasseuse de mouches s'était présentée au portail dans sa Clio. Ne sachant comment elle allait être accueillie, elle avait sonné. À sa grande surprise, non seulement on lui avait ouvert, mais on l'avait introduite dans la luxueuse demeure. Elle était certaine que, quand elle demanderait à voir Mme Rottinger, on inventerait une excuse pour la congédier. Mais une femme de chambre zélée avait appelé un majordome. Encore un métier qu'elle pensait inventé pour les romans noirs. Pourtant, elle avait vu arriver un homme en costume-cravate, au port impeccable. Réalisant qu'elle n'avait pas pensé à se faire une carte de visite, elle avait sorti un prospectus. Et il avait suffi qu'elle mentionne l'accident du lac pour que l'homme la guide dans un long couloir au sol en marbre à damier noir et blanc, orné de statues et de meubles anciens, jusqu'à la pièce où elle se trouvait maintenant.

Un bureau avec une bibliothèque immense.

Intimidée, la chasseuse s'était installée dans le seul endroit qui n'était pas recouvert d'un tapis précieux. En observant les lieux, dépaysée par tant d'opulence, elle eut le vertige. Qui pouvait vivre dans une pareille maison ?

« Des gens qui ont trois zéros de plus que nous sur leur compte en banque », les avait définis Pamela.

À combien s'élevait la fortune des Rottinger ? La chasseuse de mouches connaissait le montant disponible sur son propre compte en banque : deux mille et quelques euros. Les Rottinger savaient-ils de combien d'argent ils disposaient, eux ? Comment cela fonctionnait-il, pour les gens de leur rang ? On pouvait supposer qu'ils n'avaient pas de problèmes pour payer leurs factures, mais quel rapport entretenaient-ils avec l'argent ? Elle ignorait à quoi ressemblait la vie d'un millionnaire. Et eux, comment imaginaient-ils l'existence d'une personne comme elle ?

Perdue dans ses pensées, elle n'avait pas préparé ce qu'elle dirait à la femme de l'ingénieur Rottinger. Elle avait choisi de l'affronter elle, plutôt que son mari, parce qu'elle jugeait plus simple d'interagir avec une femme. Elle trouvait toujours un détail commun qui permettait d'établir un dialogue. Les hommes, en revanche, la trouvaient hostile et entraient presque toujours en conflit avec elle. Peut-être la prenaient-ils pour une de ces féministes psychopathes dont l'idée fixe était d'émasculer tous les mâles qu'elles rencontraient.

Par la porte-fenêtre de trois mètres de haut qui donnait sur le jardin, elle vit le majordome avancer vers une tonnelle, son prospectus à la main. Elle aperçut

Mme Rottinger, aussi parfaite et fière qu'une déesse, debout devant une jeune fille en fauteuil roulant. Brune, une mèche violette retombant sur son front. La mère et la fille se disputaient, constata-t-elle en observant la femme gesticuler pour tenir tête à l'adolescente. Le majordome les interrompit.

Mme Rottinger prit connaissance du prospectus et revint vers la maison.

En l'attendant, la chasseuse observa la jeune fille qui avait survécu au lac. Dans l'agitation de la noyade, avait-elle pu voir le visage de son sauveur ? Et si oui, serait-elle en mesure de le décrire ? Elle aurait aimé le lui demander, mais personne ne la laisserait l'approcher. Elle devait donc rassembler suffisamment d'éléments pour étayer le dossier et le présenter aux enquêteurs, en espérant qu'ils accepteraient de rechercher l'homme mystérieux. Au moins pour découvrir son identité et la raison pour laquelle il avait pris la fuite.

— Bonjour, on m'a dit que vous vouliez me voir, se présenta Mme Rottinger.

L'avait-elle surprise en train d'observer sa fille ? En tout cas, elle était escortée par le majordome, qui resta à l'écart pour surveiller la scène.

La chasseuse de mouches se présenta et dit :

— Je suis désolée de vous avoir dérangée, je ne voulais pas troubler votre vie privée, surtout après ce qui s'est passé. D'ailleurs, je suis heureuse de la conclusion de cette affaire.

— Que signifie cela ? coupa court la femme en lui rendant son prospectus. Ma fille n'a subi aucune violence, c'était un accident.

Elle était sur la défensive. *Elle croit que je veux de l'argent*, pensa la chasseuse. De toute évidence, d'autres essayaient de profiter de la situation.

— Je n'ai jamais dit ça.

— Alors pourquoi êtes-vous ici ?

— Je m'intéresse à l'homme qui a sauvé votre fille. Je tombe souvent sur des êtres dénués de scrupules, capables de tout. L'histoire d'un homme qui risque sa vie pour sauver une inconnue, puis disparaît sans prétendre à un merci, mérite d'être… approfondie.

Elle espérait que l'ambiguïté de ses propos suffirait à convaincre la femme.

— Si ce monsieur a préféré rester dans l'ombre, nous ne pouvons que respecter sa décision. Nous voulons juste oublier.

Vous voulez surtout que les gens vous oublient, pensa la chasseuse. C'était compréhensible. Et c'était là-dessus qu'elle comptait.

— Les faits ne sont pas toujours fidèles aux apparences. Cet homme pourrait avoir une raison de disparaître ainsi. Une raison qui n'a rien à voir avec votre fille.

C'était une accusation grave. Mme Rottinger se mordit les lèvres. Elle et son mari s'étaient sans doute posé la même question, avant d'envisager les implications de chaque réponse possible.

— Combien voulez-vous ? demanda-t-elle avec un calme feint.

La chasseuse constata que la femme n'avait pas l'habitude de laisser transparaître ses émotions. Dans son milieu, c'était inconvenant.

Les riches sont comme les invités d'une fête qui ne se finit jamais, se dit-elle. *Ils ne peuvent pas arrêter de danser ni de sourire.*

— Je ne veux pas d'argent. Je demande juste un peu d'aide pour retrouver cet inconnu.

Elle laissait entendre qu'elle en savait beaucoup plus que ce qu'elle lui révélait et elle lui proposait d'ignorer la police et les carabiniers, pour le moment.

— Je dois en parler avec mon mari.

Elle craignait cette réponse. M. Rottinger avait la réputation d'être moins malléable que sa femme. Il fallait donc insister.

— Le mouchoir. Pendant sa crise de convulsions, l'homme a mis son propre mouchoir dans la bouche de votre fille. Il a dû vous être rendu par l'hôpital en même temps que ses vêtements et ses effets personnels. Si vous me le donnez, je vous promets de disparaître.

C'était une proposition honnête. Pas d'argent. Rien qu'un misérable mouchoir. La femme y réfléchit. C'est alors que le majordome s'éclaircit la voix pour attirer leur attention et fit un pas en avant.

— Il n'y avait pas de mouchoir.

La chasseuse le regarda, indécise. Devait-elle le croire ? Ce pouvait être une excuse pour gagner du temps.

L'homme s'adressa à elle, comme s'il avait lu dans ses pensées :

— Les affaires de l'hôpital sont toujours dans leurs sachets. Si vous voulez, je vous les montre.

Puis il se tourna vers la maîtresse de maison et attendit son autorisation.

Quand elle acquiesça, il quitta le bureau.

La chasseuse le suivit avec Mme Rottinger. Le crissement de ses tennis sur le sol en marbre détonnait avec l'élégant claquement des talons de cette espèce de divinité. Ils traversèrent une série de salons, les cuisines, semblables à celles d'un grand restaurant, puis quelques pièces de service, et enfin ils se retrouvèrent dans une buanderie.

Les sachets contenant les effets personnels de la jeune fille étaient posés sur une étagère. La chasseuse s'approcha pour les observer. En effet, le mouchoir n'y était pas.

— Ce n'est pas possible.

Elle était incrédule, mais ne pouvait révéler qu'elle l'avait vu sur les photos jointes au rapport des carabiniers. Ils se seraient demandé comment une civile était entrée en possession d'un document confidentiel, ce qui aurait pu mettre Pamela en difficulté.

— C'est tout ce qu'ils nous ont rendu quand elle est sortie de Sant'Anna, confirma le majordome.

Le mouchoir s'était-il perdu comme le morceau d'ongle rouge ? La coïncidence était un peu forcée, toutefois elle ne voyait pas d'autre explication pour le moment.

— Et permettez-moi une dernière considération, ajouta le serviteur. Si cet homme avait eu quelque chose à cacher, il n'aurait jamais commis la légèreté de laisser son mouchoir sur la plage avant de disparaître.

Cela se tenait, et Mme Rottinger sembla enfin se détendre. En effet, elle n'avait plus rien à craindre de cette petite femme désagréable qui avait osé la déranger. Mais la chasseuse lut ensuite une interrogation sur son visage. Elle connaissait ce regard, elle l'avait vu trop souvent. Par ailleurs, Pamela l'avait prévenue.

— Attendez un moment… dit la maîtresse de maison. Je vous connais : vous êtes…

« Imagine ce qui se passerait si on savait que quelqu'un avec ton passé s'en mêle... »

— Oui, confirma-t-elle sans se démonter. Je suis la mère.

Puis elle s'excusa pour le dérangement et quitta la demeure. Elle se dirigea à pas rapides vers sa Clio, les poings serrés de colère. Non seulement elle avait échoué, mais elle s'était humiliée. En plus, si les Rottinger prévenaient les carabiniers de sa visite, sa meilleure amie risquait gros. Soudain, il lui sembla entendre une musique mélancolique apportée par le vent. Mais celle-ci fut balayée par la sonnerie de son téléphone portable, qui annonçait un énième appel d'un numéro inconnu à charge du destinataire. La chasseuse de mouches n'avait même pas besoin de regarder : elle savait.

Quel sens du timing, se dit-elle avant de refuser l'appel.

20

Jeudi, onze heures du matin. Elle savait où le trouver. Ils ne s'étaient pas vus depuis longtemps, mais la chasseuse était certaine que les habitudes de l'homme n'avaient pas changé.

En effet, quand elle franchit le seuil de la jolie cafétéria située dans le centre historique de Côme, elle le repéra immédiatement. Il était assis à une table au fond, près des toilettes. Dans le va-et-vient des clients qui s'arrêtaient pour boire un café ou manger un croissant, le professeur Rinaldi passait inaperçu. Il lisait un journal, dont il tournait lentement les pages après avoir humidifié son doigt avec la pointe de sa langue. Devant lui trônait une tasse de cappuccino, qu'elle savait alcoolisée grâce à la flasque métallique qu'il rangeait dans la poche extérieure de sa veste marron.

La chasseuse s'approcha. Le professeur leva les yeux et la regarda.

— Ça alors… dit-il. Comment m'as-tu trouvé ?

— Ton emploi du temps n'a pas changé depuis vingt ans. Le jeudi, tu as toujours eu un trou entre onze heures et midi. Je peux m'asseoir ?

Il acquiesça, elle s'installa.

À cette distance, elle sentait son haleine éthylique.

— La routine, ironisa-t-elle en indiquant le cappuccino du menton. Qu'est-ce qu'ils en disent, au lycée ?

— Tant que ça n'interfère pas avec l'instruction et le bien-être de mes élèves, ils n'ont pas de raison de se plaindre : je ne fais de mal à personne.

En effet. Le professeur Rinaldi était l'homme le plus droit et bon qu'elle ait rencontré. Il enseignait l'informatique. S'il avait eu le moindre soupçon sur le fait que sa conduite puisse nuire à ses élèves, il aurait préféré démissionner.

— Je ne sais pas pourquoi, mais j'étais sûre que tu t'en sortirais, dit-elle avec sincérité.

— Les deux filles qui gèrent cet endroit sont d'anciennes élèves, expliqua l'homme. Quand elles ont ouvert, je les ai aidées à informatiser les commandes et à se créer un site web. En échange, elles me laissent lire mon journal en paix. Je ne dérange personne, donc…

Il n'acheva pas sa phrase, comme pour lui dire que cela ne la regardait pas. Plus maintenant.

Il gratta sa barbe hirsute. Elle se demanda depuis combien de temps il ne s'était pas rasé. Ses cheveux étaient décoiffés et il avait des pellicules sur les épaules. Elle repensa à l'époque où elle s'occupait de lui. Elle ne l'aurait jamais laissé sortir dans cet état. Elle était tombée amoureuse de ses yeux bleus, dont le blanc avait désormais la teinte jaunâtre typique des foies maltraités.

— J'aurais pu être une meilleure épouse.

— Tu es venue faire ton examen de conscience ? Tu ne devrais pas te laisser aller à la culpabilité, ça ne te fera pas de bien.

Il leva sa tasse pour boire une gorgée du liquide interdit.

Son processus d'autodestruction avait commencé cinq ans plus tôt. Avant, elle ne l'avait jamais vu boire, hormis une bière le samedi soir à la pizzeria. Elle avait compris ce qui se passait en sentant l'odeur de ses vêtements, un jour, avant de les passer à la machine. Depuis, le professeur avait appris à gérer son alcoolisme. Il n'était jamais ivre. Sa dose quotidienne était une bouteille de n'importe quel alcool fort, mais répartie sur vingt-quatre heures. Pour lui, l'alcool n'était pas un vice, mais une sorte de compromis. Le professeur Rinaldi essayait d'entretenir un état de torpeur permanent. N'ayant pas la force de mettre fin à ses jours, à cinquante-six ans, il voulait juste atteindre la fin de la journée, et ainsi de suite pour les misérables années qu'il lui restait à vivre.

— Je ne peux pas croire que tu sois venue uniquement pour critiquer mon style de vie.

En effet.

— J'ai besoin de quelqu'un qui sache pénétrer un système de sécurité. Je sais que je te demande beaucoup, mais c'est pour une bonne cause.

L'homme leva les mains et les tendit devant lui. Il tremblait.

— Autrefois, elles virevoltaient sur le clavier. Désormais, je dois boire un verre pour les calmer. Et quand je bois, je ne suis plus assez lucide pour travailler.

— Je ne sais pas à qui m'adresser. C'est très important.

— Plus important que moi ? demanda-t-il avec une pointe d'amertume.

Elle ne sut que répondre.

— Autrefois, tous les jeudis, nous profitions de cette heure libre pour courir à la maison faire l'amour.

Leur ancienne maison, celle où il vivait seul, désormais. La chasseuse n'avait pas oublié ces moments, elle les avait simplement laissés dans le passé.

— Regarde ce que nous sommes devenus… poursuivit l'homme, avant de demander de but en blanc : Bon, de quoi s'agit-il ?

La chasseuse sortit de la poche de son jean une feuille pliée, qu'elle fit glisser sur la table pour la lui passer.

— Tout est noté ici.

Le professeur lut et rangea le papier dans la poche de sa veste.

— Je devrais réussir à te procurer ce dont tu as besoin.

— Merci.

— Tu étais bonne dans ton travail, je n'ai jamais compris pourquoi tu avais arrêté.

Mais en fait, il savait : pour la même raison qu'elle l'avait quitté.

— C'est drôle de te revoir en cette période.

— L'anniversaire, rebondit-elle pour lui montrer qu'elle n'avait pas oublié.

— Autrefois, nous fêtions notre anniversaire de mariage. Maintenant, il ne nous reste que cette date…

La chasseuse avait compris où il voulait en venir : il lui proposait un échange.

— Toi aussi, tu as reçu l'appel ?

L'homme acquiesça.

— Et tu as répondu ?

— Bien sûr, réagit-il avec étonnement.

— Et alors ?

— Cinq années ont passé, il a droit à une seconde chance.

— Après ce qu'il a fait ? Tu sais ce que j'en pense : il est là où il doit être, je ne l'aiderai pas à sortir.

— Valentina serait d'accord…

— Ne t'avise plus jamais de dire une chose pareille. Pas en ma présence.

Folle de rage, elle se leva pour partir.

L'homme baissa la tête.

— La vie d'avant me manque. Tu me manques… Le divorce n'efface pas la mémoire des choses : même quand on se sépare, on continue de partager les souvenirs. C'est juste qu'on ne le fait plus ensemble.

La chasseuse de mouches se tut. Se torturer ainsi était inutile : on ne pouvait pas revenir en arrière.

Le professeur Rinaldi la salua avec un sourire mélancolique.

— Comme on dit… Jusqu'à ce que la mort nous sépare.

21

Elle en avait plus qu'assez d'être baladée par les domestiques, alors elle avait vite appris à se déplacer seule dans la villa en fauteuil roulant. Elle les supportait déjà toute la journée, elle voulait au moins être autonome pour une chose. Elle se moquait d'abîmer le parquet ou de laisser des traces noires sur le marbre blanc. En manœuvrant, elle faisait souvent exprès de heurter un meuble pour faire tomber une précieuse statue en porcelaine. Chaque fois, quelqu'un se précipitait pour réparer, nettoyer ou ramasser les morceaux. Cela faisait partie de sa stratégie de guérilla contre l'ordre établi et le régime qui gouvernait cette maison. En hommage à ce qu'on appelait en famille « l'accident ».

En vérité, elle était en colère et ne savait plus comment faire passer le temps. Alors, voyant que toutes les tentatives de sabotage étaient rendues vaines par l'intervention des domestiques et ne lui valaient même pas un petit reproche, elle décida en milieu d'après-midi de s'enfermer dans sa chambre pour lire. Mais quand elle ouvrit la porte, elle eut une surprise.

Assis sur son lit, son père l'attendait.

En costume gris et cravate bleu ciel, il venait de rentrer du travail. Petite, elle était fascinée par son élégance et par la bonne odeur qui se dégageait de lui quand il la prenait sur ses genoux. Au fil des ans, cette intimité entre le père et la fille s'était évanouie, probablement à cause d'elle. Et, même si elle ne l'aurait jamais avoué, elle le regrettait.

— Comment ça va ? lui demanda l'homme avec son sourire affable.

Une grande boîte blanche avec un ruban rouge était posée à côté de lui.

— À merveille, répondit-elle sur un ton cynique qu'elle détestait.

— Tu dois te demander pourquoi je suis ici.

— Parce que maman t'a parlé de la fête de ce soir.

Elle s'attendait à une tirade lui expliquant à quel point il était déconseillé de s'y rendre dans son état. Le cadeau sur son lit visait à la flatter, mais elle connaissait la technique par cœur, elle ne tomberait pas dans le piège. *Elle ne pouvait pas.*

Néanmoins, son père la surprit à nouveau.

— Je suis tout à fait d'accord avec toi : tu devrais y aller.

Que se passait-il ? Elle n'arrivait pas à croire que ce soit si simple. Il y avait forcément un prix à payer pour obtenir ce qu'elle désirait. Une ruse.

— Mais tu vas me dire que tu prends quand même parti pour maman, c'est ça ?

— Pas du tout. Tu as treize ans, nous ne pouvons plus te dire ce que tu dois faire ou ne pas faire.

À leurs yeux, elle était soudain devenue adulte : cela lui semblait improbable, et surtout risible.

— Alors j'imagine que dans cette boîte il y a une robe de soirée…

Ignorant son sarcasme, son père défit le ruban, souleva le couvercle et lui en montra le contenu : une paire de béquilles rouge métallisé.

— Je pense que cela vaut mieux qu'une robe. Je les ai fait faire par les ouvriers de l'usine : un modèle unique en fibre de carbone.

La jeune fille avait du mal à se réjouir, mais surtout à croire que son père était vraiment de son côté. Tu ne sais pas à quel point j'ai besoin de toi et de ta protection, papa, aurait-elle voulu lui dire. Surtout maintenant. C'est pour ça que j'ai noté ton numéro sur mon corps avant de me jeter dans le lac. Elle aurait voulu lui expliquer qu'elle n'avait aucune envie d'aller à cette fête, mais qu'elle n'avait pas le choix. Et puis elle aurait aimé se jeter à son cou, comme quand elle était petite.

— J'ai demandé à ton orthopédiste : il a dit que, si tu arrives à faire dix pas avec, tu peux les utiliser dès aujourd'hui.

Cette phrase fut comme une douche froide. Soudain, l'enthousiasme de l'adolescente s'éteignit. Voilà l'arnaque, se dit-elle. C'était une épreuve. Comme toujours, avec son père. Remarquant sa grimace de déception, il ricana.

— Je vais essayer, affirma-t-elle.

La rencontre qui devait avoir lieu à cette fête était plus importante que tout.

— Bien.

Il se leva et créa une sorte de parcours dans la chambre : il déplaça une chaise, écarta le tapis, retira tous les obstacles possibles. Enfin, il prit sur la commode le petit ours blanc avec lequel elle dormait quand elle était petite et il l'observa.

— Je me souviens quand je te l'ai rapporté de New York. Tu avais deux ans.

Il l'avait acheté chez FAO Schwarz et lui avait souvent promis qu'ils retourneraient ensemble dans ce magnifique magasin de jouets. Mais ce n'était pas arrivé, et maintenant il était trop tard.

L'ours, placé à cinq mètres d'elle, constituait la ligne d'arrivée. Son père lui tendit les béquilles.

La jeune fille bloqua les roues de son fauteuil et se leva. Le pied fracturé à peine posé par terre, elle empoigna les béquilles et les plaça sous ses aisselles. Son père s'adossa au mur, les bras croisés, pour l'observer et arbitrer cet absurde défi. Elle regarda le petit ours dans les yeux.

Elle fit un premier pas.

Ce ne fut pas difficile, mais il était trop tôt pour crier victoire. Le second fut tout aussi simple. Au troisième, elle faillit perdre l'équilibre à cause de son attelle. Le quatrième pas fut bref. Le cinquième lui redonna du courage : elle en était à la moitié. Au sixième, elle eut la sensation que ses bras la lâchaient : un de ses genoux plia, mais elle ne tomba pas. Au septième pas, ses côtes fêlées lui firent mal, elle s'arrêta pour reprendre son souffle. Elle fut sur le point d'abandonner et de balancer les béquilles contre le mur, mais elle ne céda pas. Le huitième pas fut épuisant, elle sentit la sueur perler sur son front. Au neuvième, elle serra les dents et poussa un petit grognement, parce qu'elle avait également mal à son épaule luxée.

L'ours était juste là. Il manquait un pas.

Elle tournait le dos à son père, mais elle se demanda s'il affichait une expression d'amusement sadique ou d'encouragement. Quand elle fit le dernier pas, elle aurait voulu exploser de joie, mais elle se retint. Elle préféra profiter de la défaite de son père. Enfin, elle le regarda.

Comme toujours, l'ingénieur Rottinger semblait imperturbable.

— Bravo, dit-il seulement.

— C'est toi qui m'as appris à ne pas renoncer.

Mais l'homme ignora le compliment. Il s'approcha, ramassa l'ours et lui caressa le ventre.

— Oscar t'accompagnera à la fête et t'attendra dehors.

Oscar était non seulement son chauffeur, mais aussi son garde du corps et son larbin.

— D'accord, dit la jeune fille en s'asseyant sur son lit, épuisée.

Avant de quitter la pièce, son père lui rendit sa peluche.

— Comme je te l'ai dit, tu es la seule à savoir ce qui est bon pour toi… Même si, par certains aspects, nous devrions tous admettre que tu restes une enfant.

Une fois seule, la jeune fille à la mèche violette laissa libre cours à sa colère. Elle saisit la tête de l'ours et l'arracha. Puis elle le jeta dans la corbeille à papier sous son bureau et fondit en larmes.

22

Les gens évitaient sa maison.

Les enfants à vélo accéléraient quand ils passaient devant, les femmes âgées faisaient le signe de croix. Une nuit, elle avait surpris un groupe d'adolescents qui essayaient d'entrer à l'étage pour s'adonner à une sorte de rituel avec croix et bougies. Les gens du lac l'appelaient « la petite villa des horreurs », depuis qu'un article de journal l'avait ainsi décrite. Heureusement, ses parents n'avaient pas vécu assez longtemps pour subir la honte de voir le lieu où ils avaient habité plus de cinquante années marqué par cette sinistre réputation.

La chasseuse, elle, y pensait chaque fois qu'elle rentrait chez elle.

Les personnes qu'elle connaissait dans sa vie d'avant s'étaient demandé pourquoi elle avait voulu s'y installer après les événements. Mais cinq ans plus tard, on ne lui posait plus la question. Ses amis étaient sortis de sa vie et elle ne pouvait pas leur en vouloir : personne ne veut rester auprès de quelqu'un qui s'est sali avec la mort, surtout quand il s'agit d'une mort aussi atroce qu'inexplicable. Elle portait encore sur elle l'odeur du sang. Une puanteur qui repoussait tout le monde, sauf les mouches.

Elle ouvrit la porte de l'entresol et découvrit une enveloppe dans la boîte aux lettres. Elle alluma la lumière.

Son ex-mari avait tenu sa promesse.

Elle la posa sur le bureau et alla aux toilettes – elle mourait d'envie d'uriner depuis qu'elle était montée dans sa voiture. Elle avait passé la journée près du lac. Autrefois, conduire lui éclaircissait les idées. En se vidant la vessie, elle songea qu'il lui restait une possibilité, avant de classer définitivement l'affaire du bras de Nesso et de l'ongle rouge.

Les personnes tristes sont attirées par les détails.

Ainsi disait son psy, et il avait raison quand il ajoutait que sa vie était désormais constellée d'obsessions. C'était probablement le seul point d'accord entre eux. La thérapie ne lui apportait rien, néanmoins elle continuait car elle l'envisageait comme une sorte de bouton d'alarme qui la préviendrait si elle perdait la raison.

Sa plus grande peur était de sombrer dans la folie.

Quand elle eut terminé, elle détacha quelques feuilles de papier toilette, puis remonta son jean et tira la chasse d'eau. En passant devant le miroir, elle ralentit et se demanda ce qu'était devenue sa féminité, le désir de prendre soin d'elle, de se faire belle pour quelqu'un. Ce n'était pas une question d'âge : cinquante-trois ans, c'était encore jeune. Quelque chose de laid était entré en elle et s'était fabriqué un nid douillet. Aussi, ce qu'elle voyait dans le miroir était le résultat de la combinaison entre elle et ce parasite qui se nourrissait de douleur. Elle repensa au professeur Rinaldi. Lui aussi était habité par le mal.

« Jusqu'à ce que la mort nous sépare... »

Elle quitta la salle de bains et alluma son PC. En attendant qu'il démarre, elle ouvrit l'enveloppe laissée par son ex-mari. Elle contenait une clé USB sur laquelle se trouvaient plusieurs fichiers vidéo provenant du service de soins intensifs de l'hôpital Sant'Anna : les enregistrements des caméras de surveillance correspondant aux quatre jours durant lesquels la fille des Rottinger y avait séjourné après son accident.

Au total, quatre-vingt-seize heures.

Elle était prête à tout visionner si nécessaire, mais elle était convaincue que ce qu'elle cherchait avait eu lieu la nuit, moment où les hôpitaux étaient les plus calmes. Le moment idéal pour passer inaperçu.

Elle sélectionna les films entre vingt-trois heures et cinq heures du matin et décida de commencer par le premier jour : le vendredi de l'accident.

L'écran était divisé en neuf fenêtres, correspondant chacune à une caméra. Elles filmaient en grand-angle l'entrée principale, les couloirs et la sortie des ascenseurs. Les chambres des patients étaient évidemment exclues pour des raisons de vie privée, aussi la chasseuse ne pouvait-elle savoir dans laquelle se trouvait la jeune fille.

Il était à peine dix-neuf heures, mais elle se préparait à une nuit blanche. Elle alla se faire un café, revint avec une grande tasse bien remplie et s'alluma une Diana.

Au service de soins intensifs et de réanimation, tout se passait au ralenti. Le va-et-vient calme des médecins et des infirmières, associé à l'ambiance ouatée, avait sur elle un effet hypnotique. Elle regardait l'écran, mais ses pensées vaguaient ailleurs.

Après avoir revu le professeur, elle s'attendait à ce que son passé revienne lui rendre visite sous la forme d'une présence. Cela arrivait toujours quand elle se retrouvait devant une des portes fermées à clé à l'intérieur d'elle-même. Parfois, quelqu'un frappait à l'une d'elles. Elle avait alors le choix entre ignorer la personne ou la laisser entrer. Celle-ci avait généralement les traits de Valentina, en larmes, les mains et les pieds en sang, des yeux vides de cadavres.

« *Oui, je suis la mère...* »

Quand elle pensait à elle-même dans le futur, la chasseuse s'imaginait toujours dans une maison peuplée de fantômes. De plus en plus aigrie. De plus en plus seule. Le pire, dans la vie, était d'être coincé dans le présent. La douleur empêchait le temps de s'écouler. Sa souffrance la privait de la possibilité d'imaginer un changement, une délivrance, ou même d'être différente.

« *Regarde ce que nous sommes devenus...* »

Le professeur Rinaldi avait raison. Et pour se retrouver dans cet état, il ne leur avait pas fallu des années, mais un seul jour. Un jour maudit. Si cela avait été plus lent, elle ne ressentirait sans doute pas l'atroce culpabilité qui la persécutait. Or cela avait été si bref qu'elle aurait pu l'empêcher.

Si j'avais veillé... Si j'avais perçu un signal, un avertissement... Ou même si j'étais arrivée un peu plus tôt...

Elle évitait généralement ces pièges mentaux qui menaient toujours à la même conclusion.

J'aurais peut-être pu la sauver.

Son ex-mari était trop indulgent avec l'assassin de Valentina.

« Cinq années ont passé, il a droit à une seconde chance. »

Non. Pas de seconde chance. Peut-être le professeur voulait-il oublier, refouler, effacer : cela expliquait son désir de pactiser avec le monstre. Ou alors il cherchait à faire cesser la douleur, et elle ne pouvait pas l'en blâmer. La mort d'un enfant était en soi une tragédie, mais cette façon de le perdre était la pire imaginable. Pour cette raison, la chasseuse pensait que son tourment faisait partie de la condamnation de l'assassin. Une peine secondaire, pour ne pas avoir suffisamment ouvert l'œil. Pour ne pas avoir été une bonne mère.

Les films des caméras de surveillance défilaient toujours. Il était vingt et une heures trente et il restait beaucoup à visionner. Néanmoins, après deux heures et demie devant l'écran, sa respiration devint régulière et elle fut envahie par une sensation soudaine de bien-être.

Sur les images, les couloirs du service étaient déserts. Seul un homme de ménage, équipé d'une blouse, d'un masque et d'une charlotte, lavait le sol à l'aide d'une machine. La lenteur de ses mouvements avait un pouvoir soporifique. La chasseuse alluma une cigarette, regarda sa tasse vide et envisagea de préparer un autre café. Dire qu'autrefois, elle faisait de la tachycardie au-delà de trois tasses par jour. C'était l'époque où son instinct de préservation fonctionnait encore, et où sa vie avait un but. À ce moment-là, elle sentit un prurit insupportable à sa jambe droite.

Elle tendit automatiquement la main pour se gratter, mais dans la manœuvre elle frotta la pointe de sa Diana contre le bord du bureau. La cendre lui tomba dessus et elle s'écarta pour ne pas se brûler, heurtant de son coude la tasse qui tomba par terre et se brisa.

— Merde !

Elle ramassa les éclats de porcelaine d'une main et les jeta dans la corbeille placée sous la table. Entre les doigts de l'autre main, elle tenait toujours sa cigarette, qu'elle écrasa tel un insecte inutile entre les autres mégots qui débordaient d'un bol posé à côté de l'ordinateur. En nettoyant les cendres sur son pull, elle jeta un coup d'œil distrait à l'écran et remarqua un détail. Elle s'arrêta net.

Pendant qu'elle était occupée à réparer sa maladresse, l'homme de ménage avait disparu en laissant sa machine au milieu du couloir. Le détail qui avait attiré l'attention de la chasseuse était qu'il ne l'avait pas éteinte : les brosses rotatives tournaient toujours.

Où était-il passé ?

Elle attendit son retour, supposant qu'il était allé chercher quelque chose dont il avait besoin pour poursuivre son travail. Un outil, du produit nettoyant ? Pourtant, son comportement était insolite. La chasseuse fixait la machine qui nettoyait toujours le même endroit, comme un automate incapable de percevoir l'inutilité d'une action mais qui la répète à l'infini parce qu'il se contente d'exécuter une consigne.

Ayant perdu tout espoir de voir l'homme réapparaître, elle s'apprêta à revenir en arrière, et c'est alors qu'elle le vit sortir d'une chambre. Qu'était-il allé y faire et pourquoi cela avait-il duré aussi longtemps ? Et surtout, qui était le patient à qui il avait rendu visite ?

En réalité, la chasseuse connaissait déjà la réponse. Elle n'aurait pu le prouver mais elle était convaincue que c'était la chambre de la fille des Rottinger et que l'homme de la vidéo, au visage caché sous son masque chirurgical et sa charlotte, ne travaillait pas à l'hôpital mais était allé récupérer un mouchoir oublié par erreur sur une petite plage du lac. Elle se sentit inquiète.

Les personnes tristes sont attirées par les détails, se dit-elle. C'était pour cela qu'elle n'arrivait pas à abandonner.

Pour les autres, ce n'étaient que des conjectures, mais pour elle c'était le signe que jusque-là elle ne s'était pas trompée. Dehors, quelqu'un avait effectivement quelque chose à cacher. Un faux héros au secret inavouable. Une mouche à qui donner la chasse.

23

La villa était parmi les plus enviées de Bellagio. Elle le savait parce que sa mère dénigrait sans cesse ceux qui y habitaient. Sur les côtés de l'allée, deux rangées de flambeaux escortaient la Mercedes jusqu'à la fête. Des photophores avaient été placés sur les appuis de fenêtre de la façade, qui se détachait sur le ciel noir avec ses dizaines de pupilles de feu.

La jeune fille à la mèche violette portait une robe noire Prada en gabardine avec une ceinture fine à la boucle en lapis-lazuli, une seule bottine en cuir Gucci brodée de petites abeilles dorées et, bien sûr, ses béquilles rouges. Elle avait mis un serre-tête dans ses cheveux. En guise de maquillage, elle avait simplement appliqué du crayon de manière grossière autour de ses yeux. Elle savait qu'elle n'était pas belle mais, même si elle en souffrait, elle affirmait que cela lui était égal. Les formes de ses camarades du même âge commençaient à se dessiner, alors qu'elle ressemblait toujours à une tige. Elle avait toujours été maigre et gracile. Avec ce corps, il était difficile de se faire passer pour plus mûre. En vérité, une partie d'elle aurait voulu remonter le temps. Parce que tous les adultes qu'elle connaissait étaient malheureux. Et parce que, quand elle était plus petite, elle pouvait compter sur la protection de ses parents. À treize ans, deux désirs opposés luttaient en elle : grandir et redevenir petite. Mais cette fois, elle devait se débrouiller seule.

La voiture s'arrêta à quelques mètres du tapis rouge qui menait à un chapiteau monté dans le jardin. Derrière la toile blanche, on apercevait les lumières stroboscopiques qui clignotaient au rythme de la musique.

— Je t'aide ? demanda le chauffeur en se tournant vers elle.

— Ça va aller, merci Oscar.

— Je reste ici. Appelle si tu as besoin.

— D'accord, dit-elle bien que n'ayant pas de téléphone.

Puis elle attendit qu'il ouvre la portière, descendit de la voiture et prit son courage à deux mains : elle s'était entraînée tout l'après-midi à avoir l'air le moins gauche possible. Appuyée sur ses béquilles, elle se dirigea vers la grosse tente.

La fête battait déjà son plein quand elle fit son entrée. Comme prévu, il y avait beaucoup d'élèves du collège privé qu'elle fréquentait. Cependant il lui sembla apercevoir aussi des lycéens. Les visages se tournèrent sur son passage. L'accident du lac remontait à moins d'une semaine et sa présence parmi eux était une surprise. *Eh oui, je suis revenue du monde des morts*, se dit-elle. Pourtant, à part ses égratignures sur les bras et les jambes et son attelle à la cheville, elle n'avait pas changé.

— Comment vas-tu ? demanda une voix zozotante.

La jeune fille se retourna et vit Maia, sa meilleure amie, vêtue d'une robe Dior moulante. Son élocution était gênée par un appareil dentaire. Sans attendre de réponse, mue par un élan d'affection, elle se jeta à son cou.

— Je vais bien, la rassura l'adolescente en ignorant sa douleur aux côtes.

— Tu m'as fichu une sacrée trouille !

Maia avait un beau visage. Elle était grassouillette mais se moquait totalement du jugement des autres. La jeune fille à la mèche violette l'admirait, car elle n'avait aucune intention d'arrêter de se gaver de gâteaux et autres douceurs. Au contraire, Maia mettait son corps en évidence en renouvelant en permanence sa garde-robe dans les boutiques de luxe des *vie* Monte Napoleone et della Spiga, à Milan.

— Je ne pensais pas que tu serais là ce soir, lui dit son amie en s'écartant pour l'observer.

— J'avais envie de penser à autre chose et de revoir tout le monde.

C'était un mensonge, qu'elle prononça en regardant autour d'elle à la recherche de la seule personne qu'elle voulait vraiment retrouver. Mais elle ne la vit pas.

— Tu te rappelles qu'on devait partir ensemble à Ibiza à la fin de l'année ? Comment tu vas faire avec ce truc ? demanda Maia en indiquant sa cheville.

Elles avaient prévu ce voyage depuis des mois. Mais ensuite elles s'étaient éloignées et la jeune fille à la mèche violette était convaincue que son amie ne voulait plus partir avec elle.

— Je crois que cette année je vais encore aller en Toscane chez ma grand-mère. Quelle galère, reprit Maia. Écoute, je ne sais pas ce qui t'a pris, ces derniers temps. Tu as disparu, tu ne donnes plus de nouvelles… Qu'est-ce que je t'ai fait ?

— Ce n'est pas à cause de toi, s'empressa-t-elle de répondre.

La raison pour laquelle leur relation avait perdu en intensité était liée à des événements dont elle ne voulait pas parler. Maia n'aurait pas compris. Et puis, au-delà de leur amitié, beaucoup de choses avaient changé. En pire. La jeune fille à la mèche violette se torturait : elle aurait tant voulu revenir à sa vie d'avant. Elle allait dire à son amie qu'elle était désolée, qu'elle avait envie de soigner leur relation, mais, avant d'avoir pu ouvrir la bouche, elle remarqua la personne qu'elle cherchait.

Cheveux châtains qui descendaient jusqu'au cou, sourire magnétique et yeux d'un vert éblouissant : le jeune homme était avec des amis à l'autre bout du chapiteau. Vêtu d'un jean, d'une chemise en jersey et de mocassins, il avait l'air désinvolte des gens qui ont appris à être à l'aise partout.

Le cœur de la jeune fille s'emballa.

Maia comprit.

— Le *petit salaud* est arrivé avec la 125 que son père vient de lui offrir.

Le « petit salaud », comme l'appelait son amie, était Raffaele, un lycéen de dix-sept ans. Une blonde aux courbes de mannequin s'approcha de lui. Ils s'embrassèrent sur les lèvres et il lui posa une main sur les fesses.

— Ah, la petite princesse est venue aussi, commenta-t-elle ensuite. Je me demande comment c'est, de sortir avec un connard.

Maia ne le supportait pas parce que, alors qu'elle n'avait pas son assurance d'aujourd'hui, il s'était moqué en public de son physique. Après cet épisode, la jeune fille à la mèche violette avait toujours gardé ses distances avec lui, car elle craignait de subir le même sort, avec son corps disgracieux d'enfant.

Mais un jour, Raffaele l'avait remarquée.

Cet intérêt soudain constituait l'une des raisons de son éloignement de Maia : elle ne voulait pas qu'il les compare. Maintenant, elle se sentait mesquine. Mais de toute façon, elle avait déjà décidé de mettre fin à tout cela. Dès ce soir.

Elle attendit que Raffaele soit seul. Une demi-heure plus tard, elle l'aperçut dans le jardin, en train de fumer. C'était le bon moment pour le rejoindre.

De dos, une main dans la poche, le jeune homme regardait la piscine en parlant avec un type de son âge en chemise à carreaux, qui partit très vite.

Alors Raffaele se retourna et la vit. Il se tut, se contenta de sourire et indiqua la maison d'un signe de tête. Elle le suivit à distance avec ses béquilles.

Il monta l'escalier de marbre qui s'enroulait sur lui-même comme une colonnade. Arrivée en haut non sans peine, la jeune fille le repéra au fond d'un couloir. Il l'attendait devant une porte fermée. Elle le rejoignit.

— J'ai appris ce qui t'est arrivé, dit-il.

Mais elle n'avait pas envie de parler de l'épisode du lac. Elle était venue avec un objectif précis et, de peur de perdre courage, elle alla droit au but :

— Je veux arrêter.

— Comment ça ?

Il faisait semblant, elle le sentait. En fait, il n'était pas étonné du tout.

— Je viens de te le dire : c'est fini.

— C'est à cause du baiser de tout à l'heure ?

Le fait qu'il ait embrassé sa petite amie, qu'il avait mille fois juré de quitter, lui importait peu. Le pas qu'elle franchissait avait d'autres motivations, qu'il aurait dû comprendre de lui-même.

— Je m'en fous, d'elle, je ne veux plus faire ce qu'on fait.

Raffaele croisa les bras.

— Et qu'est-ce qu'on fait ? Je suis curieux... demanda-t-il, amusé.

Elle se tut et le fixa en se jurant de ne pas baisser les yeux. Pour qu'il comprenne enfin qu'elle était sérieuse.

Le jeune homme changea d'attitude : il s'adoucit et lui caressa la joue.

— Je n'ai pas envie de me disputer avec toi, bébé.

Elle secoua la tête : elle ne voulait plus qu'il la touche.

— Pourquoi tu fais ça ? Tu ne veux plus être à moi ?

Sa petite voix mielleuse l'agaçait, désormais. Jusqu'à quelques semaines auparavant, elle n'aurait jamais imaginé rentrer un jour dans ses bonnes grâces. Au début, elle avait eu du mal à y croire. Puis elle l'avait accepté, mais sans jamais se demander pourquoi un type comme Raffaele, beau, convoité et populaire, s'intéressait à une jeune fille insignifiante comme elle. Elle avait eu peur de découvrir que tout avait été un rêve ou, pire, un cauchemar. L'illusion d'une pauvre fille qui s'était soudain crue désirable.

— Je veux que tu effaces les photos, ordonna-t-elle d'une voix ferme.

Le jeune homme éclata de rire.

— Je ne plaisante pas !

À ce moment-là, elle remarqua qu'il avait levé la tête et regardait derrière elle. Elle se tourna et aperçut le type à la chemise à carreaux à qui il avait parlé devant la piscine. Elle comprit ce qui allait se passer et se sentit infiniment triste, mais elle fit son possible pour ne pas fondre en larmes.

— Tu vas devoir me donner une autre preuve d'amour, bébé, dit le petit salaud.

Cela faisait des mois. Au début, il s'agissait de petites requêtes qui semblaient innocentes. Puis il avait placé la barre plus haut en lui demandant des choses de plus en plus gênantes. Elle n'avait jamais refusé, convaincue qu'il était normal qu'il lui fasse faire des « expériences », étant donné qu'elle était novice. Dans le fond, il affirmait que c'était pour elle. Mais au bout de quelque temps, elle s'était sentie mal à l'aise. Sale. Et le plus absurde, c'est qu'elle pensait que c'était sa faute.

— Je ne veux pas, dit-elle cette fois.

Il eut l'air contrarié.

— Tu ne peux pas me faire ça, de quoi j'aurais l'air ? C'est un ami à moi et je lui ai promis.

Idiote qu'elle était, elle avait pensé que son état, son attelle et tout le reste, les découragerait. Mais non.

— Je ne veux pas, répéta-t-elle d'une voix brisée.

Raffaele s'approcha, elle sentit son haleine de cigarette.

— Maintenant, tu vas rentrer dans cette chambre avec lui et faire ce que tu as à faire, c'est clair ? Sinon les photos finiront sur les portables de toute la ville.

La jeune fille n'imaginait pas qu'il puisse en arriver là.

— Mon père portera plainte, le menaça-t-elle.

— Ton père aura honte de toi, répondit-il froidement.

Puis il avança dans le couloir et échangea un signe entendu avec l'autre type, qui se dirigea vers elle.

Quand les deux amis se croisèrent, la jeune fille à la mèche violette remarqua l'argent qui passait d'une main à l'autre.

24

Elle essaya de s'absenter en pensées, laissant le jeune inconnu prendre ce qu'il voulait. L'important était qu'il se dépêche. Quand il eut terminé, il s'empressa de partir, comme gêné de ce qui venait de se passer.

Paradoxalement, elle ressentit de la peine pour lui.

Quand il sortit de la chambre, elle resta un moment sur le lit, les yeux rivés au plafond. Sa robe était relevée jusqu'au nombril, sa culotte gisait sur le sol avec ses béquilles, ses parties intimes la brûlaient. Pendant qu'il haletait comme un chien après une course, la jeune fille à la mèche violette n'avait pas émis un son. Elle avait supporté son poids mou sur elle, la poitrine comprimée. À la fin, il s'était retiré à la hâte et avait laissé son maigre enthousiasme jaillir sur le ventre de la jeune fille. Elle sentait encore le liquide chaud couler sur ses hanches. Elle attrapa un pan du couvre-lit, l'utilisa pour se nettoyer, puis s'assit. Sa tête tournait. Elle baissa sa robe, se reprit, récupéra ses béquilles et s'apprêta à quitter la pièce à son tour.

Elle descendit l'escalier en marbre en se tenant à la rampe en fer battu. Chaque marche lui procurait une petite crampe à la cheville. Elle était presque en bas quand elle vit surgir Maia.

— Tu étais où ? demanda son amie, inquiète. Je t'ai cherchée partout.

La jeune fille avait la nausée.

— Tu sais où sont les toilettes ?

— Bien sûr, là-bas, répondit Maia en l'aidant à s'y rendre, avant de s'enfermer à l'intérieur avec elle.

La jeune fille se regarda dans le miroir : elle était pâle et le crayon noir avait coulé sur ses joues, bien qu'elle ne se rappelât pas avoir pleuré. Elle ouvrit le robinet et s'appuya au lavabo pour reprendre son souffle.

— Tu as pris de la drogue, ou quoi ? demanda Maia en changeant de ton.

— Non.

Une fois, Raffaele l'avait forcée à avaler une petite pilule rose fuchsia. Pour qu'on s'amuse un peu, avait-il dit. Elle n'avait jamais compris en quoi consistait « l'amusement », parce qu'elle ne se souvenait de rien et s'était réveillée avec des bleus partout.

— Tu veux bien aller chercher Oscar ? Je voudrais rentrer chez moi…

Maia hésita : elle ne voulait pas la laisser seule dans cet état.

— S'il te plaît.

— D'accord.

Quand Maia eut quitté les toilettes, la jeune fille eut un haut-le-cœur et se pencha pour vomir, mais rien ne sortit. Elle rota et sentit une odeur familière monter de ses poumons. Le lac.

Elle repensa à l'homme qui l'avait sauvée des eaux, son héros mystérieux. Elle se mit à crier :

— Où es-tu, sale fils de pute ? Pourquoi tu n'es pas là, maintenant que j'ai vraiment besoin de toi ? Pourquoi tu ne m'as pas laissée me noyer, salaud ?!

Alors qu'elle pleurait et l'insultait, elle se tourna un instant vers la fenêtre. Il lui sembla apercevoir quelque chose derrière la vitre.

Deux petits yeux qui la fixaient.

Elle faillit crier, mais se couvrit la bouche. Elle fit un pas en arrière, manquant trébucher. Puis un en avant, et encore un autre. Arrivée à la fenêtre, elle attrapa la poignée et l'ouvrit en grand. Quelque chose tomba à ses pieds. Elle regarda sans comprendre.

Sur le sol, il y avait l'ours en peluche qu'elle avait malmené plus tôt, dans un accès de colère.

Quelqu'un lui avait recousu la tête.

25 mars

Le nouveau venu est en train de prendre son petit déjeuner avec les autres quand une religieuse vient l'appeler. Autour de lui, il n'y a que des chaises vides. La bonne sœur lui dit simplement que quelqu'un est venu le chercher. Seuls les enfants spéciaux quittent l'institut, pense-t-il en allant faire ses bagages. Combien de fois a-t-il entendu cette phrase ?

L'enfant ne sait pas qui est venu. C'est la première fois depuis trois ans qu'il a de la visite. Il est tout excité et plutôt content de partir. Il n'a pas d'amis à saluer ni de souvenirs qui le lient à cet endroit. Pendant tout son séjour, il est resté seul. Depuis la première nuit. Une nuit de cris, de sang et de vengeance.

Micky avait raison sur un point : il lui a appris à être un homme.

Après ça, plus personne n'a osé lui faire du mal, se moquer des cheveux qu'il n'a pas ou des fermetures Éclair sur les côtés de sa tête. On l'évite, comme un chien sans maître qui, après avoir reçu trop de coups de pied, a appris à mordre pour se défendre.

Quand sa valise est prête, la bonne sœur l'emmène dans le bureau de la directrice. La porte s'ouvre et l'enfant reconnaît un visage familier.

Martina a quelques cheveux blancs, mais elle est égale à elle-même. Elle lui sourit.

— Salut. On va aller prendre le train : je t'ai trouvé une famille.

L'enfant n'espérait plus, il s'était résigné. Il pensait que « son histoire » constituait un obstacle insurmontable. Même s'il n'a jamais découvert ce que c'était, car personne ne la lui a jamais racontée.

Ils prennent un taxi pour la gare. Le chauffeur les observe dans le rétroviseur. L'enfant sait que c'est à cause de son apparence. L'assistante sociale ne s'en aperçoit pas, elle lui parle comme s'ils ne s'étaient pas vus depuis une semaine, pourtant il sent que quelque chose a changé.

— Pourquoi tu n'es plus venue me voir ? marmonne-t-il.

Elle lui révèle qu'entre-temps elle a rencontré un homme et qu'elle s'est mariée.

— Nous avons déménagé loin d'ici pendant un temps, à cause du travail de mon mari, explique-t-elle. Mais maintenant nous sommes revenus et j'ai repris ma place.

L'enfant ne lui en veut pas. Dans le fond, Martina est simplement en train de lui dire que sa vie a continué. Personne n'est obligé de sauver le monde. Malgré la douleur de ceux qui se sentent abandonnés. Quelqu'un est heureux, quelqu'un d'autre en paie le prix. Cela fonctionne ainsi, ni lui ni Martina n'y peuvent rien.

— Comment ça s'est passé avec les autres enfants de l'institut ? Tu t'es fait des amis ?

L'espace d'un instant, l'enfant a pensé qu'elle voulait parler de ce qui s'était passé la première nuit, mais elle ne sait rien et il est soulagé.

— Oui, plein d'amis. Mais Vera n'est jamais venue me voir.

Martina lui caresse la joue.

— Vera ne viendra plus jamais.

Il ne sait pas s'il doit être triste. Peut-être. C'est tout de même sa mère. Il l'imagine dans un endroit chaud, entourée d'hommes-mouches qu'elle aime tant. Mais la vérité est qu'il ne ressent plus rien pour elle. Il a peur de le dire à Martina et qu'elle le juge pour cela.

Depuis quelque temps, l'enfant ne ressent plus rien pour personne.

Le voyage dure plusieurs heures. Il n'a jamais pris le train. Quand Martina remarque le regard des autres passagers, elle lui met sur la tête une casquette qu'elle a apportée.

— Ne la retire pas, d'accord ?

Ils arrivent à destination le soir. Sa nouvelle famille habite un petit village dans des montagnes qui s'appellent les Apennins. Pour y arriver, il faut prendre une voiture. Un homme les attend devant la gare. L'enfant comprend que c'est son nouveau père, mais il ne sait pas comment il doit l'appeler. Il n'a jamais eu de père. À part les hommes-mouches de Vera, mais il ne les aurait jamais appelés papa.

Son nouveau père est grand, avec des épaules larges et de grosses mains. Il a une ombre de tristesse et de méfiance sur le visage. Son nouveau père le dévisage. L'enfant n'aime pas qu'on le regarde ainsi.

— C'est maintenant qu'on se dit au revoir, annonce Martina.

— Tu ne m'accompagnes pas ?

— Je dois rentrer retrouver mon mari. Mais tu seras bien ici.

L'enfant ne sait pas qui est le mari de Martina, mais il pense qu'il a de la chance de l'avoir rencontrée. Il lève les yeux vers l'homme qui est venu le chercher, qui dit simplement :

— Allons-y.

Sans savoir pourquoi, l'enfant lui prend la main. L'homme semble s'en moquer. Ils se dirigent ensemble vers la voiture.

Sa nouvelle maison est au milieu des bois. La porte s'ouvre, ils sont accueillis par une femme souriante qui porte un tablier bleu ciel. Elle est jolie et bien coiffée. Cela sent bon la nourriture.

— Bienvenue, lui dit-elle avec enthousiasme. Tu es ici chez toi.

En observant ses nouveaux parents, l'enfant a tout de suite l'impression que quelque chose ne va pas. Ils s'efforcent d'avoir l'air jeunes, mais ils sont vieux.

La maison aussi est bizarre. Dans chaque pièce, il y a un fauteuil à bascule.

Sa nouvelle mère ne semble pas prêter attention à son aspect. On dirait qu'elle ne remarque ni sa tête chauve ni ses cicatrices. Et surtout, elle ne lui demande pas où sont passées ses dents. Pendant le dîner, elle est la seule à parler. Penché sur son assiette, son nouveau père est plongé dans ses pensées. L'enfant commence à se demander si sa nouvelle mère attend quelque chose en échange de toute cette gentillesse.

— Tu aimes la glace ? lui demande-t-elle alors qu'ils sont en train de terminer un délicieux plat de légumes.

— Oui, *maman*, répond-il en pensant que c'est ce qu'elle veut entendre.

Sa nouvelle mère se tait pendant une éternité, mais toujours en souriant.

— On mangera la glace demain, tu dois être fatigué du voyage, affirme-t-elle au bout d'un moment, comme si de rien n'était, toujours sur son ton joyeux.

Son nouveau père et sa nouvelle mère lui montrent sa chambre, qui est belle et spacieuse. Tout est neuf : les meubles, les livres, les jouets qu'il n'a jamais eus. Il y a des vêtements dans l'armoire, mais sa nouvelle mère lui promet qu'ils en rachèteront bientôt, à sa taille. Alors qu'ils sont encore sur le seuil, l'enfant se tourne distraitement vers le couloir et aperçoit une autre chambre.

Dans la pénombre, il distingue une porte avec des carreaux en verre dépoli. Elle est verte.

— Que t'arrive-t-il ? demande sa nouvelle mère en remarquant son trouble.

L'enfant ne peut pas répondre, il est paralysé. Il a l'impression de voir une ombre passer derrière la porte opacifiée.

— Tu ne dois jamais entrer ici, c'est clair ? dit alors son nouveau père avec dureté.

Les lumières de la maison s'éteignent, il est l'heure d'aller au lit. L'enfant est dans sa chambre, sa nouvelle mère lui a apporté un verre d'eau et l'a bordé.

Il est fatigué mais ne trouve pas le sommeil. Il reste immobile, les yeux écarquillés. Il a peur qu'il lui arrive quelque chose s'il les ferme. Dans le silence de la nuit, on n'entend que le vent qui agite les arbres du bois et souffle sur la maison. Bientôt, un bruit s'insinue. Faible, puis de plus en plus évident.

Deux notes prolongées, d'une douceur agaçante. Un appel familier.

L'enfant sait que, s'il ne répond pas, le sifflement ne cessera pas. Malgré l'ordre donné par son nouveau père, il se lève et parcourt lentement le couloir, obéissant à l'appel. Une fois devant la porte verte au verre dépoli, il tourne la clé dans la serrure et appuie sur la poignée. Quand il l'ouvre, il est assailli par une odeur qu'il connaît bien.

Le désinfectant. La puanteur de l'hôpital.

Il avance. Par la lucarne, la lune apporte une faible lueur qui fait briller le chrome d'un lit métallique, veillé par des appareils éteints. Il y a un pied à perfusion et un chariot de médicaments. Pourtant les murs sont colorés et il y a des jouets.

C'est la chambre d'un autre enfant.

Un grincement. Il se retourne : le fauteuil à bascule bouge dans le noir. Quelqu'un y est assis. Il fume.

— Tu as remarqué le regard de l'homme quand il est venu te chercher à la gare ? demande Micky en crachant un nuage gris. Il n'a eu aucune réaction en voyant à quel point tu es laid.

— La femme non plus, répond l'enfant. Peut-être qu'ils s'en fichent.

Micky éclate de rire.

— La vérité, c'est que l'un ou l'autre, ça leur est égal.

— Qu'est-ce que ça veut dire ?

— Ça veut dire que toi ou un autre, cela ne fait aucune différence.

L'enfant ne comprend pas.

— Ils ont eu un fils. Ce fils est mort. Tu es là pour le remplacer : gentil petit singe.

L'enfant regarde à nouveau autour de lui. Micky a tort : s'ils l'ont choisi, il y a une raison.

— Au lieu de me prendre, ils ne pouvaient pas en faire un autre ?

— Leur fils a crevé il y a longtemps. Maintenant, c'est trop tard pour eux.

— On ne donne pas d'enfants aux vieux, répond-il, certain qu'une exception a été faite pour lui.

Parce qu'il est spécial.

— Tu es un déchet, gamin, répond Micky. Tu es ici parce qu'ils ont dû se contenter de toi.

L'enfant sait que c'est vrai, même s'il préférerait ne pas y croire.

— Avec ton histoire, tu t'attendais à quoi ?

Apparemment, Micky aussi connaît cette histoire. Alors l'enfant tente sa chance :

— C'est quoi, mon histoire ?

L'autre tire une longue bouffée sur sa cigarette.

— Tu veux vraiment la connaître ?

— Oui, s'il te plaît.

Micky réfléchit un moment.

— D'accord, gamin. Mais à partir d'aujourd'hui tu feras tout ce que je t'ordonne.

25

Les chats vinrent l'entourer en se frottant à ses chevilles. L'homme qui nettoyait referma la porte du numéro 23 et, comme toujours, tendit l'oreille pour s'assurer qu'il était seul. Il tenait dans ses bras un sachet contenant deux club-sandwichs et une petite bouteille d'eau, achetés à un distributeur automatique.

Il était venu directement en sortant du travail, sans passer par son appartement. Il ne voulait pas croiser Micky, pour ne pas avoir à lui fournir d'explications. Dans le fond, qu'avait fait Micky pour lui durant toutes ces années ? L'homme qui nettoyait s'était occupé de lui, l'avait choyé. Il avait pris soin de lui, avait cédé à toutes ses requêtes, même la plus désagréable. Et Micky n'avait pas tenu parole.

Il ne lui avait pas encore raconté son histoire.

L'homme qui nettoyait n'avait donc aucune envie de se justifier d'avoir passé les vingt-quatre dernières heures en compagnie de la jeune fille à la mèche violette.

Il l'avait regardée depuis les hauteurs qui dominaient la clairière où elle habitait, pendant qu'elle prenait son petit déjeuner dans le jardin, seule dans son fauteuil roulant. Il l'avait vue pencher la tête vers l'arrière et fermer les yeux, alors il l'avait imitée, découvrant la douceur de la caresse du vent. En échange, il lui avait fait écouter sa chanson préférée, enfermée dans le téléphone portable qu'il avait retrouvé sur le ponton.

C'était une façon de lui signifier qu'il était proche. Et qu'elle ne devait pas avoir peur.

Puis il avait emprunté la Fiat Fiorino de Micky et il l'avait suivie à la fête pour lui rendre son ours en peluche, qu'il avait trouvé décapité dans la poubelle. Il l'avait même recousu pour elle. Il l'avait vue descendre de voiture, très élégante, et entrer dans un grand chapiteau illuminé et empli de musique.

Fuck était magnifique.

Il s'était introduit en cachette dans la propriété pour la surveiller, curieux d'en apprendre plus sur elle. Qui étaient ses amis, comment elle était quand elle était avec les autres, heureuse ou triste. Il l'avait vue bavarder avec une jeune fille puis se diriger vers un garçon plus âgé, qui avait les cheveux jusqu'au cou. L'homme qui nettoyait aimait ces cheveux, il aurait voulu avoir les mêmes. Ils étaient montés tous les deux à l'étage et lui, pour ne pas les perdre de vue, avait grimpé sur une gouttière. Il n'avait pas compris grand-chose à leur dispute, hormis une allusion à des photos. Puis un autre garçon, en chemise à carreaux, était arrivé et Fuck était entrée avec lui dans une chambre à coucher. L'homme qui nettoyait n'avait pas voulu regarder ce qui se passait à l'intérieur. Il était mal à l'aise, écœuré et déçu. Mais quand elle était sortie pour retourner en bas, il avait compris qu'elle n'allait pas bien. Elle avait filé aux toilettes.

Il s'assit à la table de la cuisine et disposa le contenu du sachet devant lui. Il ouvrit le premier sandwich et mordit dedans avec distraction, en repensant à la scène.

Alors qu'il la regardait par la fenêtre des toilettes, Fuck avait crié devant le miroir. Un hurlement violent et imprévisible. Au début, l'homme qui nettoyait n'avait pas compris qu'elle s'adressait à lui, mais ensuite, au milieu des insultes, il avait saisi une question :

« *Pourquoi tu n'es pas là, maintenant que j'ai vraiment besoin de toi ?* »

Elle avait besoin de lui ? Il ne s'y attendait pas. Cela ne lui avait même jamais traversé l'esprit. Soudain, l'homme qui nettoyait s'était agité. Ne sachant que faire, il avait laissé la peluche sur le bord de la fenêtre et avait pris la fuite.

Maintenant, il lui fallait admettre que quelque chose avait changé. Il était différent. Il le sentait.

C'était pour cela qu'il n'avait pas pu rentrer chez lui après la fête. Micky aurait immédiatement flairé le malaise. Parfois, Micky lisait dans ses pensées. Alors l'homme qui nettoyait était retourné au numéro 23 et avait veillé jusqu'au moment de prendre son service. Il était perturbé. En général, les gens n'avaient pas besoin de lui. Son utilité était de les libérer de ce qu'ils ne voulaient plus. D'ailleurs, hormis les débarrasser de leurs déchets, il n'aurait pas su quoi faire pour eux.

La lumière de l'après-midi filtrait par les volets fermés, créant des lames de poussière dorée dans la pièce. L'homme qui nettoyait comprit qu'il n'avait pas faim. Il émietta ce qui restait des sandwichs et le répartit sur le sol pour les chats. Après avoir bu une gorgée d'eau, il glissa une main dans sa poche et en sortit le portable de Fuck.

Il l'alluma à nouveau.

Cette fois encore, après l'apparition de la pomme grignotée, il y eut une série de rectangles qui s'ouvraient et se refermaient. Il n'avait pas le temps de lire les écritures contenues dans ces espaces, il était trop lent, mais dans le fond cela ne l'intéressait pas.

Il avait autre chose en tête.

Après avoir récapitulé ce qu'il savait sur Fuck, il en avait tiré des conclusions. La jeune fille à la mèche violette avait essayé de se faire du mal en se jetant dans le lac. Mais avant, elle avait laissé son portable sur le ponton, comme s'il contenait l'explication de son geste. Puis elle était allée à la fête et avait eu une discussion avec un garçon plus âgé, avant de s'isoler avec un ami à lui. Enfin, elle s'était sentie mal.

Elle ne paraissait pas avoir décidé de ses actes. C'était comme s'ils avaient été imposés par une force obscure. Comme si elle aussi avait un Micky qui lui donnait des ordres. Fuck ne voulait pas faire ce qu'elle a fait, se dit-il. Elle a été forcée. Mais l'homme qui nettoyait n'avait remarqué aucune attitude violente, aucune menace. Il réfléchit. Parfois ce n'est pas nécessaire, se dit-il. Il repensa à ce que Fuck avait dit au garçon qui avait les cheveux longs jusqu'au cou.

« Je veux que tu effaces les photos. »

De quelles photos parlait-elle ? Était-il possible qu'elles soient sur son portable ? Désormais familier avec certaines de ses fonctions, il ouvrit l'espèce d'album où étaient conservés les clichés de Fuck, observa une nouvelle fois les images et n'y décela rien de nouveau ou d'étrange. Mais ensuite, en faisant défiler les sous-sections, il remarqua le dernier symbole de la liste.

Une petite poubelle.

L'homme qui nettoyait savait bien qu'on trouve parfois dans les déchets les réponses les plus inimaginables. Il se le répétait souvent : *les poubelles ne mentent jamais*. Il sélectionna l'icône avec une certaine anxiété.

Ce qu'il vit le plongea dans l'effroi.

Des baisers interdits. Des mains inconnues qui fouillaient le corps de Fuck, frêle et fragile. Des actes qu'il n'avait jamais commis, même en pensée. Rien de tout cela ne seyait à une adolescente. Il eut la gorge nouée. Il se leva et déambula dans la cuisine, en colère. Il la détestait parce qu'il se sentait trahi. Pourquoi lui faisait-elle cela ? Sur le point d'envoyer un coup de poing dans un buffet, il s'arrêta et réfléchit : il y avait quelque chose de profondément injuste dans ces images, il le percevait clairement. Mais ce n'était pas contre lui. Il sentit monter une rage nouvelle, en même temps qu'une compassion infinie.

Sans que l'homme qui nettoyait s'en aperçoive, une petite larme roula sur sa joue.

26

Après avoir longuement réfléchi, la chasseuse de mouches était arrivée à la conclusion qu'elle devait revenir en arrière, recommencer depuis le début.

Depuis le bras de Nesso.

Si elle trouvait le lien entre la femme sans visage et le mystérieux sauveur de la fille des Rottinger, elle pourrait découvrir l'identité de l'homme et comprendre ce qu'il avait à cacher. Un simple point de contact entre les deux permettrait de reconstruire leur histoire.

Il était environ vingt et une heures, la soirée était brumeuse. Il n'y avait personne dehors, on se serait cru en hiver. Sa Clio était garée devant le palais de justice de Côme, que la chasseuse surveillait depuis l'habitacle.

Elle attendait Silvi, le médecin légiste en charge de l'affaire de la présumée suicidaire inconnue.

Entre-temps, elle se rappela son rapport sommaire, après l'observation du bras repêché dans le lac : caucasienne, entre soixante et soixante-cinq ans. L'état de conservation des tissus et les lacérations permettaient de supposer que la victime avait passé deux ou trois jours dans l'eau. Silvi avait parlé de « démembrement » à la hauteur de l'épaule droite, spécifiant que la nature de la lésion excluait l'utilisation d'un instrument coupant. Cette fois encore, la chasseuse se dit que cela ne contrecarrait pas la thèse de l'homicide.

« Cause du décès : une irrésistible force inconnue », répéta-t-elle à voix basse, reprenant la conclusion du docteur des morts.

Son téléphone sonna.

— Où es-tu ? Je suis passée chez toi et tu n'y étais pas.

La voix de Pamela était toujours teintée de reproche, même quand il n'y avait aucune raison.

— J'étais occupée.

Elle aurait dû lui parler de sa découverte sur les enregistrements vidéo de Sant'Anna, mais elle aurait été contrainte de lui expliquer comment elle s'était procuré les films et de remonter jusqu'au récit de sa visite chez les Rottinger. Cela faisait trop pour un appel téléphonique rapide. Et surtout, elle ne voulait pas lui révéler où elle se trouvait.

— Qu'est-ce qui se passe, tu t'es encore disputée avec Giorgia ? demanda-t-elle pour changer de sujet.

— Cette salope s'est calmée. Mais j'ai fait la recherche que tu m'avais demandée.

— Quelle recherche ?

— Le connard en Porsche.

Elle avait complètement oublié la fille des cornichons dans les surgelés et ce qui s'était passé au supermarché. Elle se sentit coupable.

— Qu'as-tu découvert ?

— Tu avais raison, il aime jouer les durs. Il n'a pas de casier, mais il y a eu deux plaintes contre lui pour maltraitance, déposées par des ex-petites amies, puis retirées.

Il a acheté leur silence, pensa la chasseuse. Ou bien, ayant enfin réussi à se libérer de lui, elles ont jugé inutile de continuer. En retirant leur plainte, elles avaient mis en danger celles qui viendraient après elles, toutefois la chasseuse ne pouvait les condamner d'avoir évité le passage mortifiant devant un tribunal et les ignominies auxquelles étaient soumises les compagnes d'un homme violent, comme si elles étaient complices plutôt que victimes.

— Que comptes-tu faire ? demanda Pamela. Le traitement habituel ?

— Le traitement habituel, confirma la chasseuse.

Bientôt, le connard en Porsche aurait la leçon qu'il méritait.

Elle raccrocha et regarda sa montre, se demandant quand Silvi allait sortir. À ce moment-là, elle vit sa silhouette efflanquée descendre l'escalier du tribunal, serré dans son imperméable, son cartable en cuir le déséquilibrant à cause des rafales de vent impétueuses. On aurait dit une brindille à la merci des éléments.

La chasseuse alluma le moteur et klaxonna deux fois pour attirer son attention. Silvi s'arrêta et scruta les alentours. Quand il la vit, il lui fallut quelques secondes pour la reconnaître.

— Qu'est-ce que tu veux ? lui demanda-t-il sur son habituel ton grognon.

La chasseuse baissa sa vitre pour lui parler.

— Quinze minutes de ton précieux temps, ironisa-t-elle.

— Je viens de terminer une déposition de quatre heures. Je suis épuisé, je voudrais rentrer chez moi.

— La fille des Rottinger avait un ongle rouge dans la bouche quand elle a été sortie du lac, affirma-t-elle avant qu'il puisse s'éloigner.

Il s'arrêta net. Elle eut l'impression qu'il avait saisi la référence au bras de Nesso et qu'il réfléchissait. Quelques secondes plus tard, il revint vers elle. La chasseuse s'était préparée à mettre plus de temps à le convaincre. Quand elle comprit qu'il avait l'intention de monter dans sa voiture, elle dégagea le siège passager, où traînaient des prospectus et des paquets de Diana vides, roulés en boule.

— Soirée difficile, commenta Silvi en s'installant. Alors c'est quoi, cette connerie d'ongle ?

La chasseuse partit de l'histoire du mouchoir où il était emballé, spécifiant que cette preuve organique était désormais perdue à jamais, jetée avec les déchets hospitaliers. Au lieu de la liquider comme une pauvre folle, le médecin réfléchit aux faits. Puis il frissonna.

— Ce maudit printemps tarde à arriver.

— Ne change pas de sujet, le réprimanda-t-elle.

Il la foudroya du regard.

— Tu te moques de moi ?

— J'ai toujours apprécié la franchise de nos rapports, avoua-t-elle. Je suis sérieuse : tu es le seul à ne jamais m'avoir traitée avec compassion.

— Ne me casse pas les couilles, répondit-il en tenant son rôle de bourru.

Mais il voulait peut-être simplement éviter de se remémorer les circonstances de leur rencontre, cinq ans auparavant.

— Franchement, je m'étais préparée à te supplier de me parler de ce bras. Tu as fait l'autopsie, pas vrai ?

— Il y a quatre jours, admit Silvi.

— Et alors ?

Quelque chose le troublait. Il serra contre lui le cartable posé sur ses genoux.

— Tu es toujours convaincu qu'il s'agit d'un suicide ? demanda-t-elle, sentant qu'il doutait.

— Certain, dit enfin le médecin légiste. D'un point de vue géologique, le lac de Côme est une décharge parfaite. Si je devais faire disparaître quelque chose, n'importe quoi, je l'y jetterais les yeux fermés. Il y a de tout, là-dessous : des carcasses de voitures avec je ne sais quoi dans le coffre, des caisses, des malles. On dit qu'il y a même un camion blindé qui a fini à l'eau pendant un braquage, avec trois squelettes qui veillent désormais sur les lingots d'or, ajouta-t-il avec un sourire nerveux. À cause des courants, le lac avale tout et il est rare qu'il rende quoi que ce soit. Et quand il le fait, c'est pour envoyer un message.

— Qu'est-ce que tu veux dire ?

— On ne croirait pas, en regardant sa surface tranquille, mais au fond du lac, il y a une sorte de marécage. On dit que quand on creuse dans un marécage, on trouve généralement quelque chose… Depuis toujours, les gens qui vivent ici savent qu'ils doivent composer avec les secrets cachés au fond.

La chasseuse comprit que Silvi avait peur de lui révéler ce qu'il avait découvert.

— Je ne suis pas comme les autres, dit-elle pour le convaincre de parler.

Elle n'avait pas enterré son secret, elle.

L'homme la regarda fixement.

— Je n'ai jamais compris pourquoi tu étais restée ici…

— On n'échappe pas au lac. Où qu'on aille, il nous retrouve.

Le médecin réfléchit.

— D'accord, dit-il. Mais il faut que tu voies ça de tes propres yeux.

27

Ils entrèrent ensemble dans la morgue déserte. Leurs pas résonnaient dans la grande pièce des cellules frigorifiques.

— Mets ça, lui recommanda Silvi en lui tendant une blouse, des protège-chaussures, des gants et un masque, avant de s'équiper lui-même.

Ils s'approchèrent de la ruche d'acier et le médecin tira vers lui la poignée de l'un des tiroirs. Un nuage de poussière glacée se souleva. Le médecin légiste récupéra le petit cercueil que la chasseuse de mouches avait déjà vu quelques jours auparavant à Nesso, et qui contenait le bras repêché dans le lac.

Le médecin l'emporta sur une table d'autopsie. Il alluma du pied une lampe scialytique pour l'éclairer. Avant d'ouvrir la boîte métallique, il lui dit :

— Quand j'ai commencé l'autopsie, je m'attendais à arriver à la conclusion habituelle : déclaration de mort de cause inconnue, accompagnée d'une rapide description des restes pour les archives du Parquet.

— Mais ?

— Mais j'ai découvert deux détails…

Silvi ouvrit la caisse et en sortit le bras congelé, qu'il déposa délicatement sur la table en acier.

La chasseuse le reconnut : elle avait demandé à le voir sur le ponton, pour saluer la femme sans nom. Mais, dans ce contexte, l'effet était différent. Elle se sentit secouée.

Les médecins légistes oublient que les autres humains ne sont pas habitués à un contact aussi intime avec la mort. Silvi continua comme si de rien n'était.

— Comme nous le savons, il y a sur la chair des lésions compatibles avec l'action des courants et des chocs contre des rochers ou des détritus. Mais en regardant plus attentivement, il y a autre chose…

Il lui indiqua un point avec son petit doigt ganté. Elle inspira une grande bouffée d'air et se pencha. Dans le creux du coude, deux demi-cercles semblables à des croissants de lune étaient légèrement éloignés. À la différence des autres blessures, celle-ci était régulière.

— Qu'est-ce que c'est ?

— Une morsure.

Il avait prononcé le mot avec gravité. La chasseuse eut peur de la suite.

— La pression exercée et l'ampleur des arcades ne laissent aucun doute. Mais il y a quelque chose qui ne colle pas : c'est un sillon continu. Il manque les incisions des dents.

— Ça doit être un poisson, tenta la chasseuse.

— Il n'existe pas dans le lac de Côme de poisson capable de laisser une telle marque, affirma Silvi.

— Alors *quoi* ou *qui* ?

Le docteur des morts n'avait pas de réponse.

— Je n'en ai pas la moindre idée.

— Tu en as parlé aux carabiniers ?

— Je l'ai signalé dans le rapport. Mais ne te fais pas d'illusion : aucun chef d'accusation ne sera formulé. Pour l'instant, on reste sur l'hypothèse du suicide.

— Alors pourquoi tu me montres ça ?

— Parce que je me suis dit que tu découvrirais peut-être l'identité de la femme : elle pourrait avoir été victime de la violence de son mari ou de son conjoint, qui coule maintenant des jours heureux en se félicitant de s'en être tiré. Ça fait plusieurs nuits que je n'en dors pas.

— Tu as dit tout à l'heure que tu avais découvert deux détails lors de l'autopsie… Quel est le deuxième ?

— Tu es prête pour la surprise ?

La chasseuse trouvait la morsure déjà surprenante. Que pouvait-il y avoir d'autre ? Silvi se dirigea vers ses instruments chirurgicaux. Elle eut peur qu'il revienne avec un bistouri ou une scie électrique, mais il rapporta seulement un petit néon.

— La peau humaine est comme une sorte de feuille blanche, affirma le médecin légiste. Parfois, un récit invisible y est écrit. C'est pour cette raison que nous avons recours aux ultraviolets pour détecter des empreintes ou du matériel organique sur les cadavres. Mais, honnêtement, je ne me serais jamais attendu à ce que j'ai trouvé…

Il alluma le néon et éteignit du pied la lampe Scialytique. La salle fut plongée dans l'obscurité. On ne voyait que le halo violacé diffus. Silvi l'approcha du bras de Nesso et le plaça au-dessus de la main de la victime.

Une inscription apparut sur la peau. On aurait dit un tatouage à l'encre invisible.

DANCING BLUE – CONSOMMATION GRATUITE

28

À seize ans, sa mère était déjà mannequin.

Elle avait défilé pour Armani et écumé les podiums des quatre coins du monde, entre deux séances photos. On lui promettait un avenir radieux. Avec son visage si spécifique, anguleux et énigmatique, on se souviendrait d'elle. Pourtant, à dix-huit ans, la future Mme Rottinger avait compris qu'elle ne deviendrait jamais top model, parce qu'elle ne possédait pas la qualité mystérieuse qui rend certains êtres humains particuliers pour les autres. Elle pouvait espérer une carrière de simple mannequin et, dans le meilleur des cas, elle finirait par jouer les potiches à des fêtes de riches. Le privilège d'une véritable *top* était de se coucher tôt quand les autres étaient obligés de s'amuser, et elle ne l'aurait jamais.

Dotée d'une bonne dose de réalisme, elle avait compris que sa seule possibilité, avant que la magie de la beauté ne cesse de faire effet, était de se trouver un mari qui lui garantisse un niveau de vie adapté au corps dont elle avait hérité. La mère de la jeune fille à la mèche violette se serait contentée d'un trentenaire petit et trapu, Rolex bien visible et cigare à la bouche, capable de se mettre dans des situations dont seul l'argent de papa le sortirait. Mais elle avait eu la chance de tomber amoureuse du jeune et beau rejeton d'une grande famille d'industriels, qui avait lui aussi perdu la tête pour elle.

L'ingénieur Rottinger parlait six langues. Jeune, il était passionné de sports extrêmes et avait été champion de surf et d'aviron. Il avait même participé à des Jeux olympiques. Après avoir étudié dans les meilleures écoles internationales, il avait empoché un diplôme à Stanford. À quarante ans, en plus d'être à la tête d'une *holding* qui valait des centaines de millions, il présidait une fondation de bienfaisance qui construisait des écoles et des hôpitaux dans les zones les plus défavorisées de la planète.

Selon la légende qu'on lui racontait depuis son enfance, ses parents s'étaient rencontrés deux ans avant sa naissance pendant une tempête sur l'océan Indien : son père avait pris sur son bateau et donc sauvé sa future femme et un groupe d'amis dont le catamaran avait fait naufrage. À partir de ce moment, ils étaient devenus un des couples les plus enviés de la jet-set locale.

Et maintenant, dans ce tableau de perfection absolue, il y avait la jeune fille à la mèche violette.

Il lui restait trois années avant son seizième anniversaire, mais elle doutait fort qu'elle deviendrait comme sa mère au même âge, en si peu de temps. Elle avait constaté que, généralement, les riches moches épousaient des femmes sublimes, et le fruit de leur union était toujours incertain ou improbable. L'exemple le plus flagrant de son entourage était son amie Maia, fille d'un noble bossu et d'une actrice de cinéma.

Pourtant, dans le cas de ses parents, la génétique aurait dû jouer en sa faveur.

Or cette dernière s'était amusée à réunir chez leur fille les rares défauts de ces deux demi-dieux.

Elle avait hérité des jambes fines de son père, disproportionnées par rapport à son buste, telles des pattes d'oiseau. Ses mains aussi étaient trop grandes. Sa mère lui avait légué ses oreilles décollées, que le coiffeur avait du mal à cacher, ainsi que son nez aquilin. Mais s'il donnait à la femme de l'ingénieur un superbe air arabisant, sur le visage de sa fille il faisait l'effet d'une protubérance factice.

De plus, la jeune fille n'avait aucun talent particulier. Elle était mauvaise en sport et médiocre dans les autres matières. Elle ne cultivait aucun intérêt particulier, n'excellait en rien. La seule chose qui lui réussissait, c'était de se faire reprocher par ses parents de ne pas être la fille modèle qu'ils attendaient. Elle lisait la déception sur leur visage, la sentait dans leur voix quand ils lui parlaient.

À treize ans, l'idée de ne pas être à leur hauteur n'était plus seulement un soupçon.

Cela expliquait sans doute qu'elle se soit laissé embobiner par Raffaele. Pour une fois, elle avait obtenu un résultat que personne n'attendait d'elle. Elle s'était bercée d'illusions sur l'amour du jeune homme. Elle avait cru à un conte de fées qu'elle avait imaginé à partir d'une simple question, « Pourquoi cela ne m'arriverait-il pas à moi ? », sans en soupçonner les coulisses ni les conséquences. Elle était convaincue que les demandes du garçon étaient normales et que le secret qu'il avait imposé sur leur relation était dû au fait que les *autres*, incapables de comprendre la pureté de leur amour, feraient tout pour l'entraver.

Elle avait offert sa première fois à Raffaele. Ensuite elle s'était demandé pourquoi il insistait pour qu'elle couche avec ses amis. Au début, elle s'était sentie désirable, puisqu'ils étaient nombreux à la vouloir. Mais petit à petit, elle avait dû composer avec le malaise qui montait en elle et, surtout, avec son incapacité à se soustraire à ce tourbillon pervers, ce jeu de grands alors qu'elle n'était qu'une enfant.

Elle avait cherché une porte de sortie dans le lac. Mais elle n'avait trouvé que la peur de mourir.

Et quand, à la fête, elle avait vu l'argent passer de la main du garçon en chemise à carreaux à celle de Raffaele, elle avait enfin compris. Elle ne se sentait pas blessée qu'il la vende. De toute façon, Raffaele n'avait pas besoin d'argent. C'était seulement un petit caprice, payer faisait partie du jeu. En réalité, ce n'était pas elle qu'ils achetaient, mais la possibilité de baiser la fille des Rottinger. Qu'elle soit belle ou laide n'avait rien à voir là-dedans : ils voulaient souiller la perfection, cracher leur semence visqueuse sur le portrait de famille.

C'était ça qui faisait mal.

La jeune fille à la mèche violette ne s'était pas seulement humiliée elle-même, elle les avait tous humiliés.

En rentrant chez elle après la fête, elle avait jeté ses béquilles dans un coin et s'était enfermée dans sa chambre, dont elle n'était plus ressortie, même pour manger, prétextant des menstruations douloureuses. En fait, elle saignait à cause des manœuvres maladroites d'un adolescent inexpérimenté qui, après avoir fait son affaire, avait filé sans même lui dire son prénom. La seule consolation pour la jeune fille était qu'un jour, quand il serait un homme, il aurait honte. D'ailleurs, il en avait déjà eu un avant-goût. Même s'il avait des enfants et devenait un mari aimant, il resterait à jamais un lâche. Un violeur.

La jeune fille à la mèche violette s'était également enfermée dans sa chambre à cause de la chanson de Coldplay portée par le vent et de l'ours en peluche sorti de nulle part à la fête, sur le rebord de la fenêtre des toilettes. La personne qui lui avait recousu la tête et le lui avait rapporté en savait beaucoup sur elle. Plus que ce qu'elle aurait voulu révéler.

C'était un bel après-midi, mais elle avait fermé les volets. Elle se balançait, assise sur son lit dans le noir, en pensant à l'auteur de ces messages silencieux. Elle était certaine qu'il ne s'agissait pas d'une blague. La seule personne qui lui vint à l'esprit était l'inconnu qui l'avait sauvée avant de disparaître. L'être de lumière qu'elle avait aperçu un instant sur la plage.

Peut-être était-ce un ange.

Seuls les anges font de bonnes actions sans en revendiquer le mérite. En plus, il avait réapparu quand elle avait eu besoin de réconfort. En y réfléchissant bien, elle avait également senti sa présence la première nuit à l'hôpital. Elle était sous sédatifs après son opération de la cheville, mais elle avait entendu quelqu'un dans la pièce, quelqu'un qui avait soulevé le drap et découvert la jambe sur laquelle elle avait noté le numéro de téléphone de son père, au cas où elle serait morte.

Oui, elle en était certaine. Ce n'était pas un rêve. L'ange était venu lui rendre visite.

Néanmoins, tout était si étrange qu'elle ne savait pas si elle pouvait lui faire confiance. Peu importe ce qui lui arrivait, elle ne pouvait en parler à personne. Mais si quelqu'un avait envoyé un ange pour la protéger, cela voulait dire que, là-haut, on savait ce qu'elle avait fait et qu'on ne la jugeait pas. Et s'il s'agissait d'une personne en chair et en os, alors elle pouvait espérer qu'il mette fin à son cauchemar.

La jeune fille à la mèche violette eut la sensation qu'une justice mystérieuse opérait à son insu et qu'à la fin tout s'arrangerait. En même temps, elle ne voulait pas se faire trop d'illusions. Elle craignait l'amertume d'une énième profonde déception.

Il lui fallait une preuve.

En repensant au retour de l'ours en peluche qui avait été décapité et jeté à la poubelle, elle avait fomenté un plan pour se mettre en contact avec l'ange mystérieux. Ce matin-là, elle avait écrit un petit mot, qu'elle avait glissé dans une enveloppe ornée de paillettes colorées pour qu'elle attire l'attention. Au lieu de la poster, elle l'avait déposée dans sa corbeille à papier. Puis elle avait attendu qu'une domestique vienne la prendre pour la vider.

Elle espérait que cela fonctionnerait.

Il était presque seize heures. Elle prit ses béquilles, sortit de sa chambre et alla chercher sa mère, qu'elle trouva dans la salle à manger, en train de donner des indications au majordome et à la gouvernante sur la façon dont elle souhaitait qu'ils dressent la table pour le dîner qui aurait lieu le surlendemain. Organiser d'élégants rassemblements chez elle avec ses amis et connaissances était la seule occupation de

Mme Rottinger. Son mari la laissait se charger de tout : l'important, pour lui, était de trouver une note dans son agenda, afin de se rendre disponible pour la date fixée. Toutefois, la jeune fille à la mèche violette soupçonnait que ce dîner avait un but précis : permettre aux invités de constater que tout allait bien après l'incident du lac, pour mettre fin aux potins et bavardages. Sa mère étant très occupée par l'événement, elle pourrait facilement obtenir ce qu'elle était venue lui demander.

— Maman ?

En pleine discussion avec les domestiques, sa mère se retourna avec surprise.

— Comment te sens-tu ? demanda-t-elle distraitement.

— Ça va mieux, merci. Dis-moi, tu pourrais demander à Oscar de m'accompagner à Côme, dans le centre ?

Cette fois, Mme Rottinger regarda sa fille plus attentivement et son regard devint méfiant.

— Je voudrais acheter quelque chose à me mettre pour le dîner.

Sa mère réfléchit pendant un temps qui lui sembla interminable.

— D'accord, mais tu ne rentres pas trop tard, dit enfin la femme, pas tout à fait dupe. Et je dirai à Oscar de ne jamais te perdre de vue.

La jeune fille contint sa joie, mais elle exultait d'avoir réussi. Maintenant, il restait à espérer que le reste du plan se déroulerait au mieux.

Un groupe de jeunes gens était rassemblé devant la boutique de vêtements, qui occupait tout un bâtiment du centre, datant du début du XXe siècle. L'intérieur avait été entièrement rénové, mais la façade était intacte, hormis les filets de leds qui la traversaient.

La jeune fille à la mèche violette se fit déposer devant l'entrée.

— Je vais garer la voiture et je reviens, lui dit Oscar tandis qu'elle descendait de la Mercedes avec ses béquilles. Ne bouge pas.

Il avait reçu des ordres précis, constata la jeune fille. Dans le fond, sa cheville cassée constituait une bonne excuse pour se débarrasser de son garde du corps : si elle avait été libre de ses mouvements, il l'aurait forcée à venir avec lui.

Quand le chauffeur se fut éloigné, elle se tourna vers l'entrée et prit son courage à deux mains.

L'air était enfumé et balayé par des lasers. Un DJ accompagnait la performance d'un rappeur. Les vêtements en vente étaient exposés sur de simples stands, les chaussures et accessoires dans des vitrines lumineuses.

La jeune fille à la mèche violette se demanda si elle avait bien choisi le lieu du rendez-vous avec son ange gardien. Dans le fond, elle n'était même pas certaine qu'il ait reçu son message. Elle avait indiqué l'adresse et un horaire approximatif, et elle se demandait si elle avait été assez claire. Elle se sentait aussi désespérée qu'un naufragé qui envoie une bouteille à la mer.

En attendant un signe, elle erra dans le magasin, mais se figea quand elle vit un groupe de jeunes filles de son âge rire avec insouciance en choisissant des vêtements ensemble : elle repensa aux après-midi avec ses amies, aux conversations sur les garçons, aux ragots innocents, à la joie. Tout cela lui manquait.

Oscar était entré dans le magasin et la cherchait, se frayant maladroitement un passage entre les gens. Avant qu'il ne la repère, elle attrapa une robe au hasard et l'emporta vers les cabines d'essayage.

Elle choisit la dernière de la rangée et s'y enferma.

Elle s'assit sur la banquette, posa ses béquilles et se regarda dans le miroir. Pour la première fois, elle constata avec étonnement qu'elle ressemblait à sa mère. Elle n'était pas aussi belle qu'elle, mais c'était comme si elle avait soudain pu se voir plus tard, rencontrer la femme déçue qu'elle deviendrait bientôt. La musique, atténuée par les murs, arrivait par vagues. Lors d'un bref moment de silence ouaté, elle fut distraite par un bruit.

Quelqu'un avait frappé.

— C'est occupé, lança-t-elle sèchement.

Mais la personne insista.

— T'es sourd, ou quoi ?

À la troisième tentative, elle se prépara à ouvrir et affronter Oscar, certaine que c'était lui.

Elle ouvrit la porte, mais il n'y avait personne.

Elle s'enferma à nouveau. Trois petits coups. Elle comprit que celui qui réclamait son attention ne se trouvait pas dehors, mais dans la cabine d'à côté.

Elle posa délicatement les mains et une oreille contre le mur du miroir. Son cœur battait fort, elle respirait plus vite et son souffle se condensait sur la surface brillante. Pourtant, au-delà de cette barrière froide, elle n'entendait rien. Pour répondre à l'invitation sonore, elle frappa à son tour. Trois coups.

De l'autre côté, on lui répondit.

Pour poursuivre ce dialogue mystérieux et insolite, elle frappa quatre coups. Son interlocuteur l'imita. Ils poursuivirent un moment, employant un langage secret aux règles inconnues, mais dont la signification leur était claire. Peu importait que ce qu'ils disaient ne soit pas traduisible en mots. Ce qui comptait, c'était qu'ils étaient entrés en contact.

« Je suis réel et je suis ici pour toi » : tel était le message.

Mais cela ne suffisait pas à la jeune fille à la mèche violette. Violant le pacte muet qui s'était instauré entre eux, elle parla :

— Dis-moi quelque chose. Je t'en supplie…

Elle espérait entendre une voix, mais rien. Elle frappa donc à nouveau, mais personne ne reproduisit le son, alors elle attrapa ses béquilles et sortit dans le couloir. La cabine d'à côté était vide. Comme s'il n'y avait jamais eu personne à l'intérieur.

Je ne peux pas l'avoir imaginé, se dit-elle.

Puis elle vit, au fond du magasin, une porte coupe-feu « à n'utiliser qu'en cas d'urgence » entrouverte. L'ange s'était-il échappé par là ? L'avait-il fuie, elle ? Cette pensée la blessa. Elle tourna les talons et partit dans la direction opposée. Elle voulait quitter les lieux au plus vite. En pressant le pas avec ses béquilles, elle sentit une douleur de plus en plus forte à la cheville. Des larmes inutiles et pathétiques coulaient sur ses joues. Autour d'elle, les enceintes diffusaient la voix d'un rappeur, altérée par un vocoder. À ce moment-là, elle entendit un nom, qui couvrit la musique.

Le sien. On l'appelait.

La jeune fille à la mèche violette se retourna : Maia venait à sa rencontre avec son grand sourire métallique. La jeune fille à la mèche violette lâcha une béquille et essuya ses larmes en vitesse. Son amie n'y prêta pas attention.

— Je ne m'attendais pas à te voir ici. L'autre soir, tu avais l'air épuisée.

— Comment ça s'est fini, la fête ? demanda-t-elle pour changer de sujet. Vous vous êtes amusés ?

— À minuit, un gâteau gigantesque est arrivé. On a cru que c'était un vrai, mais en fait, dedans, il y avait un clown avec une espèce de bazooka, qui a tiré de la crème Chantilly sur tout le monde. Un carnage de robes de soirée.

La jeune fille à la mèche violette fit semblant de trouver ça drôle.

— Je vais te montrer les photos, dit Maia en sortant son smartphone.

La fille des Rottinger pensa à l'iPhone resté dans sa chambre, encore dans sa boîte. Sa mère avait raison, autrefois elle était comme Maia, elle ne s'en séparait jamais et tous ses souvenirs étaient filtrés par cet appareil. Il offrait l'avantage de présenter la réalité avec un retard considérable, ce qui permettait de s'y préparer. Maintenant, tout était tellement brutal, tellement présent.

— Envoie-les-moi, abrégea-t-elle. Là, je dois y aller. Oscar me cherche.

Elle s'apprêtait à partir quand quelqu'un la bouscula en passant. Maia la rattrapa avant qu'elle ne tombe.

— Comment tu fais pour te balader sur ces échasses ? Moi, je préférerais me jeter dans le lac ! commenta son amie.

Une blague faussement cynique, dont elle avait le secret. La jeune fille à la mèche violette rit, mais ensuite elle se mordit la lèvre pour ne pas fondre à nouveau en larmes. Elle aurait voulu dire à Maia combien elle lui manquait depuis des mois.

— Tu sais que je suis là pour toi, quoi qu'il arrive ? demanda son amie, consciente d'avoir ouvert une brèche.

Elle le savait, mais son secret était trop grand. Devant son silence, Maia changea de sujet.

— Tu te souviens quand on avait huit ans et qu'on a fait croire à mon crétin de cousin qu'on était toutes les deux amoureuses de lui ?

— Bien sûr que je m'en souviens !

— Et la fois où on a mis le feu au yorkshire de ta tante en essayant de le coiffer avec le sèche-cheveux ?

— Il est parti comme une fusée, pauvre bête ! On a dû le poursuivre avec une bouteille d'eau.

Elles rirent à gorge déployée. La jeune fille à la mèche violette oublia sa déception de ne pas avoir vu l'ange. Elle se sentait soulagée d'avoir croisé Maia, parce que ces anecdotes contenaient la substance de leur relation, et son amie voulait lui rappeler que ce qui les unissait ne s'était pas créé en quelques minutes, mais en plusieurs années : aujourd'hui, elle pouvait donc affronter n'importe quelle révélation.

— Quand je serai prête, lui promit-elle.

Maia la crut.

— Moi aussi, je dois filer, annonça son amie. J'ai mon cours de piano, et ma mère va me défoncer si je suis en retard.

Elle restait délicieuse même quand elle était vulgaire. Avant de partir, elle se retourna et se tourna vers elle :

— Au fait, tu vois qui est Tancredi ?

— Je ne le connais pas.

— Mais si ! Il était à la fête, il portait une affreuse chemise à carreaux.

La jeune fille eut soudain les mains moites. Pourquoi lui parlait-elle de lui ? Elle eut un mauvais pressentiment.

— Hier soir, il a été agressé en rentrant chez lui en scooter. Tout ça pour lui prendre sa putain de Rolex ! Ils l'ont laissé à moitié mort sur le bitume.

La jeune fille à la mèche violette se sentit défaillir. Une pensée terrible clignotait dans sa tête.

Les anges ne font pas ce genre de choses.

29

À dix-sept heures, la chasseuse de mouches gara sa voiture sur la place déserte. Elle avait tourné une heure sous le soleil pour trouver le *Dancing Blue*. L'enseigne était éteinte et le bâtiment ressemblait à un hangar industriel.

Elle se dirigea vers l'entrée principale, dont le rideau de fer était baissé. Elle lorgna à travers les baies vitrées bleues à la peinture écaillée : personne à l'intérieur, apparemment. Elle essaya ensuite les poignées des portes sécurisées, espérant que l'une d'elles ne serait pas fermée à clé.

La troisième s'ouvrit.

Elle s'introduisit dans une sorte de vestibule où se trouvait la billetterie, puis écarta un épais rideau rouge et se retrouva devant une grande piste en béton entourée de tables et de petits canapés. La moquette, vieille et usée, sentait l'humidité et le tabac. La chasseuse se demanda si l'endroit était plus inspirant le soir, avec lumières et musique.

— Il y a quelqu'un ? demanda-t-elle au silence.

Elle n'obtint aucune réponse, mais il lui sembla entendre un tintement de verres.

Derrière le comptoir, une petite porte était ouverte.

Elle la franchit et se retrouva dans une remise. Un homme en maillot de corps, un léopard tatoué sur l'avant-bras, déplaçait des caisses de bouteilles vides et des fûts de bière.

— Bonjour, dit-elle pour annoncer sa présence.

L'homme leva les yeux sans s'interrompre.

— Nous sommes fermés.

— Excusez-moi de vous déranger. Vous travaillez ici ?

— Je suis le barman. Si vous cherchez Mario, le patron, il n'arrive pas avant dix-neuf heures.

— J'aurais juste besoin de savoir si, pour offrir une consommation aux clients, vous leur mettez quelque chose sur la main.

— Un tampon à l'encre invisible qu'on voit uniquement sous les néons du bar, confirma l'homme. C'est une idée de la femme de Mario. Et ça part à l'eau.

Pas vraiment, pensa la chasseuse. *Heureusement*.

— Pourquoi vous voulez savoir ça ?

— Je me demandais si vous le faisiez souvent ou uniquement pour des occasions particulières.

— Le jeudi, lors des soirées à thème.

Ce jour coïncidait avec le moment où, selon le médecin légiste, la femme de Nesso avait fini dans le lac.

— J'imagine que ça a lieu chaque jeudi.

— Évidemment ! C'est notre plus grosse soirée, les clients sont nombreux : on fait venir un groupe et la première conso est gratuite.

— Et, par hasard, vous auriez remarqué quelque chose de bizarre, le jeudi d'il y a quinze jours ?

L'homme s'arrêta net, s'essuya le front et la dévisagea.

— Vous êtes de la police ?

La chasseuse sortit un de ses prospectus de sa poche et le lui tendit.

— Je cherche à comprendre si quelqu'un a fait du mal à une femme qui était ici ce soir-là, admit-elle.

— Je ne veux pas avoir d'ennuis.

— Personne ne veut vous en causer, je peux vous l'assurer.

— Je viens de sortir et je suis encore à l'épreuve, se justifia-t-il.

Elle comprenait la frilosité de l'ancien taulard.

— D'accord, alors je reviendrai à dix-neuf heures pour parler avec Mario.

Elle allait s'éloigner, quand elle s'aperçut que le barman fixait le dépliant.

— Vous êtes…

— … la mère, confirma-t-elle une fois encore.

— Et maintenant vous vous occupez de ça ? demanda-t-il avec étonnement.

La chasseuse savait qu'il existait un code d'honneur en prison, selon lequel ceux qui avaient touché aux femmes ou aux enfants ne méritaient aucun respect. Elle détestait utiliser la mort de Valentina, mais elle avait besoin de cet homme, alors elle acquiesça.

Le barman poussa un long soupir.

— Dites-moi. Qu'est-ce que vous voulez savoir ?

— Le jeudi d'il y a quinze jours, y avait-il parmi vos clientes une femme entre soixante et soixante-cinq ans ?

— Vous pourriez la décrire ?

— Malheureusement non, mais elle était peut-être accompagnée… Vous vous souvenez d'un client particulier, qui avait trop bu ou qui était excité ? Ou bien quelqu'un qui aurait fait une scène ?

L'autre secoua la tête.

— Disons que les clients ont un certain âge. Mais ce n'est pas contre vous, hein !

La chasseuse ne releva pas.

— D'après Mario, la clientèle est plus ou moins toujours la même : ils se connaissent tous et ils sont assez tranquilles. Parfois, il offre toutes les consommations parce que pendant la soirée un de ses amis essaie de lui vendre une batterie de casseroles… Mais maintenant que j'y pense… Oui, ça devait être il y a deux semaines…

— Quoi donc ?

— Il y avait un type… Grand, robuste, vêtements sombres, lunettes noires. Il avait des drôles de cheveux blonds qui ressemblaient à une perruque.

La chasseuse nota ces détails, attendant la suite. Physiquement, cela pouvait coller avec l'homme de ménage qu'elle avait vu sur les vidéos de surveillance de l'hôpital, mais elle n'en était pas certaine.

— Je ne sais pas s'il était déjà venu parce que, comme je vous l'ai dit, ça ne fait pas longtemps que je travaille ici.

— Alors pourquoi l'avez-vous remarqué ?

— Parce qu'il était plus jeune que les autres… Je me suis demandé ce qu'il faisait au milieu de tous ces vieux. Toujours pas contre vous.

— Et vous vous souvenez s'il était en compagnie de quelqu'un ?

— Il a bavardé un peu avec une habituée.

— Est-ce qu'il vous a semblé qu'ils se connaissaient depuis longtemps ou bien qu'ils s'étaient rencontrés ce soir-là ?

— Je ne sais pas. En tout cas, je les ai vus partir ensemble.

La chasseuse sentit une marée dans son estomac.

— Vous savez comment elle s'appelle ?

— Magda, répondit l'homme. Magda Colombo.

30

La jeune fille à la mèche violette n'avait pas dormi de la nuit. Elle se leva à six heures et sautilla sur ses béquilles dans la maison silencieuse jusqu'à la porte du bureau.

Comme elle s'en doutait, son père était réveillé.

Chaque jour, avant de partir au travail, il s'installait à son bureau pour lire les quotidiens. Son rituel était accompagné d'un plateau en argent où trônait une tasse de café, rigoureusement sans sucre.

Elle ne frappa pas, mais attendit qu'il sente sa présence.

— Ma chérie, la salua-t-il joyeusement. Qu'est-ce que tu fais debout si tôt ?

— Je peux te parler ?

— J'ai un avion dans pas longtemps, dit l'ingénieur avant de lever les yeux vers elle. Que se passe-t-il ?

— Je pensais à l'homme qui m'a sauvée du lac…

Le père se tut en attendant de comprendre où elle voulait en venir.

— … et je me disais que tu devrais peut-être lui offrir une récompense.

— S'il s'était présenté, je l'aurais fait, répondit son père en souriant.

— Alors pourquoi tu ne le cherches pas ?

Rottinger se laissa aller contre le dossier rembourré de son fauteuil en cuir.

— Tu es en train de suggérer que j'offre publiquement de l'argent pour convaincre ce type de sortir de l'anonymat ?

C'était bien le but de l'adolescente.

— Tu te rends compte qu'on va attirer une foule d'escrocs ? Des mythomanes, des arnaqueurs, sans parler des journalistes !

La jeune fille à la mèche violette aurait voulu lui dire qu'à ce moment-là, elle avait moins peur d'eux que de l'inconnu qui l'avait empêchée de se noyer. En fait, elle s'était trompée sur son compte : ce n'était pas un ange. Il était peut-être même dangereux. Et elle avait fait la bêtise de trop laisser leurs vies se frôler. Mais elle ne pouvait le dire à son père sans révéler aussi tout le reste. Et l'ingénieur, convaincu de contrôler sa vie et celle de ses proches, n'aurait jamais supporté la vérité.

— Je suppose que la réponse est non, alors.

Il secoua la tête, contrarié de son insistance.

— Laisse les adultes décider de ces choses-là. D'accord, ma chérie ? dit-il avec condescendance.

Puis il se replongea dans ses journaux, marquant la fin de la conversation.

La jeune fille à la mèche violette ne bougea pas. Elle comprit que, si elle avait voulu, elle aurait pu détruire son père, anéantir son illusion de pouvoir. Il aurait suffi de lui parler à cœur ouvert, comme une fille devrait toujours le faire avec son géniteur. Mais elle dit seulement :

— J'avais trois ans. Un après-midi, je faisais la sieste et tu m'as réveillée. Tu m'as mise dans la voiture et nous sommes allés ensemble au belvédère. Nous avons admiré le paysage pendant des heures, sans descendre de la voiture. Tu penses peut-être que j'étais trop petite pour m'en souvenir, mais non.

— Nous avons attendu le crépuscule, poursuivit son père.

— Oui, et je t'ai vu pleurer… Pourquoi pleurais-tu, papa ?

Elle n'avait jamais abordé le sujet et elle était certaine que l'ingénieur Rottinger n'avait pas toujours été aussi fort qu'il voulait le paraître. Il y avait en lui une petite tentation de fragilité qui le rendait enfin humain à ses yeux. Si seulement c'était vrai, la jeune fille à la mèche violette aurait pu lui faire confiance. Un espace nouveau aurait pu s'ouvrir entre eux, dans lequel elle aurait pu déverser ce qu'elle ressentait, le beau et le laid.

— Tu te trompes, dit froidement l'homme, fermant définitivement la porte. Tu étais toute petite, tes souvenirs sont faussés.

Elle fut déçue.

— Je me suis demandé comment tu aurais réagi si j'étais morte, il y a deux semaines.

— J'aurais été dévasté.

La jeune fille à la mèche violette n'était pas certaine de sa sincérité. Elle reprit ses béquilles et s'apprêta à retourner se coucher, mais son père s'éclaircit la voix.

— Au fait, je voudrais que pendant un moment tu évites de porter la montre Cartier que ta grand-mère t'a offerte à Noël.

Elle lui lança un regard interrogateur.

— Tu as dû entendre parler de ce garçon, un peu plus âgé que toi, qui a été agressé pour sa Rolex.

Tancredi. Comment aurait-elle pu l'oublier. C'était sa faute. Elle avait demandé un signal à l'ange, et l'ange le lui avait envoyé.

Son père posa le journal qu'il était en train de lire.

— Les carabiniers ont retrouvé le butin.

Son cœur s'arrêta : avaient-ils arrêté l'inconnu du lac ?

— Apparemment, c'était une bande de gamins du campement gitan.

En reprenant son souffle, elle comprit qu'elle avait commis une grave erreur. Elle avait mal jugé le seul être humain qui se souciait réellement d'elle.

L'ange était innocent.

En fait, je ne suis pas si différente de toi, papa, se dit-elle. Elle non plus n'arrivait pas vraiment à comprendre les autres.

31

Au début, il avait pensé garder la montre pour l'offrir à la jeune fille à la mèche violette. Il aurait pu la lui laisser dans la cabine d'essayage de ce magasin de vêtements, comme l'ours en peluche à la fête, pour profiter de loin de sa stupeur. Mais quand Fuck lui avait parlé à travers le mur, l'homme qui nettoyait avait changé d'avis.

« *Dis-moi quelque chose… Je t'en supplie…* »

Ce cadeau représentait un trop gros risque. Pas pour lui, mais pour sa protégée : les carabiniers ou la police allaient sans aucun doute donner la chasse à l'agresseur du jeune homme à la chemise à carreaux.

Il ne voulait pas que Fuck soit impliquée par sa faute.

Contraint de se débarrasser du butin, il avait eu l'idée de détourner les soupçons. Il lui avait suffi de laisser la montre sur la table d'un bar où se réunissait souvent une bande de jeunes gitans, connus pour leurs cambriolages dans la région. Puis l'homme qui nettoyait avait passé un appel anonyme pour mettre les forces de l'ordre sur leurs traces.

Il se demandait si Fuck avait compris ce qu'il avait fait pour elle.

Venger son honneur avait été l'action la plus gratifiante de sa vie. Il n'avait jamais pensé pouvoir protéger quelqu'un. Il avait toujours pris soin de se protéger lui-même, convaincu d'être le plus faible. Or ce nouveau rôle de justicier n'était pas pour lui déplaire.

L'avant-veille au soir, il avait cherché le garçon à la chemise à carreaux. Il était certain de le trouver dans un des bars que fréquentaient les jeunes. Il connaissait ces endroits parce qu'il nettoyait parfois le trottoir devant, le matin. Après l'avoir repéré parmi un groupe de jeunes gens de son âge, il avait attendu. Vers une heure, le garçon avait salué ses amis puis, avant de comprendre ce qui lui arrivait, il avait reçu un coup de poing dans la figure. Les suivants étaient des cadeaux pour Fuck. Après avoir rendu justice, l'homme qui nettoyait s'était senti calme et s'était dit que c'était sans doute à cela qu'on reconnaissait une bonne action.

Et là, au volant de son camion-poubelle, comme chaque matin à l'aube, il comprit que sa véritable vocation pouvait être de faire le bien. Micky avait tort : il n'était pas un enfant méchant. C'était le monde qui avait été méchant avec lui.

Mais peut-être le moment était-il venu de se réconcilier avec lui-même.

Contrevenant à la règle de suivre toujours la même routine pour ne courir aucun risque, il avait fait une variation dans sa tournée de la semaine. Il voulait passer quelques minutes au numéro 23 pour regarder les photos de Fuck sur le portable qu'il avait caché au grenier, éventuellement pour écouter la chanson mélancolique qui lui plaisait tant.

Oui, il méritait une récompense.

Il gara son véhicule à une cinquantaine de mètres de la maison aux fenêtres en pointe et aux pinacles sur le toit. Puis il mit sa casquette d'éboueur et partit à pied, avec l'intention d'entrer par la porte arrière. L'air du matin était frais, il se sentait étrangement joyeux. Mais quand il arriva à la grille, il s'arrêta avant de l'escalader : il lui avait semblé que quelque chose bougeait à l'intérieur de l'habitation. Était-ce juste un chat ?

Il attendit.

Il ne s'était pas trompé : une ombre déambulait chez sa vieille amie Magda. L'homme qui nettoyait l'aperçut un instant à travers les rideaux en dentelle. Elle n'avait visiblement pas les clés, parce que le portail était fermé. Elle avait donc utilisé la porte arrière. *Comme moi*, se dit l'homme qui nettoyait.

Dans ce cas, la femme aux cheveux courts, la cinquantaine, était une intruse, elle aussi.

4 octobre

La porte de la maison se referme, mais personne ne s'aperçoit qu'il est rentré.

L'enfant regarde autour de lui, cherche du regard sa nouvelle mère et son nouveau père. L'heure du dîner approche, il a vadrouillé toute la journée sur le vélo qu'ils lui ont offert pour son passage en cinquième. Son short, son tee-shirt et ses tennis sont couverts de terre et de poussière, il est en nage.

Il avance avec circonspection dans le couloir, vers la cuisine. Il épie sa nouvelle mère, qui est en train d'enfourner un plat. Il profite qu'elle soit de dos pour filer vers la salle de bains. En passant, il aperçoit son nouveau père assis sur le canapé du salon, devant la télévision : les ombres colorées défilent sur son visage, il écoute les informations.

L'enfant se glisse dans la salle de bains, ferme à clé.

Il respire. Respire. Respire. Il n'entend plus rien d'autre que son souffle. Réussira-t-il à mentir ou s'effondrera-t-il tout de suite ? Il a passé la journée à chercher une version des faits à leur servir, mais il n'a pas trouvé.

Les mots seront inutiles, de toute façon : la vérité est déjà inscrite sur leurs visages.

Il s'appuie sur le bord du lavabo, la tête baissée. Il n'a pas le courage d'affronter son reflet. Des petites gouttes salées glissent sur son front et lui brûlent les yeux. Il regarde son tee-shirt humide, collé à son thorax, qui se soulève au rythme de sa respiration, puis son cou, hâlé par le soleil. Enfin il croise ce regard, où il lit de la joie mêlée à de la peur.

Son propre regard.

Dans le miroir, il voit un sourire. Le sourire de quelqu'un qui sait qu'il en a fait une belle.

Ils vont s'en apercevoir, se dit-il. *Dès qu'ils me regarderont, ils comprendront.* Il en est certain, mais il ne sait pas si cela lui importe vraiment. Il ne pense pas aux conséquences. L'excitation de ce qui s'est passé ce matin-là est encore trop forte.

C'est l'automne, mais on se croirait en été. La veille au soir, sa nouvelle mère a fait promettre à son nouveau père de programmer pour dimanche une sortie rien que tous les deux, père et fils. Par exemple, aller ramasser des champignons ou chasser les grives. Au réveil, il avait trouvé des vêtements propres qui sentaient bon la lessive, laissés par sa nouvelle mère. Elle lui avait préparé son petit déjeuner, du pain, du sucre, un verre de lait. L'enfant lui avait confié qu'il était heureux de cette sortie avec son nouveau père. Mais elle lui avait annoncé que malheureusement celui-ci avait oublié, il était parti très tôt, seul.

Son nouveau père ne passait jamais de temps avec lui. Au contraire, il l'évitait. Il parlait peu. Il s'enfermait dans son atelier où il construisait des fauteuils à bascule, des abris pour les oiseaux, des lutins avec de grands bonnets rouges, des moulins à eau et des girouettes. C'était son passe-temps. Il n'en sortait que pour manger ou regarder la télévision sur le canapé. Sa nouvelle mère, elle, était très gentille et souriait toujours. Même quand elle dormait. L'enfant l'avait regardée longuement, debout à côté de leur lit.

Aussi, ce dimanche matin, l'enfant ne savait pas quoi faire.

Puis il avait décidé de partir à vélo. Après avoir gonflé les roues et installé une sonnette sur le guidon, il s'apprêtait à monter en selle quand il avait entendu un sifflement.

Deux notes prolongées, répétées pour attirer son attention.

Conscient qu'il fallait obéir, l'enfant était monté dans la chambre de l'autre fils. Micky se balançait dans le fauteuil en bois. Il lui avait confié une étrange mission, en lui décrivant par le menu la marche à suivre. L'enfant ne comprenait pas pourquoi, mais il n'avait pas osé demander.

Peu après, il était parti dans la campagne.

Les gravillons crissaient sous ses pneus, la chaîne cliquetait à chaque accélération, il ressentait la liberté de la solitude. Il en avait presque oublié la requête de Micky. Après une montée raide, il avait tourné dans une ruelle au fond de laquelle se trouvait la pompe à essence où se fournissaient les machines agricoles.

Un petit garçon qui devait avoir trois ans était assis sur un muret.

Il jouait avec un char d'assaut en fer-blanc.

L'enfant était descendu de son vélo, en se disant que les parents ne devraient jamais laisser un gamin de cet âge sans surveillance.

Maintenant, enfermé dans la salle de bains, s'il se concentre il sent encore dans ses narines l'odeur du kérosène de la pompe. Il entend les bruits du journal télévisé que regarde son nouveau père. Des bribes de phrases. Il s'est passé quelque chose de grave. Quelque chose de terrible, d'imprononçable. Alors il comprend que le présentateur parle de lui. L'enfant est surpris, il tremble : il ne s'y attendait pas. Il sera puni, il le sait. Il entend quelques mots, comme « disparu », « recherches », « grave accident ». Mais un en particulier attire son attention :

« Monstre. »

Il croyait que les monstres n'existaient que dans les histoires et les contes.

— Monstre, répète-t-il tout bas, laissant les lettres glisser entre ses lèvres.

Ils pensent que c'est un adulte, constate-t-il. Il a envie de rire : s'il les a bernés, alors il pourra aussi berner sa nouvelle mère. Mais pas son nouveau père. Lui, il comprendra, l'enfant en est certain. Il l'a compris le premier jour, quand il l'a vu devant la gare. L'homme a su au premier regard que sa femme et lui avaient commis une grosse erreur. Mais il était trop tard pour revenir en arrière.

Le petit garçon de la pompe à essence lui a fait confiance, lui aussi. Il a suffi de lui promettre de lui montrer des chatons pour qu'il le suive. L'enfant l'a emmené dans la maison abandonnée derrière la colline. « Les chatons sont là-bas », a-t-il dit. Le petit garçon de la pompe à essence n'a pas pleuré, il l'a juste regardé. Il n'oubliera jamais la stupeur dans ses yeux.

On frappe à la porte de la salle de bains.

— Le dîner est presque prêt, annonce sa nouvelle mère.

Il ne répond pas, il ouvre le robinet et fait couler l'eau pour faire semblant de se laver.

— Vous ne le retrouverez jamais, dit-il au silence. Puis il glisse une main dans la poche de son short, en sort le petit char d'assaut et l'observe. Il l'apportera à Micky, mais plus tard. Il pourrait peut-être en faire un porte-clés. Il est certain que Micky sera fier de lui, pas comme son nouveau père, qui le regarde comme s'il était une erreur de la nature.

Vera aussi le regardait comme ça.

Quand il a fini de se laver pour de vrai, l'enfant sort de la salle de bains. Il va à la cuisine, se demandant ce qui va se passer. Il s'assied devant une grosse assiette de gratin de macaronis. Il n'a pas encore regardé ses nouveaux parents en face. Avant la première bouchée, il lève les yeux.

Rien. Il ne se passe rien.

Ils mangent comme d'habitude. Dans le silence, on n'entend que le bruit des couverts et le tic-tac de l'horloge murale.

Il est heureux et il a très faim, maintenant.

32

— Le lac de Côme est l'endroit le plus tranquille de la Terre, affirma l'employée proche de la retraite en la guidant dans les méandres du bureau de l'état civil. Je l'ai lu dans un article, il y a quelques années. Ça m'a marquée.

— Qu'est-ce que ça veut dire ? demanda la chasseuse de mouches.

— À Côme et dans les alentours, il y a beaucoup de maisons vides, parce que leurs occupants sont décédés sans laisser d'héritiers.

La chasseuse pensa à la petite maison où elle habitait, qui appartenait autrefois à ses parents. Que deviendrait-elle, à sa mort ?

— Parfois, le décès a lieu sur place, de façon soudaine, et personne ne s'en aperçoit avant des années, poursuivit la petite femme sympathique, de la taille d'une enfant, portant des lunettes de vue à monture rouge. Mais maintenant, il existe un moyen assez simple pour savoir si un occupant est mort.

— Lequel ?

— Les factures ! Au bout d'un moment, on leur coupe l'électricité et le gaz pour retard de paiement :

donc il suffit de demander aux fournisseurs. Ça évite beaucoup de problèmes.

— Et si l'argent a été débité ?

— Une fois, un veuf a été retrouvé momifié sur un fauteuil, sa télécommande à la main : il était resté six ans devant le téléviseur allumé… sans changer de chaîne ! ironisa l'employée en repartant dans le couloir.

La chasseuse s'était rendue à l'état civil après sa visite chez Magda Colombo.

Après avoir sonné avec insistance pendant deux jours, à différents horaires, sans obtenir la moindre réponse, elle avait escaladé la grille et découvert que la porte de derrière était ouverte : elle avait peut-être été forcée, mais ce n'était pas une certitude. Enfreignant la loi et toutes les règles du bon sens, elle avait visité la maison déserte, à la recherche d'un élément indiquant que Magda était toujours en vie. Mais elle n'avait trouvé que cinq chats bien nourris, ce qui pouvait laisser penser que quelqu'un s'en occupait. Un parent ? Un voisin ? En tout cas, il n'y avait pas trace d'un mari ni d'un compagnon.

Magda Colombo était une femme seule.

Se demandant si elle commettait une erreur, craignant une plainte pour violation de domicile, la chasseuse avait jugé bon de ne pas s'attarder. Elle avait récolté des cheveux blonds sur une brosse, qu'elle avait apportés à Silvi pour qu'il compare son ADN à celui du bras de Nesso. Toutefois, le médecin l'avait prévenue que cela prendrait une semaine, car les laboratoires étaient surchargés de travail.

Elle était ensuite allée à l'état civil, à cause d'un constat qui avait suivi sa perquisition du numéro 23.

Dans la maison, il n'y avait aucune photo de son occupante.

Elle avait trouvé cela étrange, et surtout elle mourait d'envie de voir à quoi ressemblait la femme.

Pour contourner la loi sur la vie privée, elle avait dit la vérité à l'employée : elle craignait qu'il soit arrivé malheur à Magda Colombo, et elle ne pouvait la rechercher sans une photo. Elle comptait sur la solidarité féminine. En effet, la femme lui avait répondu qu'elle était suffisamment proche de la retraite pour se permettre quelques entorses au protocole.

Elles arrivèrent devant un petit bureau à l'écart, au fond des archives. En voyant les cartes à jouer disposées pour un solitaire, le Thermos de café et le paquet de bonbons aux fruits, la chasseuse comprit que c'était le refuge secret de l'employée. Il y avait aussi un vieil ordinateur. La femme s'installa devant et l'alluma.

— Voyons si ce truc nous donne les réponses que l'on cherche, annonça-t-elle en tapant sur les touches à une vitesse impressionnante.

Elle inséra le nom et l'adresse de Magda pour avoir accès à sa fiche personnelle, avec photo. Une femme soignée, le visage entouré d'une chevelure vaporeuse blond platine, portant de grosses boucles d'oreille de pacotille et lourdement maquillée.

— Cette photo date. Elle doit avoir mon âge, objecta la chasseuse.

— Quand elle a dû renouveler sa carte d'identité, Mme Colombo a choisi une photo où elle était beaucoup plus jeune, expliqua l'employée. Certaines personnes n'aiment pas vieillir.

En fixant l'écran, la chasseuse se demanda si elle était la femme du bras de Nesso. L'idée que le reste de Magda Colombo soit encore dans une fosse de quatre cents mètres de profondeur au milieu du lac la mettait mal à l'aise.

— Vous voulez quand même que je vous l'imprime ?

— Oui, merci.

La femme inséra une feuille dans l'imprimante couleur et cliqua sur une icône.

— Dans les affaires de personnes disparues, la police nous envoie une déclaration, dit-elle ensuite. Je dis ça parce que je suppose que vous voulez savoir ce qui se passerait si Mme Colombo ne réapparaissait pas.

— Que se passerait-il ?

— Il faut laisser passer dix ans avant que le tribunal déclare une mort présumée. Entre-temps, la personne disparue a un statut juridique suspendu entre la vie et la mort et figure dans un registre que nous appelons ici le livre des fantômes.

La chasseuse repensa aux nombreuses maisons vides au bord du lac de Côme. Abandonnées par les vivants, infestées par le souvenir de leurs anciens occupants. Comme celle où elle habitait. Puis elle se souvint de l'étrange morsure sur le bras de Nesso.

— Est-il possible de faire une recherche dans le registre des disparus ? demanda-t-elle sans savoir pourquoi.

Ou alors elle savait, mais ne voulait pas encore admettre cette possibilité.

— Bien sûr. Que devons-nous chercher ?

La chasseuse avait du mal à respirer, mais elle parvint à parler :

— Des femmes d'un âge proche de celui de Magda Colombo. Blondes, comme elle. Et qui vivent seules.

Tandis que l'employée insérait les paramètres dans l'ordinateur, la chasseuse pria pour s'être trompée. Il serait terrible de découvrir l'existence d'un schéma. Mais l'écran afficha des visages féminins. Qui avaient bien plus en commun que d'avoir disparu dans la dernière décennie.

— Incroyable, commenta l'employée. On dirait…

La chasseuse de mouches compléta la phrase à sa place :

— … des sœurs.

33

De gros nuages sombres glissaient sur la surface du lac. Alimentés par le vent chaud, ils se gonflaient et engloutissaient le paysage de l'après-midi en crachant des petits éclairs rouges.

La chasseuse de mouches gara sa Clio devant chez elle au moment où les premières gouttes de pluie tombaient. Elle mit son sac sur sa tête pour se protéger et courut vers l'escalier qui menait à l'entresol.

Elle referma la porte juste avant que la tempête se déchaîne. En quelques secondes, les vannes s'ouvrirent, libérant un torrent d'eau qui s'abattit sur la terre en la faisant résonner. La percussion violente était atténuée par les murs. La chasseuse se réfugia sur le canapé et s'enroula dans un plaid, tel un chien mouillé, pendant que le ciel libérait sa colère. Les yeux écarquillés, elle se mit à trembler. Elle n'avait pas peur de l'orage, mais de ce qu'elle avait découvert dans un bureau poussiéreux de l'état civil.

Une vérité qu'elle ne pouvait pas encore prouver.

Dehors, quelqu'un tuait des femmes blondes tape-à-l'œil. Neuf, dans les dix dernières années. Sans compter celles dont on ignorait la disparition. Combien étaient-elles en tout ?

À l'instar de certains assassins, le tueur choisissait des victimes identiques, d'âge croissant, de cinquante-cinq à soixante-cinq ans. Elles vieillissaient probablement avec lui. La chasseuse était convaincue que c'était un choix précis et qu'il les appâtait en profitant de sa relative jeunesse, comme l'avait confirmé le barman du Blue. Où étaient ces femmes, maintenant ? La réponse était écrite sur le bras de Nesso.

Au fond du lac.

Un détail la terrorisait plus que tout le reste : durant tout ce temps, personne ne s'était aperçu de rien. *Je suis la seule à savoir, mais on ne me croira jamais*, pensa-t-elle. Même si elle le racontait à Pamela, que pourrait faire son amie, hormis en parler à ses supérieurs ? En plus, le signalement provenait d'une personne « avec un passé comme le sien », et serait donc accueilli avec suspicion. La chasseuse se trouvait à nouveau au bord d'un gouffre qu'elle connaissait trop bien.

Elle pensa à l'étage de la villa dont elle occupait l'entresol.

« *Vous êtes...*

— *Oui, je suis la mère.* »

Depuis la mort tragique de Valentina, elle avait passé son temps à sauver d'autres femmes menacées par un danger dont elles n'avaient souvent pas conscience. Avec la crainte permanente de retomber sur un monstre invisible, comme cinq ans auparavant. Et, maintenant que son pire cauchemar se réalisait, elle comprenait qu'elle n'était pas en mesure de relever le défi.

Trop ardu, trop douloureux pour une petite femme comme moi, se répétait-elle. *Je n'y arriverai pas.*

Le déluge se calma, la pluie se fit moins dense, le tonnerre resta comme suspendu dans le ciel. La chasseuse de mouches entendait à nouveau les battements de son cœur, qui allaient à contretemps par rapport à ce qui l'entourait. Dans le cocon chaud qu'elle s'était créé, elle fut envahie par une torpeur soudaine. Sa respiration devint régulière, ses paupières lourdes. Enfin, elle oubliait. L'ombre du passé s'arrêta derrière elle, celle du présent ne la submergea pas. Elle était à nouveau en paix.

C'est alors qu'elle entendit des pas à l'étage.

Elle écarquilla les yeux, sans avoir la force de se lever. Elle concentra toute son attention sur les bruits, se demandant si elle avait été victime d'un mirage sonore. Mais il s'agissait bien de chaussures sur le plancher.

Lentement, elle s'assit. La couverture glissa sur ses hanches, l'exposant au froid. Elle vit son souffle se condenser devant son visage et elle frissonna.

Encore un gamin curieux, se dit-elle. *Ou un vagabond qui a cherché à se réfugier de la pluie.*

Aucune de ces hypothèses n'était plausible. Elle en tenta d'autres, mais elle n'avait de toute façon que deux choix : attendre que l'intrus s'en aille ou le chasser elle-même. Avant sa visite à l'état civil, elle n'aurait pas hésité une seconde à faire fuir l'envahisseur qui s'était permis de profaner les lieux. Mais maintenant, avec ce qu'elle savait, elle avait du mal à prendre une décision. Elle saisit son portable pour appeler à l'aide, mais la tempête avait probablement endommagé les antennes-relais, parce qu'elle n'avait pas de réseau. Elle aurait pu partir en voiture, mais elle pressentait que le visiteur s'était occupé de sa Clio.

Les monstres ne se laissent pas prendre au dépourvu.

Les pas résonnaient toujours au-dessus de sa tête, avec la démarche tranquille de quelqu'un qui n'a pas peur de signaler sa présence.

Elle regarda l'escalier intérieur, qui montait entre deux murs à l'étage. En haut, il y avait une porte qui n'avait pas été ouverte depuis longtemps.

La chasseuse de mouches n'avait qu'une solution : pour obtenir une réponse, il lui faudrait faire à nouveau confiance à cette maison.

34

D'abord elle tourna la clé dans la serrure, puis elle poussa doucement la porte, qui s'ouvrit avec un grincement discret. Elle se glissa dans le passage étroit et avança avec prudence, en regardant autour d'elle.

Le couloir desservait les chambres. Moquette bordeaux à losanges et papier peint vert à fines rayures beiges. Aux murs, des tableaux représentaient des vues du lac de Côme.

La chasseuse de mouches avait pris son portable, espérant que le réseau revienne. Et elle s'était également munie du tison de la cheminée de l'entresol. Un couteau à cran d'arrêt aurait été inutile : elle était incapable de se livrer à un corps-à-corps.

Tendant l'oreille, il lui sembla entendre la pendule que son père avait achetée après son mariage et dont sa mère était si fière. Les aiguilles étaient immobiles depuis des années, mais le tic-tac qui avait accompagné son enfance, son adolescence et une bonne partie de sa vie d'adulte résonnait dans la bâtisse. Pourtant, elle avait un jour elle-même arrêté le temps dans cette maison, au moment de l'événement qui s'était produit de nombreuses années après la mort de ses parents.

Depuis, aucune présence humaine n'avait contaminé les lieux. La vie y avait été proscrite. C'était la mort qui y résidait.

La chasseuse poursuivit, sachant que quelqu'un l'attendait peut-être déjà.

L'inconnu était entré par la fenêtre du séjour, qui était ouverte. Les rideaux cousus par sa mère quand elle était encore une jeune épouse voletaient et la pluie inondait le sol à cet endroit. Elle regarda la grande cheminée en pierre, les trophées de pêche, les photos de famille encadrées et les canapés recouverts de draps blancs, comme le reste du mobilier.

Elle avança jusqu'à la cuisine, où la moisissure avait gagné un mur et le buffet : un petit tapis de mousse verte et blanche grimpait du sol jusqu'au plafond. Un liquide noir bouillonnait dans l'évier, remonté des tuyaux à cause de l'orage.

La chasseuse savait que l'hôte inattendu se trouvait quelque part.

Une odeur d'égouts montait de la salle de bains. Une patine blanche de calcaire s'était même formée sur le miroir : en passant devant, elle vit son reflet tel un fantôme.

La chambre de ses parents avait été épargnée par la violence du temps. À part la poussière, rien n'avait changé : la poupée de porcelaine assise au milieu du lit, l'imposante armoire en chêne qu'elle trouvait sévère dans son enfance. Les malles de draps du trousseau. Une cloche avec une vieille Madone du lac, les bras écartés et les yeux suppliants. Les tables de nuit, un verre et un réveil trônant sur l'une, un évangile et un petit vase pour les primevères ou les marguerites sur l'autre.

Il ne restait plus qu'une pièce pour achever ce merveilleux tour de la petite villa des horreurs. Une chambre. Celle où elle avait dormi jusqu'à sa rencontre avec le professeur Rinaldi, le seul amour de sa vie.

À la différence des autres pièces, la porte était entrouverte. Elle savait ce qu'elle trouverait derrière cette dernière barrière, si fragile.

Un matelas nu où l'on distinguait encore une tache sombre : le sang de Valentina avait traversé le tissu épais et le rembourrage, jusqu'au sol.

La chasseuse avait retiré tout le reste. Les posters des chanteurs de son adolescence, les bibelots, ses diplômes, ainsi que les souvenirs accumulés jusqu'à ses vingt ans, quand elle avait commencé le travail qu'elle avait ensuite abandonné.

Dans ce sanctuaire de la haine, il ne restait que le lit. Elle n'avait pas réussi à le retirer. Ce n'était pas juste.

Elle se demanda si l'intrus s'y était justement installé. Elle ne tarderait pas à le découvrir.

Elle empoigna plus solidement le tison et posa l'autre main sur la porte : elle allait la pousser, quand son portable sonna dans sa poche. Le réseau était revenu. Elle tenta de le faire taire mais le laissa tomber sur le sol. Elle eut le temps de lire *numéro inconnu* sur l'écran et de penser que, cette fois encore, le destin avait été formidablement ponctuel. Elle se pencha pour le ramasser, et c'est alors que quelque chose s'abattit avec force sur sa nuque et la projeta en avant.

— *Appel à charge du destinataire. Autorisation numéro 200607,* dit la voix féminine enregistrée, au moment où tout devenait noir. *Si vous acceptez l'appel, appuyez sur 9.*

Cinq ans auparavant

Les portes automatiques de l'hôpital s'ouvrent devant elle comme un rideau. Une partie d'elle-même sait que, une fois cette frontière franchie, plus rien ne sera jamais comme avant. Mais parfois le doute vaut mieux que la vérité. Après le message du professeur Rinaldi, elle ne sait pas à quoi s'attendre.

Il est vingt heures, un jour quelconque. Au loin, le ciel est noir. On sent la pluie arriver. Il y a beaucoup d'agitation dans Sant'Anna et à l'extérieur.

Elle entre et fend une foule d'agents et de soignants qui l'ignorent. Elle essaie de s'orienter. Son mari la repère, elle va jusqu'à lui, il la serre dans ses bras.

— Que se passe-t-il ? demande-t-elle.

Elle est encore sûre de vouloir savoir, d'avoir la force de contrôler ou même d'empêcher la réalité qui l'attend, quelle qu'elle soit.

— Il y a la police et les carabiniers partout, dit-elle. J'aurais voulu arriver plus vite, mais ils ne laissaient passer personne.

— Les enfants, dit le professeur.

Juste ces deux mots. *Les enfants.*

— Qu'est-ce qui est arrivé aux enfants ? Ils vont bien ?

Ses yeux cherchent la réponse dans ceux de son mari, qui l'entraîne à l'écart.

— Les enfants étaient dans la maison de tes parents, cet après-midi. Ils y sont allés pour s'isoler.

C'est elle qui leur a laissé entendre qu'ils pouvaient se cacher là-bas. Aucun des deux n'a le permis, elle ne voulait pas qu'ils prennent de risques, avec tous les fous, les sadiques et les voyeurs qui rôdent. Alors qu'ils avaient une maison à disposition. Elle s'était même sentie une mère moderne et progressiste, pour cela. La sienne ne l'aurait jamais fait avec elle.

— Je ne sais pas comment ça a pu arriver… balbutie le professeur.

Elle ne comprend toujours pas ce qui s'est passé exactement. Elle croit encore qu'il s'agit d'un accident. À ce moment-là, une jeune carabinière approche.

— Pamela De Giorgio, se présente-t-elle. Puisque vous êtes là tous les deux, j'ai quelques questions à vous poser.

Mais elle est étourdie : tout arrive trop vite.

— Tu ne m'as pas répondu : comment vont les enfants ?

Il baisse les yeux.

— Valentina est là-haut, ils sont en train de l'opérer… mais elle a perdu beaucoup de sang.

— Et Diego ?

— Ils le cherchent.

35

En ouvrant les trois serrures de son appartement, l'homme qui nettoyait ressentit une étrange angoisse. Il n'y avait pas mis les pieds depuis des jours. Il avait élu domicile au numéro 23, mais n'était plus certain de pouvoir y retourner. Il lui fallait juste trouver le moyen de récupérer le portable de Fuck caché au grenier. Il ne pouvait pas le laisser là-bas.

Debout dans le couloir de son immeuble de banlieue, son char d'assaut dans les mains, incertain, il pensait à la femme qui l'avait débusqué et se demandait si une autre surprise désagréable l'attendait chez lui.

Après avoir vu l'intruse dans la maison de sa vieille amie Magda, il était reparti vers son camion-poubelle. En sécurité derrière le pare-brise, il avait regardé l'inconnue sortir en escaladant la grille. Il l'avait prise en filature toute la journée, toujours à bonne distance, ne comprenant pas qui elle était ni ce qu'elle cherchait. Il l'avait suivie jusque chez elle.

Une petite villa isolée au bord du lac.

À ce moment-là, un orage avait éclaté. Il avait profité de la tempête pour préparer une belle surprise à la femme. Après qu'elle était entrée dans l'entresol, il avait trafiqué sa voiture, puis il s'était introduit à l'étage.

Il avait visité la maison, qui semblait abandonnée, sans étouffer le bruit de ses pas : ainsi, elle s'apercevrait de sa présence.

Il s'apprêtait à descendre quand elle était montée.

Il s'était bien caché. Il avait attendu qu'elle arrive devant la dernière pièce, dont la porte était entrouverte, pour surgir dans son dos et la frapper avec le gourdin qu'il utilisait pour écraser les sacs-poubelle dans la benne de son camion. La femme avait été distraite par la sonnerie de son téléphone. Mais, alors qu'il s'apprêtait à lui donner ce qu'elle méritait, la porte de la chambre du fond s'était ouverte et il avait vu le sang sur le matelas. C'est alors qu'il avait retourné l'inconnue pour voir son visage. Elle était déjà évanouie.

Quand il avait compris qui était cette femme et où il se trouvait, il s'était arrêté. Il ne pouvait pas lui faire du mal une deuxième fois. Il s'était enfui en la laissant inanimée, ignorant si elle survivrait.

Et maintenant, il était de retour chez lui. Il ouvrit les serrures et fut accueilli par le silence et la lumière brumeuse qui filtrait par la fenêtre obscurcie par le plastique. Il attendit, sans avoir le courage de regarder la porte verte.

— Où étais-tu passé pendant tout ce temps ? demanda Micky.

— Je me suis baladé, mentit-il, conscient que l'autre ne le croirait pas.

— J'ai sifflé pour t'appeler, mais tu n'es pas venu.

— Je suis désolé.

— Bon, maintenant que tu es là, j'ai quelque chose à te dire.

Il ne comprenait pas. Il ne savait pas s'il devait avoir peur, toutefois il l'écouta.

— J'ai beaucoup pensé à nous, ces jours-ci. Cela fait un moment qu'on n'a rien fait ensemble.

Il comprit enfin : Micky avait une nouvelle mission à lui confier.

— Nous ne sommes pas préparés, objecta-t-il à juste titre. Je n'ai pas sélectionné d'Élue, je n'ai pas fait de recherches…

— Il n'est pas toujours nécessaire que tu rapportes à la maison ces poubelles pleines de merde, l'interrompit Micky. On pourrait faire comme autrefois, tu te souviens ?

Il se souvenait. Micky se contentait de prostituées ramassées dans la rue, qu'il emmenait dans des lieux isolés. Ensuite, c'était à lui de nettoyer.

— C'est dangereux, dit l'homme qui nettoyait. Nous avons pris trop de risques.

— Une pute est prédestinée. Même les flics le savent.

Même s'il avait trouvé mille raisons valables, l'autre aurait eu le dernier mot. Parce que, quand Micky se mettait une idée en tête, il était impossible de le faire changer d'avis.

— D'accord, dit-il alors. Je vais commencer la préparation.

Micky rit, satisfait.

— Bravo, mon champion.

36

Pendant des années, l'homme qui nettoyait s'était demandé pourquoi il était venu au monde.

Cette question le taraudait depuis l'enfance, même avant que sa mère essaie de le noyer dans une piscine crasseuse. Pourquoi suis-je ici puisque personne ne veut de moi ? Longtemps, il n'avait pas trouvé de réponse. Et il se demandait si les autres ressentaient le même trouble. Parfois, il lui semblait être le seul.

Il était né par erreur et il avait été jeté comme un déchet.

Les ordures étaient la preuve de l'imperfection de la création. Et comme les gens n'aimaient pas qu'on leur pointe leurs défauts, sa mission d'adulte était d'en faire disparaître toute trace.

En effet, personne ne voulait savoir ce que devenaient les déchets une fois jetés à la poubelle.

Mais ensuite, il avait compris qu'en fait, tout converge vers un but unique. Même les ordures avaient de la valeur. Elles servaient à ce que quelqu'un comme lui ait un emploi, mais elles pouvaient aussi être recyclées, créer de l'énergie ou être réutilisées comme matières premières pour fabriquer d'autres objets qui seraient à leur tour intégrés dans le cycle vital des choses.

L'homme qui nettoyait avait cherché sa propre valeur pendant des années. Finalement, il l'avait trouvée là où personne n'avait le courage de regarder.

Au fond de l'abysse, il avait découvert que même quelqu'un comme lui pouvait avoir une utilité.

Au début, cela lui avait fait peur. Il n'était pas préparé à la vérité. Mais ensuite il avait compris et accepté son rôle. *Il ne peut y avoir de justice sans injustice*, se disait-il. *Ni de joie sans souffrance. Sans mort, il ne peut y avoir de vie.* Et il n'était pas inutile, parce que Micky lui avait fourni un but.

Aussi, après avoir ouvert la porte verte, il put à nouveau démarrer son rituel de préparation.

D'abord, il prit un long bain. Grâce à son alopécie, il n'avait besoin ni de se raser ni de s'épiler. Toutefois, après s'être lavé, il retira les cellules mortes de sa peau avec un gant de crin et une crème exfoliante. Son identité se cachait dans ces scories, il était donc hors de question de les semer partout : il fallait s'en défaire pour devenir Micky. Il aimait penser que, dans le fond, c'était une sorte d'activité écologique. Une fois l'opération achevée, il se coupa les ongles des pieds et des mains et les lima le plus court possible. Après avoir soigneusement passé un adhésif transparent sur son crâne glabre à coups de pinceau, il y posa la perruque blond platine, s'assurant qu'elle était bien centrée. Il s'étala de l'autobronzant sur le visage afin de cacher sa pâleur, mit ses lentilles de contact bleues et ses lunettes noires. Puis il enfila son blazer en cuir et sa cravate pourpre, et ce fut le tour des accessoires :

la montre plaquée or, la bague à la pierre turquoise, le Zippo en acier, un paquet souple de Marlboro rouges et le portefeuille en cuir marron.

Il chaussa ses bottines et se plaça au centre de la pièce.

Il resta immobile dans cette position jusqu'à ce que l'obscurité envahisse l'appartement. Quand il se sentit prêt, il glissa une main dans sa poche et sentit le char d'assaut en fer-blanc, son amulette transformée en porte-clés pour la Fiat Fiorino. Il ne lui restait qu'une chose à faire.

Il s'éclaircit la voix et dit :

— Enchanté. Micky.

La transformation avait réussi.

37

Elle n'était pas descendue pour le dîner, elle était restée dans sa chambre en pyjama, prétextant qu'elle avait un contrôle d'histoire à réviser et qu'elle mangerait plus tard. Dans moins d'un mois, elle devait passer son examen de fin d'année. Et elle savait que, si elle s'était contentée de dire qu'elle n'avait pas faim, cela aurait alerté.

Les dernières semaines avaient été chargées, pour la jeune fille à la mèche violette, mais les derniers jours, franchement bouleversants.

Elle avait lu un jour sur Internet que quand on frôle la mort, comme elle, ensuite tout change en mieux. La vie avait parfois besoin d'une secousse pour couler à nouveau. Autrefois, la jeune fille à la mèche violette passait des heures sur ces sites où des gamines aux cheveux colorés, comme elle, se connectaient depuis les quatre coins du monde. Ainsi aimait-elle imaginer ces amies virtuelles avec qui elle échangeait des conseils sur comment cacher la nourriture dans sa serviette sans que personne à table s'en aperçoive, sur quand vomir pour ne pas courir le risque d'assimiler le gras et les sucres du repas que l'on venait d'avaler, ou encore sur comment se couper au bon endroit du corps avec une lame de rasoir pour que les cicatrices ne se remarquent pas.

C'était pour cette raison que, depuis, sa mère contrôlait rigoureusement ce qu'elle mangeait, voulait la voir déshabillée avant qu'elle ne prenne sa douche et la contraignait à se peser régulièrement.

Avant le lac, toutes les inspections avaient été rassurantes, à tel point que ses parents pensaient que cette affaire était de l'histoire ancienne. Ils avaient raison, en partie, parce qu'au début Raffaele avait été une bonne raison d'arrêter de se faire du mal. Mais quand elle avait commencé à subodorer de quoi était vraiment fait son amour, tout s'était accéléré jusqu'au matin où elle s'était jetée du ponton. Il était donc naturel que ses parents se soient mis à craindre une rechute.

Elle était allongée sur son lit, dans le noir, les yeux rivés au plafond, serrant dans ses bras son ours en peluche à qui un mystérieux inconnu avait rendu la vie en lui recousant la tête.

La jeune fille à la mèche violette se sentait coupable.

Envers sa mère, son père et celui qui l'avait sauvée de la noyade. Les deux premiers parce que leur affection ne la rendait pas heureuse, le dernier parce qu'elle gâchait la deuxième chance qu'il lui avait offerte.

Elle se demanda à quoi ressemblait son ange et si elle le rencontrerait un jour.

Elle l'imaginait châtain, les yeux verts, avec un beau sourire. Aimant la nature et les animaux, même en peluche. Adulte, bien plus âgé qu'elle, et donc dans l'incapacité de l'aimer comme il aurait voulu. C'était pour cela qu'il ne se montrait pas, se disait-elle.

Soudain, un éclair illumina brièvement le mur dans son dos. La jeune fille s'assit et se tourna vers la porte-fenêtre. L'effet se répéta. Elle sortit de son lit et se cacha derrière le rideau pour regarder dehors. Il faisait noir, elle ne vit rien. Puis un faisceau de lumière balaya à nouveau son balcon. Quelqu'un essayait d'entrer en contact avec elle et voulait qu'elle descende au jardin. Elle repensa à l'espèce de code utilisé dans les cabines d'essayage du magasin, et son cœur fit un bond.

Elle sautilla sur une jambe jusqu'à la salle de bains et se rinça le visage, puis se maquilla à la hâte pour se rendre plus présentable. De retour dans sa chambre, elle ouvrit son armoire et choisit un sweat-shirt.

Elle était prête.

Malgré ses béquilles, elle se faufila par une porte de service sans que personne s'aperçoive de rien. Elle avança sur les graviers jusqu'aux hautes haies de troènes et entra dans ce qu'elle et ses cousins, enfants, appelaient le labyrinthe. Elle ne savait pas comment faire comprendre à l'intrus qu'elle était là. Puis elle entendit des pas dans son dos, elle se retourna et, à ce moment-là, une lampe torche l'aveugla. Elle se cacha les yeux en essayant d'apercevoir la silhouette qui avançait vers elle.

— Pourquoi tu ne réponds pas à ton putain de téléphone ?

— Je n'ai plus de téléphone, dit-elle en reconnaissant la voix de Raffaele. Il a fini dans le lac quand je suis tombée.

Le jeune homme lui attrapa un bras et manqua de la faire tomber.

— Ne fais pas ta salope avec moi, menaça-t-il. Ça fait des jours que tu reçois mes messages et que tu ne réponds pas !

Une lueur féroce brillait dans ses yeux. La jeune fille avait déjà fait l'expérience de sa cruauté. Elle ne répondit pas, parce qu'elle sentait qu'il était venu lui demander quelque chose, mais elle précisa :

— J'arrête.

— Oh que non ! Tu veux vraiment que ces photos se retrouvent dans votre album de famille ?

La jeune fille à la mèche violette pria pour que l'ange apparaisse à cet instant pour l'emmener loin de là. Mais cela n'arriva pas.

— Qu'est-ce que je dois faire ? demanda-t-elle en se mettant à pleurer.

— Tu le sauras mercredi soir.

— Qu'est-ce que je raconte à mes parents ?

— Je m'en fiche. Débrouille-toi, dit-il en lui attrapant le menton pour l'embrasser sur les lèvres. Et essaie d'être jolie.

38

Elle se réveilla dans une mare de sang et de vomi et mit du temps à se relever, tant sa tête tournait. Elle s'agrippa au montant de la porte et parvint à se hisser sur ses jambes flageolantes. Elle inspira, expira. Elle avait froid. Dehors, il faisait nuit. Son portable était presque déchargé, mais il y avait encore sur l'écran une trace du dernier appel reçu.

« ... Si vous acceptez l'appel, tapez 9... »

La voix enregistrée résonna dans sa tête. L'anniversaire tombait ces jours-ci, se rappela-t-elle. Se tenant aux murs, la chasseuse de mouches avança jusqu'à la porte de l'entresol et descendit les marches, les genoux tremblants.

Une fois en bas, elle se dirigea vers la salle de bains.

La femme qui apparut dans le miroir quand elle alluma la lumière n'était pas elle. Le côté gauche de son visage était barré par une bande de sang séché qui s'étendait du nez à l'oreille. Ses yeux étaient injectés de sang et elle avait d'énormes cernes, sans doute à cause d'un traumatisme crânien dont elle découvrirait la gravité dans quelques heures.

Elle ouvrit le robinet d'eau froide.

Pour le moment, elle ne voulait pas savoir pourquoi son agresseur l'avait laissée en vie au lieu de l'achever. *Il a probablement pensé que je mourrais quand même*, se dit-elle.

Elle cracha dans le lavabo puis recueillit de l'eau dans ses mains pour se laver énergiquement le visage. Sans se sécher, elle ouvrit l'armoire à pharmacie et chercha un médicament pour calmer sa migraine. Elle trouva un antalgique et en avala deux comprimés, sans vérifier la date de péremption. Elle aurait dû courir à l'hôpital, mais elle n'en avait pas envie. Son plan était de prendre de la glace dans le freezer, l'emballer dans un torchon, s'allonger sur le canapé en tenant le paquet sur son front et attendre que l'univers arrête de s'acharner contre elle. C'est alors que son regard se posa sur un vieux tube de rouge à lèvres qui traînait là depuis une éternité.

Elle le fixa.

Bien que s'occupant de femmes victimes de violences, elle n'avait jamais été frappée par un homme. Maintenant, elle savait que c'était mille fois pire qu'elle ne l'avait imaginé. En plus de la douleur physique, il y avait quelque chose de profondément déchirant.

L'humiliation.

Elle se rendit compte qu'aucun homme ne pourrait jamais éprouver ce genre de douleur, qui en plus de la vulnérabilité crée un sentiment d'infériorité. Ce n'était pas uniquement le fruit d'une rencontre inégale. C'était la conscience soudaine, pareille à une illumination, que derrière la brutalité se cache une insupportable conviction de supériorité. Il ne m'a pas frappée parce qu'il est plus fort, il m'a frappée parce qu'il pense en avoir le droit.

« ... Appel à charge du destinataire. Autorisation numéro 200607... »

Chaque année, à cette période, Diego tentait désespérément de se mettre en contact avec elle depuis la prison. La chasseuse savait ce qu'il voulait. Encore une fois, il lui demanderait pardon pour la mort de Valentina. Mais elle ne le croyait pas. Il le faisait uniquement parce qu'il espérait une remise de peine. Elle et son ex-mari avaient le pouvoir de refuser, de le faire rester à l'intérieur. Toutefois, son ex-mari ne semblait plus aussi convaincu que cela soit le choix le plus juste.

« Cinq années ont passé, il a droit à une seconde chance. »

La nausée céda la place à une colère noire. La chasseuse de mouches ne pouvait accepter que cela se reproduise. Elle ne pouvait tolérer que cela arrive à une autre femme. Alors elle prit le rouge à lèvres, elle l'ouvrit et s'en passa avec une délicatesse infinie, essayant de contrôler le tremblement de ses doigts. Elle trouva aussi du blush pour couvrir ses cernes, du fard à paupières, un crayon et même du mascara. Après avoir arrangé ses cheveux courts, elle sortit de la salle de bains et se dirigea vers son armoire pour y choisir des vêtements. Elle élimina les plus confortables, souhaitant opter pour plus de féminité. Alors qu'elle perdait espoir, elle aperçut le mannequin vêtu d'une jupe noire arrivant au genou. La dernière fois qu'elle l'avait portée, c'était à l'enterrement de Valentina, ce qu'elle interpréta comme un signe. Pourtant, le plus difficile l'attendait : quand elle essaya de l'enfiler, elle comprit à quel point elle avait grossi pendant les cinq dernières années. Son ventre lui donnait des airs de statue préhistorique de la fertilité, et ses hanches étaient difformes, au point qu'elle avait l'impression que ses fesses penchaient vers la gauche. Elle enfila des chaussures à talons mais, malgré les cachets, elle se sentait toujours vacillante. En plus, elle avait mal aux mollets, parce qu'elle avait perdu l'habitude d'être perchée à cinq centimètres du sol. D'une démarche incertaine, elle alla attraper son smartphone, dont la batterie était proche de zéro, et chercha sur Internet les boîtes du coin accueillant une clientèle de sexagénaires.

Il y avait une soirée piano bar au *Gloria*.

Elle n'avait aucune certitude que l'homme à qui elle donnait la chasse se mettrait à l'œuvre ce soir-là, ni qu'il choisirait cet endroit pour se procurer une victime. Et elle aurait sans doute mieux fait de rester chez elle et d'attendre que les effets de son coup sur la tête se dissipent.

Il est en colère, se dit-elle. *C'est pour cela qu'il est venu chez moi.* Mais bizarrement, elle n'avait pas fini au fond du lac. *Je ne suis pas son genre : trop jeune et pas assez blonde. Donc il va se rattraper sur une autre.*

Oui, ce sera cette nuit.

Elle sortit et monta dans sa Clio, convaincue que son agresseur l'avait trafiquée pour l'empêcher de prendre la fuite. Elle était prête à appeler un taxi, mais le moteur démarra à la première tentative.

Tant mieux, se dit-elle.

Elle se regarda dans le rétroviseur. Le maquillage ne couvrait pas tous les signes d'agression sur son visage, aussi elle sortit ses lunettes de soleil de la boîte à gants et les enfila.

Disponible, sûre d'elle et énigmatique. Un parfait piège à mouches.

39

Au fil des ans, le *Gloria* avait eu plusieurs vies. Il avait été une discothèque, une boîte de strip-tease et un club échangiste. Les rideaux étaient en velours rouge, la moquette épaisse, les lampes murales en cristal. Les petits divans et poufs étaient imprégnés de l'odeur douceâtre de la machine à fumée.

Micky ouvrit les deux battants de la porte à hublot, qui se referma derrière lui. La première chose qu'il remarqua fut le chanteur au centre de la pièce, assis devant un piano à queue qui cachait en fait un clavier électronique. Autour de lui, quatre couples dansaient.

Comme toujours, il observa les lieux pour évaluer ce que la soirée avait à lui offrir. Quelques groupes et beaucoup de personnes seules, hommes et femmes. Ces dernières étaient largement majoritaires, signe que des prostituées se cachaient parmi elles.

Il se posta devant le comptoir, longé par une rampe en laiton. Il choisit le tabouret du coin, pour mieux observer la salle. Il commanda un Sprite, qu'il pourrait faire passer pour un gin tonic. Puis il passa les femmes en revue, à la recherche de l'Élue.

Cette fois, ce n'était pas à lui que revenait le choix. Mais à elle.

Ayant décidé de s'en remettre au hasard, il devait faire très attention à ne pas commettre d'erreur.

L'homme qui nettoyait n'avait pas tort de lui déconseiller de sortir sans préparation. Micky préférait tout savoir sur l'Élue. Toutefois, il ne se sentait pas de donner raison à cet ingrat qui avait disparu pendant des jours sans rien dire. Il voulait le punir. Et, pour le moment, sa préoccupation était de s'amuser.

Il remarqua deux yeux qui le fixaient depuis l'autre bout de la salle. La femme s'approchait maintenant d'un pas lent et sensuel, serrant son cocktail entre ses mains. Elle n'était pas blonde et elle avait les cheveux courts. Il la reconnut immédiatement, malgré ses lunettes de soleil, et en eut le souffle coupé.

— Bonsoir, dit-elle en s'asseyant à côté de lui. Tu cherches de la compagnie ?

Il la fixa, indécis. La femme éclata d'un rire rauque.

— Qu'est-ce qu'il y a ? Tu ne parles pas ma langue ?

— Si, bien sûr.

— Tu attends quelqu'un ?

Il réfléchit un instant avant de répondre :

— C'est toi que j'attendais.

— Vera, dit-elle, toujours avec le même rire et en tendant la main.

Il la lui serra.

— Micky.

Aucune réaction. C'était une autre personne, totalement différente de la dernière fois, si longtemps auparavant. Où était passée sa crinière blonde de star du cinéma ? La beauté qui l'envoûtait à l'époque s'était fanée. Son visage était devenu un masque de rides, le maquillage s'était accumulé dans les plis autour de ses yeux. Sa peau était jaunâtre. Et puis, dans son souvenir, elle était beaucoup plus grande.

— Alors, qui es-tu vraiment, Micky ?

Elle ne m'a pas reconnu, se dit-il. *La preuve, elle flirte avec moi comme si de rien n'était.* Il dégaina son sourire légendaire.

— Je suis tout ce que tu désires.

— J'imagine que tu n'es pas marié, vu que tu me fais effrontément la cour.

— Exact. Pas de femme, pas de marmots.

— Je me demande pourquoi je te crois, dit la femme en buvant dans son verre.

— Et toi ? demanda-t-il à son tour. Tu as une famille ?

— Oh non ! s'exclama-t-elle avant de se pencher vers son oreille. Ta voiture est garée dehors ?

— Oui.

Elle lui prit la main et la posa sur son sein.

— Alors pourquoi on ne va pas dans un endroit tranquille ?

Il hésita.

— Si on part tout de suite, je pourrais te faire un prix… Et toi, tu pourras me faire tout ce que tu voudras.

Elle lui fit un clin d'œil en se mordant la lèvre.

40

Ils passèrent devant elle, à une dizaine de mètres de distance. À cause de ses yeux tuméfiés et de ses lunettes noires, elle ne distingua pas bien leurs visages, mais elle s'efforça de mémoriser leurs silhouettes.

La chasseuse de mouches n'arrivait pas à croire que la première tentative ait été la bonne.

Elle avait vu l'homme entrer vingt minutes plus tôt. Grand et robuste, comme le technicien de surface filmé par les caméras de surveillance de Sant'Anna. Vêtements sombres, verres teints, comme l'avait décrit le barman du Blue, qui avait également mentionné ses « drôles de cheveux blonds qui semblaient faux » : en les voyant, la chasseuse avait immédiatement pensé à une perruque.

Mais surtout, l'inconnu était trop jeune pour un endroit de ce genre.

Elle l'avait suivi du regard jusqu'à ce qu'il aille s'asseoir au bout du comptoir, à une place d'où il pouvait embrasser la salle du regard. Il avait commandé un Sprite, ce qui l'avait en partie trahi : quand on ne boit pas d'alcool, on fréquente rarement ce genre de boîte, s'était-elle dit. L'homme voulait rester lucide.

Très vite, une femme d'une soixantaine d'années avait pris place à côté de lui. La chasseuse était convaincue qu'il allait la congédier : elle ne correspondait pas à son profil de victime.

Elle n'était pas blonde.

Pourtant, à sa grande surprise, l'homme avait accepté ses avances et, peu après, ils s'étaient dirigés ensemble vers la sortie.

La chasseuse se leva du divan à l'écart où elle s'était installée et les suivit à bonne distance. En sortant, ils empruntèrent la route déserte. Pour ne pas être trahie par le bruit de ses talons sur l'asphalte, elle retira ses chaussures et poursuivit pieds nus.

Bras dessus, bras dessous, l'homme et la femme auraient pu passer pour un couple. Ils s'arrêtèrent devant une vieille Fiat Fiorino. L'inconnu fit monter sa compagne puis contourna la voiture pour se mettre au volant. La chasseuse profita de ce laps de temps pour courir vers la Clio et monter à bord, bien décidée à les suivre.

Ils prirent une route déserte et sinueuse qui longeait le lac.

La chasseuse maintenait une centaine de mètres entre eux, assez pour ne pas être remarquée mais trop pour lire la plaque. Elle n'avait pas d'arme sur elle, même pas son couteau à cran d'arrêt. Et surtout, son portable était presque totalement déchargé. Elle calcula qu'elle pourrait passer un seul appel. Sans réfléchir, elle composa le numéro de Pamela.

— Que se passe-t-il ? demanda son amie, contrariée.

— Écoute, je n'ai pas beaucoup de temps et ça va bientôt couper. J'ai peut-être trouvé l'homme qui a tué la femme du bras de Nesso.

— Quoi ? Qu'est-ce que tu dis ?

La ligne était très mauvaise.

— Il était au *Gloria*, ce soir, et là je le suis en voiture, parce qu'il en a appâté une autre.

— Qu'est-ce que tu racontes ? Je ne comprends pas : comment peux-tu affirmer que c'est un homicide ?

— C'en est un, crois-moi.

— Tu es folle.

— Je ne suis pas folle, j'ai suffisamment d'indices pour prouver que je ne me trompe pas.

De façon prévisible, Pamela ne la croyait pas.

— Tu es où, là ?

— Sur la route panoramique, le salaud va vers Nesso.

— Tu es vraiment en train de le suivre ? demanda-t-elle sur un ton alarmé, qui n'attendait pas de réponse. Bon, d'accord, j'arrive, mais ne fais pas de conneries.

— Tu n'appelles pas les renforts ? Ce salaud est dangereux.

— Je ne sais pas ce que tu fous, mais c'est toi qui es dangereuse.

Elle raccrocha et la batterie s'épuisa dans la seconde, émettant un son prolongé. La chasseuse lança le téléphone sur le siège passager pour empoigner le volant et prendre un virage serré. Heureusement, elle parvint à maintenir la trajectoire. Toutefois, dans la manœuvre, elle s'était un peu trop approchée de la Fiat Fiorino, dont le conducteur la voyait maintenant dans le rétroviseur. Alors elle ralentit. Mais quand elle appuya sur la pédale de frein, son cerveau enregistra une anomalie.

Le ralentissement de la voiture ne correspondait pas à la force avec laquelle elle avait appuyé sur la pédale.

Elle réessaya : quelque chose n'allait pas. Elle leva le pied de l'accélérateur avant une descente. Malgré cela, la voiture franchit une bosse sans ralentir. Prise de panique, elle tira de toutes ses forces sur le frein à main. Rien.

La voiture était hors de contrôle. Dans le virage suivant, l'avant se souleva. Il ne retoucha pas terre.

41

— Tu peux t'arrêter un moment, s'il te plaît ?

Micky gara la voiture sur le bord de la route. Vera descendit en emportant son sac à main. Titubante, elle fit quelques pas et reprit son souffle. Il la regardait par la portière ouverte.

— J'ai peut-être trop bu, et avec tous ces virages…

Autrefois, l'alcool la rendait méchante, pensa Micky. *Il la transformait en bête féroce*. Il eut un élan de dégoût, mais cette femme ramollie n'était plus sa Vera.

La femme retira ses lunettes de soleil et les laissa tomber par terre, puis chancela jusqu'à un sentier qui s'enfonçait dans la végétation.

Il la suivit.

Vera avançait d'une démarche ondoyante, comme le jour où elle avait quitté la piscine où son fils se noyait. Micky se tenait à distance. Il avait laissé les phares de la voiture allumés, mais leur lueur s'estompait au fur et à mesure qu'ils s'enfonçaient dans le bois. Bientôt, l'obscurité devint tellement épaisse qu'il la perdit de vue. Il n'entendait même plus ses pas.

Puis, soudain, la barrière d'arbres s'ouvrit sur un belvédère éclairé par la lune.

Il la retrouva devant un muret. De là, on jouissait d'une superbe vue sur le lac, grande tache d'huile noire, brillante et immobile. Autour d'eux, les feuilles secouées par le vent semblaient les saluer tels des applaudissements. En la voyant ainsi, il se dit que la vie s'était vraiment acharnée sur Vera. Il avait déjà remarqué ses absences, sans doute dues à une forme précoce de démence. L'homme qui nettoyait aurait pu profiter de cet instant pour lui demander quelle était « son histoire ». Dommage qu'il n'ait pas été là.

Micky avança vers elle.

— Tu te souviens quand j'ai mis la tête de ton fils de six ans dans un étau en acier, à la cave, et que ça lui a fait deux énormes blessures sur le crâne ? Et quand je lui arrachais une dent avec une pince, chaque fois qu'il me désobéissait ? Tu t'en souviens, Vera ?

Il ralentit, prit tout son temps. Il se trouvait maintenant à deux mètres du parapet.

— Tu étais là, mais tu n'as rien fait pour m'arrêter. Ton fils a été emmené, mais ensuite il t'a cherchée, tu sais ? Moi, je suis resté auprès de lui, je n'ai pas pu le laisser seul… Je suis son unique famille.

Vera avait les yeux fermés. Elle inspira profondément avant de les rouvrir. Cette fois encore, elle n'eut aucune réaction. Il n'était même pas certain qu'elle eût entendu ce qu'il avait dit.

— Je ne sais pas pourquoi, mais la soirée est étrange, dit-elle calmement. Je pensais à mon anniversaire… Ça t'arrive, de penser à ton anniversaire ?

Ignorant où elle voulait en venir, il ne répondit pas.

— On dit que le jour où l'on naît est le plus précieux de la vie, poursuivit-elle, justement parce qu'on vient au monde. Ensuite on le fête chaque année, tout le monde est gentil, on a même des cadeaux. Mais au départ on ne sait pas que ce jour en particulier est important pour soi, on nous l'explique quand on grandit. Moi, je ne connais pas le jour de mon anniversaire, je ne l'ai jamais connu. Sur mon acte de naissance, ils ont noté une date au hasard. Ma mère n'a jamais voulu me le dire. Petite, je lui demandais : s'il te plaît, maman, dis-moi quel jour je suis née, tous les enfants ont un anniversaire, moi aussi j'en veux un. Mais en vain…

Vera sortit un paquet de cigarettes et un briquet de son sac à main. Elle essaya de s'en allumer une, mais la brise invisible éteignait sans cesse la flamme. Elle renonça.

— Pourquoi je te raconte tout ça ? Je te connais depuis cinq minutes.

Elle rit, mais sa voix rauque disait tout autre chose.

Micky était à un pas d'elle. À la lueur de la lune, le cou de Vera semblait d'ivoire. Il lui aurait suffi de tendre la main pour le toucher.

La femme se tourna et, soudain, lui fit une caresse.

— Autrefois, j'ai connu un Micky, se rappela-t-elle avec une tristesse nostalgique.

Puis elle le dévisagea, comme si elle avait perçu quelque chose de familier.

Oui. J'ai été mis au monde par une piscine fétide, j'ai appris à respirer dans l'eau sale. Ce trou dans le sol a été mon placenta ; la boue, mon liquide amniotique. Il s'approcha, posa ses mains sur les hanches de la femme.

Vera leva les bras pour lui retirer ses lunettes aux verres teints, puis l'observa, incertaine.

Il la laissa faire.

Ce qu'elle vit dans les lentilles de contact bleu ciel la troubla. Son expression changea, comme si elle avait regardé ce qu'elle ne devait pas. Dans le puits sans fond, dans l'orifice immonde des instincts secrets. Et elle savait qu'elle ne pouvait plus revenir en arrière.

— Qui es-tu ? demanda-t-elle d'une voix hésitante.

Il sourit.

— Je suis l'abysse.

18 février

Aujourd'hui, il a quatorze ans.

Sa nouvelle mère a préparé un gâteau à la crème de banane et a demandé à son nouveau père de fabriquer quelque chose de spécial dans son atelier. Ils font une petite fête. Sa nouvelle mère lui a parlé d'une surprise, mais il ignore de quoi il s'agit.

Depuis qu'il s'est réveillé, il ne pense qu'à cela.

C'est un anniversaire spécial parce que, une semaine plus tôt, il s'est réveillé en pleine nuit avec son pyjama mouillé. Il a eu peur d'avoir uriné sur lui, comme quand il était avec Vera ou à l'institut, mais ensuite il a compris que c'était différent. Il a essayé d'en parler à son nouveau père, mais sa réponse l'a déboussolé : « C'est une affaire d'hommes. »

Pas un mot de plus. Puis il s'est enfermé dans son atelier et n'a plus abordé le sujet. Quoi qu'il en soit, le jeune garçon se dit que, vu que son nouveau père a employé le mot « hommes », désormais il n'est plus un enfant. Il est heureux.

La table a été dressée dans le salon, le gâteau à la crème de banane trône au centre et on a sorti le service des grands jours. Il y a même une carafe d'orangeade et une bouteille de soda à la menthe.

Son nouveau père est assis devant le téléviseur allumé. Il n'a pas l'air intéressé. Sur la chaise à bascule près de la cheminée, sa nouvelle mère tricote un pull. Ils attendent quelqu'un, mais il ne sait pas qui.

On sonne à la porte.

Sa nouvelle mère pose son tricot pour aller ouvrir. Peu après, Martina entre dans la pièce, un paquet à la main. C'est elle, la surprise. Après tant d'années, il est content de la revoir.

— Comment va mon garçon préféré ? demande l'assistante sociale.

— Je vais bien. Je suis un homme, annonce-t-il.

— Bien sûr, mon chéri, répond-elle avec un sourire. Tu es un homme, désormais.

Puis la nouvelle mère l'aide à retirer son manteau, alors il voit quelque chose auquel il ne s'attendait pas : son amie a un ventre énorme.

— Combien de mois ? demande la nouvelle mère.

— Je suis au neuvième, commente l'autre.

— C'est un garçon ou une fille ?

— On n'a pas voulu le savoir, on garde la surprise !

En parlant, elle se caresse le ventre et il comprend qu'un bébé va naître. Soudain, il devient triste. Il ne sait pas pourquoi.

Ils allument les bougies, il les souffle. Sa nouvelle mère applaudit avec Martina, son nouveau père observe la scène de loin. Le jeune garçon s'efforce de sourire, mais il n'est pas heureux.

Puis vient le moment des cadeaux. Son nouveau père a fabriqué une boîte en bois.

— C'est un coffret, explique sa nouvelle mère. Pour ranger tes souvenirs les plus précieux.

Sur le couvercle, il a gravé *Bon 14e anniversaire, Maman et Papa.*

Il ouvre ensuite le paquet de Martina, mais en réalité cela ne l'intéresse pas.

— C'est un baladeur CD, explique-t-elle. Tu peux écouter de la musique avec.

— Merci, dit-il.

Il prend ses cadeaux et monte en courant à l'étage. Au moment d'entrer dans sa chambre, il change d'avis.

Il se dirige vers la chambre du fils mort et ouvre la porte verte.

— Elle t'a déjà oublié, mon garçon, affirme Micky en le regardant dans les yeux. Elle t'a même remplacé.

— Ce n'est pas vrai. Et puis je ne suis plus un garçon, je suis un homme !

Micky éclate de rire.

— Qu'est-ce qu'il y a de drôle ? s'énerve l'enfant.

L'autre se tord de rire. C'est vexant. Alors, pour le faire taire, il prend ses cadeaux, les jette par terre et les piétine. Mais Micky rit plus fort.

— Je me marierai avec Martina, décide-t-il.

— Pour ça, tu aurais dû mettre ton machin à l'intérieur d'elle. Mais quelqu'un d'autre s'en est chargé.

Hors de lui, l'enfant tourne les talons et redescend. Il se cache à l'entrée du salon et écoute la conversation entre Martina et sa nouvelle mère. Elles n'ont pas perçu son trouble, tant mieux. Quand il est calmé, il entre.

— Où étais-tu passé ? demanda Martina avec son habituel sourire gentil.

Elle est assise dans le fauteuil de sa nouvelle mère, en train de se balancer à côté de la cheminée, une aiguille à tricoter dans la main.

Il approche sans dire un mot.

— Ça t'irait qu'on écoute un peu de musique ensemble ? J'ai plein de CD dans ma voiture, je pourrais te montrer comment marche ton nouveau lecteur.

— Plus tard.

Il voudrait lui demander si elle veut bien être sa femme, pour qu'ils soient ensemble pour toujours, mais il ne trouve pas les mots justes. Il est tout près d'elle, maintenant.

« Tu aurais dû mettre ton machin à l'intérieur d'elle. »

— Que se passe-t-il, mon chéri ? s'inquiète Martina en se penchant vers lui. J'ai compris. Tu veux un câlin, c'est ça ?

Son amie tend les bras, il se laisse étreindre. Il trouve qu'elle sent très bon. Puis il s'écarte, fait un pas en arrière, voit le sourire qui s'éteint lentement sur les lèvres de Martina, l'expression de triste incrédulité qui apparaît sur son visage. Puis la femme baisse les yeux et regarde l'aiguille à tricoter enfoncée dans son gros ventre. Elle pousse un cri. Pour une fois, le nouveau père quitte sa télévision des yeux pour voir ce qui se passe. Ils sont tous bouleversés et immobiles.

L'enfant comprend qu'il ne peut pas rester là. Il court à la porte et prend la fuite.

42

Guido Rottinger ne voulait pas d'enfants. La jeune fille à la mèche violette l'avait découvert par hasard : un jour, en fouillant dans les affaires de sa mère, elle avait trouvé des lettres que ses parents s'étaient échangées avant sa naissance. Elle pensait y lire des mots doux et des expressions minaudières, mais le sujet évoqué était toujours le même.

Sa mère suppliait son père de changer d'avis et de lui offrir un enfant. Un seul.

Apparemment, elle avait réussi à le convaincre, pensa la jeune fille à la mèche violette avec un sarcasme amer. Mais elle supportait mal l'idée que l'ingénieur avait dû accepter à contrecœur sa venue au monde.

« Je me suis demandé comment tu aurais réagi si j'étais morte, il y a deux semaines.

— J'aurais été dévasté. »

Elle aurait voulu le croire. Pourtant, dans les fameuses lettres, son père expliquait ses raisons à son épouse et disait notamment qu'il aurait haï cet enfant. Finalement, il avait posé une condition impérative : avoir le dernier mot sur le sexe du bébé. Ainsi, sa mère avait avorté trois fois en secret avant de l'avoir. Les trois fois, cela avait été un choix conscient, dicté par un examen ADN. Ainsi, la seule raison pour laquelle l'ingénieur ne détestait peut-être pas son enfant unique était qu'il s'agissait d'une fille.

Guido Rottinger était prédestiné.

Aîné de trois fils, il était prévu qu'il reprenne un jour les rênes de l'entreprise familiale, créée par son grand-père et héritée de son illustre père. Son destin était déjà écrit à l'instant où il avait poussé son premier cri. Les autres avaient décidé de sa vie, sans appel. En échange, il ne connaîtrait jamais la faim ni les incertitudes, et il serait pour toujours un privilégié, sans avoir eu à fournir le moindre effort.

Mais le plus important, c'était qu'il pouvait transmettre tout cela.

Guido Rottinger n'avait pas le pouvoir de s'opposer à son sort, mais il pouvait empêcher que cela arrive à sa descendance. Avoir une fille signifiait briser la malédiction sexiste qui avait emprisonné son existence, étouffé ses rêves et écrasé ses velléités et talents. Néanmoins, la jeune fille à la mèche violette restait lucide : ce n'était pas un acte d'altruisme paternel. Cette fois encore, l'ingénieur agissait pour lui-même. Pour que le sang de son sang ne le méprise pas comme il méprisait son propre père, sans pouvoir l'avouer à quiconque à cause de son statut social.

Que sa fille unique soit devenue une putain était la punition que son père méritait pour avoir voulu s'opposer aux desseins de Dieu, pensait la jeune fille à la mèche violette. *Je n'aurais pas dû exister*, se répétait-elle. Elle devait la vie aux trois fœtus qui l'avaient précédée. Où étaient-ils, maintenant ? Quel mal avaient-ils fait pour mériter ce sort ? Et pourquoi se retrouvait-elle à leur place ?

« Tu le sauras mercredi soir. »

Assise à son bureau, dans sa chambre, elle revivait en boucle sa dernière entrevue avec Raffaele, ainsi que toutes les horreurs qu'elle avait été obligée de faire pour lui. Elle ne savait pas ce qui l'attendait, ce qu'elle devrait faire cette fois-là. Et surtout, avec qui. Elle essayait de se concentrer sur ses devoirs, en vain. La seule porte de sortie était toujours la même.

En finir. Retourner au néant dont elle avait été arrachée pour usurper la place de trois pauvres fils ratés.

Pourtant, à la différence des autres choses de la vie, que la répétition rendait plus faciles, quand on cherche le courage de se tuer pour la deuxième fois, on se confronte à une réalité incontournable : mourir est terriblement douloureux. Elle aurait pu se laisser mourir d'inanition, mais elle n'avait pas le temps puisque le rendez-vous de mercredi était le lendemain.

Je pourrais en parler à Maia, se dit-elle. Mais elle savait ce que son amie lui conseillerait. Et plutôt que de tout révéler à ses parents, elle préférait fuguer. Toutefois, avec ses béquilles et sa cheville cassée, elle n'irait pas loin. Elle était coincée.

Elle se tourna vers son lit et regarda son ours en peluche à la tête recousue.

Après ce qui s'était passé dans le jardin quelques jours auparavant, quand Raffaele l'avait humiliée à nouveau, elle ne croyait même plus à l'existence de son ange gardien. Et, sans lui, difficile d'imaginer s'en sortir.

Il n'y avait qu'une solution.

Elle se leva et boitilla jusqu'à la porte de sa chambre. Une fois en bas, après s'être assurée qu'il n'y avait personne, elle se dirigea vers le bureau de son père.

L'ingénieur était en voyage d'affaires. Sa mère était sortie faire des courses. Les domestiques étaient chargés de la surveiller, l'un d'eux passerait dans sa chambre d'ici cinq minutes.

Elle avait tout son temps.

Elle referma la porte sans faire de bruit. La pièce était plongée dans une pénombre agréable et l'odeur de son père flottait dans l'air : santal, tabac et noix de muscade. Un mélange spécial d'essences, préparé dans une petite boutique près du Palais-Royal, à Paris.

La jeune fille se dirigea vers la bibliothèque, où était exposé un *Sacco* d'Alberto Burri que ses parents avaient acheté à un galeriste milanais. Elle tâta la partie inférieure du cadre jusqu'à trouver un bouton, qu'elle pressa. Le cadre avança, se détacha du meuble et révéla un petit coffre-fort électronique. La jeune fille à la mèche violette en connaissait le code. C'était le secret de famille le mieux gardé. Après avoir composé les huit chiffres de la date de naissance de sa mère, la petite porte s'ouvrit automatiquement.

Elle glissa le bras à l'intérieur et en sortit une pochette en velours noir.

Elle l'emporta jusqu'au bureau et s'assit dans le fauteuil de son père, tournant le dos à la porte d'entrée. La lumière du matin, qui filtrait par les volets, éclaira l'étui posé sur ses genoux. La jeune fille l'ouvrit et en sortit un revolver. Les balles étaient à côté. Elle ouvrit le tambour et les inséra une à une, les mains tremblantes.

C'est un essai, se dit-elle pour se calmer. *Juste un essai.*

Mais elle n'en était pas si certaine. Parce que, si elle découvrait qu'elle en avait la force, elle n'hésiterait pas à appuyer sur la détente. Comme ce matin-là, au bout du ponton sur le lac, quand elle avait senti l'appel irrésistible de l'eau glacée.

Une fois l'arme chargée, elle prit une grande inspiration et ouvrit la bouche. Elle retira le cran de sûreté et glissa le canon entre ses dents, jusqu'à sentir le bout métallique contre son palais. Si elle avait de la chance, cela ne durerait qu'une fraction de seconde.

Son cœur battait à tout rompre et ses mains étaient moites. Elle se demanda quelle devait être sa dernière pensée avant de mourir. C'était ridicule, mais elle ne voulait pas prendre congé de la vie avec une mauvaise idée ou une mauvaise image.

« Pourquoi tu ne réponds pas à ton putain de téléphone ? »

Les mots durs de Raffaele la dernière fois qu'ils s'étaient vus, au jardin, résonnaient dans sa tête. Elle était pleine de colère et de ressentiment. *En tout cas tu n'es pas près de me retrouver*, lui répondit-elle. *Demain, c'est toi qui iras te faire foutre !*

« Je n'ai plus de téléphone. Il a fini dans le lac quand je suis tombée. »

Raffaele lui avait attrapé le bras et l'avait menacée.

« Ne fais pas ta salope avec moi. Ça fait des jours que tu reçois mes messages et que tu ne réponds pas ! »

À ce moment-là, elle se souvint que, avant de mettre son iPhone dans le sac en plastique avec la bouteille de whisky, elle avait retiré toutes les sécurités pour accéder à son contenu, afin que la personne qui le trouverait puisse le rendre à sa famille. Et pour que ses parents découvrent la raison de son acte, en voyant les photos. Toutefois, ensuite, elle avait éteint le téléphone. Elle s'en souvenait parfaitement.

« … Ça fait des jours que tu reçois mes messages et que tu ne réponds pas ! »

L'arme se fit plus lourde dans sa main. Lentement, elle la sortit de sa bouche. Quelqu'un avait trouvé son portable sur le ponton. Quelqu'un l'avait allumé.

43

L'homme qui nettoyait avait pleuré toute la journée, après que Micky lui avait raconté sa rencontre avec Vera.

— Elle va bien, maintenant, avait-il dit. Elle ne souffrira plus.

— Et qu'est-ce qui va se passer ? On a terminé ?

Il avait compris que Micky cherchait Vera, chaque fois qu'il lui confiait une mission. Parce que les Élues devaient avoir plus ou moins l'âge de sa mère, vieillir avec elle.

La réponse de Micky avait été vague :

— Nous verrons.

L'homme qui nettoyait pensa qu'à partir de ce moment, il n'avait plus aucune utilité, hormis nettoyer. Autrefois il l'aurait mal vécu, mais là il espérait seulement que Micky s'en irait. Il aurait peut-être dû lui dire que lui aussi avait fait une rencontre inattendue.

Mais nommer la chasseuse de mouches suffirait-il à l'effrayer ?

Toutefois, sa principale préoccupation était Fuck. Il voulait savoir comment elle allait et, surtout, la revoir.

Mais avant cela, il lui fallait récupérer le portable qu'il avait caché au numéro 23.

Faisant fi du signalement probable de l'habitation aux forces de l'ordre par la chasseuse de mouches, il s'y introduisit en début d'après-midi, alors que le calme du quartier n'était troublé que par quelques tondeuses à gazon. Les chats vinrent l'accueillir, comme d'habitude. Rien n'avait changé. Mais il était pressé, il n'avait pas le temps de les nourrir. Il monta en courant au grenier et reprit le téléphone dans la pénombre. Il savait qu'il était imprudent de rester, pourtant il l'alluma. Il attendit qu'apparaissent les carrés pour aller voir les photos de Fuck. Il était anxieux comme un enfant. Et heureux.

C'est alors qu'une petite musique inquiétante se déclencha.

L'homme qui nettoyait fut désorienté, puis il comprit.

Quelqu'un l'appelait.

44

À l'autre bout du fil, quelqu'un avait répondu.

La sonnerie *Stranger Things* du vieil iPhone avait résonné longtemps avant qu'il ne se décide, mais il avait fini par décrocher. Et maintenant, il se taisait.

Assise par terre dans sa chambre, la jeune fille à la mèche violette avait enfin déballé son nouvel iPhone.

— C'est toi, n'est-ce pas ? demanda-t-elle. C'est toi qui m'as sauvée…

Elle n'entendit que la respiration de l'homme.

— Et tu m'as rapporté mon ours en peluche, après lui avoir recousu la tête.

Silence.

— Tu étais dans la cabine d'essayage à côté de la mienne, à la boutique… Ça au moins, tu peux me le dire, non ?

Pas de réponse.

C'était frustrant, mais la jeune fille trouva le courage de poursuivre.

— J'ai fait des choses moches. Des choses dont j'ai honte. Et je ne veux plus les faire. Mais il me forcera à continuer, dit-elle au bord des larmes. Je ne sais pas pourquoi je te confie tout ça, mais à qui pourrais-je le raconter ? Je ne te connais même pas, je ne sais pas à quoi tu ressembles, mais j'ai besoin que tu m'aides… Que tu m'aides encore une fois…

Cette fois, elle sanglotait.

— Demain soir, Raffaele viendra me chercher pour m'emmener dans un endroit. Je ne sais pas où, je sais juste que je ne veux pas y aller.

Elle pria pour qu'il ait compris ses dernières phrases, puis attendit un signe.

Quelques secondes plus tard, la communication fut interrompue.

45

La fenêtre était entrouverte, mais la mouche, ne trouvant pas la sortie, s'obstinait à se cogner contre la vitre du battant fermé, se condamnant à une mort certaine. Cela durait depuis dix minutes. La chasseuse, qui l'observait depuis son lit d'hôpital, se sentait exactement comme elle.

Elle n'avait pas été hospitalisée depuis son accouchement. Et, dans les deux cas, le professeur Rinaldi était à ses côtés.

— Bonne nouvelle, ta vieille Clio est morte, il va falloir te faire une raison, dit son ex-mari en ramassant ses affaires en vue de sa sortie prochaine.

Elle se rappelait le choc contre les arbres, l'odeur du bois et le monde à l'envers. Elle ne se souvenait pas que Pamela l'avait trouvée et appelé les secours, ni que son amie était restée avec elle dans l'ambulance qui l'emmenait à Sant'Anna. Pourtant, on lui assurait qu'elle n'avait jamais perdu sa lucidité et qu'elle avait répondu à toutes les questions des ambulanciers.

Elle s'en était sortie avec un bras cassé et quelques égratignures, cela aurait pu être pire.

On pensait que l'origine de l'accident était le traumatisme crânien causé par le choc à la tête qu'elle avait reçu quelques heures auparavant. Toutefois, personne ne croyait qu'un dangereux assassin était entré chez elle. On supposait qu'il s'agissait d'un voleur qui, surpris, l'avait agressée avant de prendre la fuite. Les assassins tuent, ils ne se contentent pas d'assommer, objectaient-ils de façon irréfutable.

— Les freins ont été trafiqués, protesta-t-elle, épuisée.

— Tu l'as déjà dit, mais la voiture n'est plus qu'un tas de ferraille.

Rinaldi avait l'air plus éprouvé qu'à l'ordinaire. La chasseuse en conclut qu'il n'avait pas encore bu une goutte, ce matin-là. Comme tous les alcooliques, il allait mieux quand il buvait : son visage était plus détendu et le tremblement de ses mains diminuait. L'alcool anesthésiait la douleur causée par l'alcool. Il se jetterait bientôt sur une bouteille, mais pour le moment il était sobre pour elle, ce qui ne pouvait que lui faire plaisir.

Aucun des deux n'avait mentionné le souvenir tragique qui les reliait à cet endroit.

Pendant que l'homme sortait d'un sac les vêtements avec lesquels elle quitterait l'hôpital une heure plus tard, la chasseuse pensa qu'elle aurait voulu lui repasser sa chemise. Quand ils étaient mariés, ils se partageaient toutes les tâches domestiques, sauf celle-ci. Elle avait donc dû s'y mettre. Certaines personnes jugent la valeur d'une femme aux chemises de son mari, ce qui était odieux, néanmoins elle tenait à ce que le professeur soit présentable au lycée.

La porte était ouverte, mais on frappa tout de même. Pamela passa la tête. Son sourire crispa la chasseuse. D'habitude, elle avait toujours l'air en colère.

— Comment ça va, aujourd'hui ? lui demanda-t-elle sur un ton forcé, et donc agaçant.

— Mieux, merci, répondit Rinaldi à sa place.

— Alors tu vas pouvoir rentrer chez toi.

La chasseuse remarqua que Pamela était en uniforme. Au moins, elle ne resterait pas longtemps.

— Qu'est-ce que tu veux ?

Son amie leva les bras, comme pour se rendre.

— Je vois que tu es toujours fâchée contre moi.

— Bien sûr : tu ne me crois pas. Pourtant, je t'ai donné tous les éléments pour t'expliquer à qui nous avons affaire.

Pamela tira une chaise pour venir s'asseoir à côté du lit.

— Je viens de passer chez Silvi. Après ce qui t'est arrivé, il a accéléré la procédure de comparaison de l'ADN des cheveux de Magda Colombo et de celui du bras de Nesso.

— Et alors ?

— Ils ne correspondent pas.

— Comment est-ce possible ?

— C'est simple : les cheveux que tu as prélevés sur la brosse appartiennent à une perruque blonde.

Elle n'avait pas imaginé que la femme puisse en porter une.

— Vous pourriez aller chez elle, prélever un autre échantillon.

— Au nom de quoi ? Il faudrait un motif raisonnable.

La chasseuse était scandalisée.

— Le motif, c'est qu'il lui est peut-être arrivé quelque chose de terrible !

— La prochaine fois que tu fais une perquisition illégale, prends la brosse à dents, lui conseilla Pamela avec ironie.

— Et les neuf femmes blondes disparues dans le secteur de Côme dans les dix dernières années ? Ça aussi, je l'ai inventé ?

Pamela perdit patience :

— Si on allait à l'état civil et qu'on faisait une recherche similaire en changeant les paramètres, par exemple hommes, cheveux châtains, la quarantaine, on aurait aussi beaucoup de noms.

— Et la morsure sur le bras de Nesso, tu l'expliques comment ?

— Je ne l'explique pas, mais ça ne prouve pas qu'il y a eu crime.

Le professeur Rinaldi assistait à la prise de bec sans prendre part. La chasseuse chercha son soutien du regard, mais il l'ignora. Alors elle se pencha vers son amie et lui saisit le poignet :

— Écoute-moi, dit-elle sur un ton suppliant. Les assassins se divisent en deux catégories : organisés et désorganisés. Les organisés planifient tout avant d'agir. Ils sont bien insérés dans la société, ont un travail, paient leurs impôts et connaissent la loi. Ce sont des sadiques, mais ils sont convaincus d'avoir un but. Ils sont très prudents et ne laissent aucune trace permettant de les identifier… À l'inverse, les désorganisés sont guidés par l'impulsion. Ils ne sélectionnent pas leurs victimes, ils les choisissent au hasard. Ils sont en marge de la société, souvent sans amis ni famille. Dénués d'affect, ils tuent par plaisir. Ils sont difficiles à identifier car ils peuvent commettre des erreurs, mais elles sont imprévisibles…

Remarquant qu'elle avait capté l'attention de Pamela, elle lui lâcha le poignet avant de poursuivre :

— L'homme que j'ai vu au *Gloria* cherche des blondes, mais il en est sorti avec une femme aux cheveux châtains. Il est habile pour faire disparaître les cadavres, mais il a omis l'ongle qui s'est retrouvé dans la bouche de la fille des Rottinger. C'est un solitaire, mais capable de socialiser avec les victimes pour les piéger. Il n'éprouve aucune empathie, mais il a sauvé la jeune fille qui se noyait.

— J'ai l'impression que, dans son cas, les caractéristiques se contredisent, constata son amie, encore sceptique. Alors, à laquelle des deux catégories appartient-il ?

— Les deux. Ce qui est le pire qui puisse nous arriver.

Pamela se tut. Le professeur semblait également pendu à ses lèvres.

— La colère qui le gouverne vient de loin. Il a grandi dans un environnement hostile. Il a été nourri de violence et a subi des abus en tout genre. Malgré tout, il a appris à survivre : il s'est adapté. Il ne se venge pas du monde qui a ignoré sa souffrance, qui ne l'a pas sauvé quand il était petit et sans défense : nous ne devons pas commettre cette erreur, qui serait fatale. En fait, il tue pour une raison précise, la même qui fait de toi une représentante des forces de l'ordre, de Rinaldi un enseignant et de moi une chasseuse de mouches… Il pense que ses actes sont justes, parce que c'est dans sa nature.

Pamela, ahurie, se laissa aller contre le dossier de sa chaise.

— Comment peux-tu savoir tout ceci ? Où l'as-tu appris ? Et pourquoi ?

La chasseuse regarda son ex-mari. À la différence de son amie, le professeur connaissait la réponse à ces questions.

— Après la mort de Valentina, elle a eu besoin de comprendre, dit-il, laissant entendre qu'ils avaient eu la malchance de croiser un de ces monstres insoupçonnables avant le jour où il avait commencé sa collection de victimes.

En effet, l'une des caractéristiques énoncées par la chasseuse correspondait parfaitement au profil de Diego. Alors Rinaldi s'approcha de son ex-femme, les larmes aux yeux.

— Nous aurions dû la protéger, dit-il tout bas en lui caressant doucement le front. C'est aussi notre faute.

— J'essaierai d'en parler avec le lieutenant, décida la carabinière. Mais je ne te garantis rien… Et tu devras me promettre d'arrêter ton enquête illégale. Si un tel monstre existe vraiment, il n'hésitera pas à te faire encore du mal.

La chasseuse de mouches accepta le marché.

Pamela se leva et s'apprêta à partir.

— Tu pourrais t'occuper de cette autre affaire, suggéra-t-elle en lui faisant un clin d'œil. Le type à la Porsche blanche. On lui doit un petit traitement, non ?

Rinaldi lui lança un regard interrogateur.

— Une affaire de femmes, déclara Pamela avant d'embrasser son amie sur la joue, puis de quitter l'hôpital.

Le professeur s'approcha de la chasseuse pour caler un oreiller sous son bras plâtré.

— Je veux le voir, dit-elle soudain. Tu m'y amènes ?

Rinaldi la regarda longuement. Puis acquiesça.

46

L'assassin de Valentina était mineur au moment du crime. Il avait été condamné à huit ans de rétention et avait donc passé les deux premières années en maison de correction, avant d'être transféré dans une structure pénitentiaire pour adultes à sa majorité.

À cette occasion, le professeur s'était remis à conduire. Ils se dirigeaient vers la prison d'Opera. Sur le siège passager, la chasseuse de mouches tenait entre ses mains la photo de Valentina. Elle ne la regardait pas, mais elle avait besoin de la sentir. À quoi ressemblerait-elle, aujourd'hui, si elle avait survécu à la folie meurtrière ? Elle était convaincue qu'elle serait devenue une femme merveilleuse. C'était pour cela qu'après la sentence, elle n'avait pas voulu revoir Diego, même sur les photos des paparazzis de l'horreur, prises pendant les travaux d'intérêt général effectués par les détenus hors de la prison. Elle ne savait donc pas à quel point le jeune homme avait changé en cinq ans. Le reconnaîtrait-elle sans hésiter ou lui faudrait-il un moment ? Comment se déroulerait leur entrevue ? La convaincrait-il de la sincérité de ses regrets ou réussirait-il à la décevoir à nouveau ? En tout cas, elle s'y rendait avec un but précis, et elle ne comptait pas se laisser manipuler.

La prison était un bloc de béton gris posé au milieu de nulle part. Ils se garèrent et, avant de descendre de la voiture, la chasseuse dit soudain au professeur :

— Je préfère y aller seule.

— Tu es sûre ?

— Oui.

— N'oublie jamais qui tu as en face de toi, lui recommanda son ex-mari.

Elle comprit deux choses. D'abord, que Rinaldi était déjà venu. Ensuite, qu'elle s'était trompée : en fait, il n'était pas devenu laxiste avec Diego. Le professeur savait parfaitement quel genre d'humain se trouvait derrière les barreaux.

Elle le laissa sous le soleil et se dirigea vers l'entrée.

Après les formalités et les contrôles de sécurité, on l'installa au parloir. Les murs étaient des vitres de cinq centimètres d'épaisseur. Le mobilier se résumait à une table en acier et deux chaises vissées au sol.

Elle attendit environ un quart d'heure, agrippée au bras de son siège tel un naufragé à son radeau. Puis elle aperçut des gardes qui escortaient un grand jeune homme maigre, portant la raie au milieu et des lunettes de premier de la classe. La porte s'ouvrit et on l'aida à s'asseoir en face d'elle, avant d'attacher ses menottes à une chaîne qui passait à travers un anneau situé au centre de la table. Pendant toute l'opération, Diego ne la regarda pas. Puis les gardiens quittèrent la pièce et refermèrent la porte derrière eux.

La chasseuse posa ses yeux sur lui sans dire un mot. Il avait beaucoup grandi. Le garçon était devenu un homme. Pourtant, elle voyait encore des petits boutons sur ses joues, sa barbe était clairsemée et il se rongeait toujours les ongles.

— Bonjour, Diego, le salua-t-elle.

— Bonjour, maman.

Cela faisait longtemps que la chasseuse de mouches n'avait pas été appelée ainsi. Une fois le choc surmonté, elle prit son courage à deux mains :

— Je ne donnerai pas mon accord pour alléger ta peine. Ton père et moi nous sommes positionnés contre toi au procès parce que nous étions convaincus que ceci est ta place. Au moins pour la durée de la condamnation. Ensuite, on verra.

— Alors pourquoi es-tu venue ? demanda l'autre d'une voix douce, presque enfantine.

— Pour entendre ta version des faits.

— Tu la connais. Mes aveux sont dans les actes.

— Ça, c'est l'histoire que tu as servie aux autres. Je veux entendre la vraie.

Le jeune homme secoua la tête.

— Tu crains que je n'aie pas dit la vérité ? Que je sois ici parce qu'on m'a forcé à me dénoncer ?

Il rit.

Elle savait que ce que son fils avait dit au procès était vrai, malheureusement. Mais elle ignorait les détails personnels, les nuances intimes, les états d'âme qui ne figurent pas dans une sentence.

— Personne ne s'est trompé, tu es ici parce que tu le mérites.

Le jeune homme prit une grande inspiration et la regarda enfin dans les yeux.

— Valentina révisait un de ses derniers contrôles de l'année. Je l'ai appelée pour lui proposer qu'on se retrouve dans la maison de papy et mamie car, comme tu le sais, on s'y rendait souvent pour faire l'amour. Depuis quelque temps, je sentais que quelque chose n'allait pas : nous étions en train de nous éloigner et je ne savais pas pourquoi. Au départ, elle ne voulait pas venir. J'ai insisté et elle a cédé. Je suis arrivé à la villa le premier, je l'ai attendue.

— Tu avais déjà le couteau avec toi, lui rappela-t-elle durement en repensant aux nombreuses blessures.

— Oui. Mais à ce moment-là je ne savais pas à quoi il pourrait me servir, je le jure. Peut-être que je voulais juste lui faire peur ou lui montrer que j'étais prêt à tout pour ne pas la perdre.

— Et ensuite ?

— J'étais à l'intérieur, j'ai entendu son scooter dans l'allée. J'ai ouvert la porte et je l'ai vue. Dieu qu'elle était belle…

— Et ensuite ?

— Je voulais aller dans ta chambre d'enfant, faire l'amour et retrouver ce que nous avions perdu. Notre magie spéciale… Mais elle m'a regardé et elle m'a dit qu'elle avait rencontré quelqu'un d'autre. Ils étaient déjà ensemble.

La chasseuse se pencha vers lui, furieuse :

— Et ensuite, qu'est-ce que tu as fait ?

— Je l'ai prise par les cheveux et je l'ai traînée quand même dans la chambre. Je lui ai arraché ses vêtements et je l'ai jetée sur le lit. Elle pleurait, elle me suppliait, elle a essayé de résister.

— Et toi, tu l'as violée.

— J'ai voulu, mais je n'ai pas pu. Je n'ai pas réussi. C'est pour ça que j'ai sorti le couteau.

La chasseuse était atterrée. Ces mots haineux venaient du cœur de l'enfant qu'elle avait porté dans son ventre. Qu'elle avait allaité, nourri, éduqué, pensant lui offrir le meilleur. Inconsciente que son petit était capable d'une telle barbarie.

— Pourquoi l'as-tu tuée ?

— Parce que j'étais faible et qu'elle en a profité pour me blesser et me faire du mal.

La chasseuse de mouches constata avec dégoût que les excuses des hommes violents envers les femmes étaient toujours les mêmes, quel que soit leur âge. Alors elle cria :

— Pourquoi ?!

— Parce que j'étais le plus fort et que je voulais qu'elle souffre, avoua-t-il enfin.

Diego fondit en larmes, qui coulèrent sur son visage, pendant que les sanglots secouaient sa poitrine. On aurait dit un petit chiot sans défense. Son instinct de mère lui donna l'envie inexplicable de le serrer contre elle et le consoler. Elle savait que ce n'était pas juste mais, quand bien même elle ne l'aurait jamais fait, elle ne pouvait s'empêcher de le penser.

— Tu es mon plus grand échec, dit-elle alors que son âme explosait.

— Ce n'est pas ta faute. Ni celle de papa. Je crois que je suis comme ça depuis l'enfance. Je n'ai pas d'autre explication, c'est comme si j'avais rendez-vous avec la mort, et je savais qu'on se rencontrerait, tôt ou tard.

Elle allait tomber dans le panneau quand elle revit l'ombre de l'inconnu du lac, le monstre assassin qui se jetait à l'eau pour secourir la fille des Rottinger.

— Ce n'est pas une excuse. C'est même pire, répondit-elle calmement. Parce que, au lieu de tuer Valentina, tu aurais pu la sauver.

— La sauver de quoi ?

— De toi, expliqua-t-elle avec une voix triste.

Peu après, les gardiens vinrent chercher Diego pour le ramener dans sa cellule. La chasseuse assista à la scène avec la même peine qu'une mère observant le passage du cercueil de son enfant. C'était probablement ce qu'avaient ressenti les parents de Valentina, aussi elle le méritait.

Après avoir franchi la dernière grille, elle se retrouva sur le parking sans la moindre idée de ce à quoi allait ressembler sa vie à partir de là. Elle n'avait plus la force de se désespérer, et elle avait épuisé la douleur.

Le professeur Rinaldi vint à sa rencontre. Il ne dit pas un mot. Il la serra contre elle et ils pleurèrent. Ils savaient qu'ils ne se remettraient jamais ensemble. Pourtant, à ce moment-là, ils étaient à nouveau les deux jeunes gens qui avaient mis un enfant au monde par amour.

Avant de se dire une nouvelle fois adieu, pendant un instant, ils furent à nouveau une famille.

47

La quiétude de l'abysse. L'immense calme du fond du lac. Suspendue dans l'eau glacée, son corps fluctuant, ondoyant dans le courant. Les yeux ouverts, elle regarde autour d'elle. Le silence l'entoure et la protège. Rien ni personne ne peut plus la toucher. La jeune fille à la mèche violette continuait de s'imaginer dans cet état imperturbable. En attendant, elle comptait le temps qui la séparait de l'inévitable.

Ce matin-là, l'orthopédiste était venu examiner sa cheville. Elle guérissait vite, aussi il lui avait retiré ses béquilles et avait remplacé son attelle par une plus légère, qui faciliterait la marche.

Mais ce n'était pas une bonne nouvelle, étant donné ce qui l'attendait le mercredi soir.

Elle avait choisi un survêtement au hasard dans son armoire et s'était fait une queue-de-cheval, comme quand elle n'avait pas le temps de se laver les cheveux. Elle n'avait pas pris de douche et elle s'était aspergée d'un parfum écœurant. Elle voulait se rendre indésirable, contrevenir à l'ordre de Raffaele d'« essayer d'être jolie », espérant que l'inconnu à qui il l'avait vendue changerait d'avis. Toutefois, à vingt et une heures, elle avait perdu toute confiance en elle et craignait que ce comportement ne soit perçu comme un affront impardonnable.

Pour obtenir la permission de sortir en semaine, elle avait raconté à sa mère que le garçon qui passait la chercher était le plus « canon » qu'elle ait jamais rencontré. Malheureusement, c'était la vérité. Mme Rottinger ne s'était pas demandé pourquoi un tel Apollon s'intéressait à sa fille. Elle avait pensé qu'il voyait en elle les gènes de la beauté maternelle. Dans le fond, elle était rassurée de savoir que sa fille, bien que n'ayant pas hérité de sa beauté, ne la haïssait pas.

Raffaele se présenta à l'heure dite, sur la moto que lui avait offerte son père. En découvrant la tenue de la jeune fille à la mèche violette, il ne se mit pas en colère, mais il éclata de rire.

— Au moins, tu t'es débarrassée de ces putains de béquilles, dit-il seulement.

Il lui passa le deuxième casque et salua Mme Rottinger, qui s'était attardée sur le perron. Un jeune homme comme il fallait, issu de la bonne société de Côme.

Alors qu'ils filaient à toute allure, la jeune fille se serra contre lui et sentit la chaleur de son corps dans le vent. Un instant, elle ferma les yeux et imagina être vraiment la petite amie de Raffaele. Qu'il aurait été bon que tout soit différent. Mais la vie était laide. Elle eut un haut-le-cœur, ouvrit les yeux, vit les phares d'une voiture qui arrivait vers eux et donna un coup de reins. La moto fit une dangereuse embardée. Un klaxon retentit avant que la voiture disparaisse derrière eux.

— Mais qu'est-ce que tu fous ?! lui hurla Raffaele après avoir redressé le véhicule. Tu veux nous tuer ?!

Oui, aurait-elle voulu répondre. Mais elle se contenta de s'excuser.

Ils longèrent le lac pendant près d'une demi-heure, puis montèrent dans les collines par une petite route sombre. Ils s'arrêtèrent devant un immeuble des années soixante-dix portant l'inscription *Hôtel*.

La jeune fille à la mèche violette descendit de la moto et observa les lieux. L'hôtel était vieux et décrépit. Ou alors c'était elle qui était trop jeune pour ce genre d'endroit.

— Ils ne nous donneront jamais de chambre, dit-elle. On est mineurs.

— Ce n'est pas ton problème, lui lança Raffaele en détachant son sac à dos. Tais-toi et suis-moi.

Ils entrèrent dans le hall, dont la déco était encore pire que l'extérieur. Les meubles en bois sentaient le moisi et le désodorisant. Le jeune homme lui fit signe de l'attendre pendant qu'il se mettait d'accord avec le concierge, un petit homme engoncé dans sa veste bleue, qui lui lança un regard méprisant quand Raffaele lui mit dans la main un billet de vingt euros. La jeune fille, soudain gênée, baissa les yeux. Peu après, son bourreau revint vers elle avec une clé.

Ils montèrent à la chambre 209.

Raffaele ouvrit, la fit entrer et alluma la lumière. La pièce était étouffante : une dizaine de mètres carrés, presque entièrement occupés par un grand lit. Il y avait un téléviseur cathodique accroché au mur et un minibar terriblement bruyant. La salle de bains vétuste sentait l'urine. Le couvre-lit marron était crasseux, de même que les rideaux de l'unique fenêtre, dont le store était à moitié baissé.

— Ne reste pas plantée là comme une idiote, la brusqua Raffaele en ouvrant son sac à dos.

Elle fit un pas en avant, se demandant ce qui l'attendait. C'est alors qu'il posa de la lingerie sur le lit : des bas jarretières, une culotte transparente et un soutien-gorge qu'elle serait loin de remplir. Puis il lui tendit une trousse de maquillage. La jeune fille comprit pourquoi il avait ri en la découvrant en jogging.

— Va te maquiller et ensuite mets ça, ordonna-t-il.

— Attends, dit-elle en lui prenant la main.

— Qu'est-ce qu'il y a ?

Elle aurait voulu le menacer, lui dire que son ange gardien allait venir la sauver et le faire payer. Toutefois, après son appel muet, elle n'était plus sûre de rien. Et quand elle avait essayé de rappeler son ancien numéro, cela avait sonné dans le vide.

— Rien, répondit-elle en ramassant la trousse de maquillage et la lingerie.

— La personne qui va arriver a payé un paquet de pognon pour t'avoir, l'informa Raffaele avant qu'elle quitte la pièce.

Ce merdeux pensait peut-être qu'elle serait flattée, mais elle n'éprouva que du dégoût. Y compris pour elle-même.

— Peu m'importe auquel de tes amis tu m'as vendue, cette fois. Il suffit qu'il fasse aussi vite que les autres, répondit-elle avant de s'enfermer dans la salle de bains.

Pendant qu'elle se mettait du rouge à lèvres, elle entendit frapper à la porte de la chambre. Apparemment,

« la personne » était arrivée. La jeune fille à la mèche violette se demanda pourquoi Raffaele l'avait désignée ainsi. Elle l'entendit se déshabiller, puis reconnut le bruit des ressorts du matelas. Le type était prêt, il l'attendait.

Elle éteignit la lumière de la salle de bains et appuya son front contre la porte pour rassembler ses forces. Enfin, elle se décida à ouvrir.

La chambre était plongée dans l'obscurité, seule une faible lueur filtrait des stores. Quand ses yeux s'habituèrent, elle aperçut l'homme allongé.

Ce n'était pas un jeune garçon, mais un adulte avec un ventre énorme et une érection bien visible.

— Approche, laisse-moi te regarder, l'invita-t-il avec une douceur désagréable. Courage.

Elle se plaça devant le lit, dos à la porte d'entrée.

— Tu es très belle, tu sais ?

Non, je ne suis pas belle, se dit-elle. Je suis une ado et tu es un monstre. Sans s'en rendre compte, elle se mit à pleurer.

— Pourquoi ces larmes ? On va bien s'amuser, tu sais, lui dit-il sur un ton faussement compatissant.

Mais voyant qu'elle ne cessait pas, il s'énerva et cria :

— Arrête ! Tu gâches tout, putain !

Elle essaya, mais elle était trop mal.

La respiration de l'homme se fit haletante.

— Pourquoi tu ne viens pas t'allonger à côté de moi ?

Elle s'apprêtait à obéir quand elle entendit la porte derrière elle s'ouvrir. Plusieurs émotions se succédèrent sur le visage de l'homme : excitation, stupeur, puis peur.

La jeune fille à la mèche violette sentit une présence et on lui ordonna :

— Ne te retourne pas.

Elle obéit. Quelqu'un la recouvrit d'une cape, ou peut-être était-ce un manteau. Non, c'était un blouson gris.

— Maintenant, file.

Malgré son attelle à la cheville, elle courut vers la porte entrouverte et quitta la chambre. Dans le couloir, elle aperçut Raffaele inanimé, le visage tuméfié. Elle entendit l'homme sur le lit pleurnicher.

— Qui es-tu ? demanda-t-il sans obtenir de réponse.

La jeune fille à la mèche violette aurait dû filer dans le couloir sans se retourner, mais la tentation de voir au moins une fois le visage de son ange était trop forte. Elle se retourna lentement et aperçut la silhouette d'un géant qui mettait une main dans sa bouche et retirait ses dents. La scène lui parut durer une éternité.

Il sourit et dévoila ses gencives d'ivoire, aiguisées comme une lame.

Alors que la porte se refermait, la jeune fille vit l'ange ouvrir sa gueule et se jeter sur le pervers.

Elle ne ressentit aucune haine, aucune pitié. Elle voulait juste partir de là.

48

Quand il arriva devant la porte de son appartement, à deux heures du matin, il réalisa qu'il n'avait plus ses clés. L'immeuble était plongé dans un silence total et il était couvert de sang. Son blouson, se rappela-t-il. Les clés étaient dans la poche de son blouson, qu'il avait posé sur les épaules de Fuck. *On ne pourra pas remonter à moi à partir d'un char d'assaut en laiton et de quelques clés*, se dit-il. *Et de toute façon, la jeune fille à la mèche violette ne laisserait jamais faire une chose pareille. Elle est mon amie.*

Heureusement, il cachait un double sous l'enjoliveur de la roue de secours de sa Fiat Fiorino. Il alla le chercher. Par précaution, il changerait les serrures le lendemain, en rentrant du travail. Pour le moment, son plan était de prendre une douche, se changer et sortir le plus rapidement possible, de façon que Micky ne s'aperçoive de rien. Quand il entra enfin chez lui, il fut accueilli par la voix de son colocataire.

— Qu'est-ce que tu me caches, gamin ? dit-il derrière la porte verte.

— Rien.

— Ne joue pas à ça, gamin : tu sais qu'avec moi, ça ne marche pas.

— Je n'ai rien à cacher, insista l'homme qui nettoyait, conscient de ne pas être crédible.

— Alors qu'est-ce que tu as dans ta poche ?

En effet, le portable de Fuck dépassait de la poche arrière de son pantalon. Il l'avait emporté avec lui, puis il l'avait oublié. Et il ne l'avait même pas caché. Une erreur impardonnable.

— Alors ? J'attends une explication.

Il ne savait que répondre.

— Tu crois que je ne vois rien ? Que je ne sais rien ? Pas vrai, gamin ? Tu penses que je suis stupide ?

— Non, s'empressa de répondre l'homme qui nettoyait.

— Si ! hurla l'autre. Tu penses que le vieux Micky peut se faire balader par un morveux comme toi ?

— Non, répondit-il à nouveau, les yeux rivés au sol.

— Maintenant, pose cette saleté de téléphone sur la table.

Il obéit.

— Alors dis-moi, que faisais-tu avec un putain de portable ?

— Je regardais les photos, admit-il d'une petite voix.

— Quoi ? Je n'ai pas entendu, gamin, parle plus fort.

— Les photos. Je regardais les photos.

— Tu regardais les photos d'une môme, j'ai bien compris ? Tu es un pervers, ou quoi ?

— Non, se défendit-il, indigné d'être comparé au type de l'hôtel. C'est une amie.

La voix de Micky se fit à la fois mélancolique et méprisante :

— Tu n'as pas d'amis, gamin.

L'homme qui nettoyait voulait que ce supplice se termine, que Micky choisisse une punition et le laisse tranquille.

— Pardonne-moi, dit-il. J'ai fait une erreur et je mérite une leçon.

— Un peu, que tu la mérites ! Ouvre le tiroir de la table.

Mieux valait ne pas le contrarier.

— Tu vois le tournevis ?

L'homme qui nettoyait le voyait, mais il ne savait pas à quoi s'attendre.

— Qu'est-ce que je dois faire ?

— Tu sais comment on punit les voyeurs ?

Non, il ne le savait pas. Et il avait peur de demander.

La voix de Micky se durcit.

— Tu n'as pas besoin de deux yeux, gamin. Un seul te suffit.

L'homme qui nettoyait déglutit et se mit à transpirer.

— Qu'est-ce qui se passe ? Tu n'en as pas le courage ?

— Non… c'est-à-dire, si… balbutia-t-il en saisissant l'outil d'une main tremblante.

— Qu'est-ce que je t'ai appris pendant ces années ?

— La peur est inutile. La peur ne me sauvera pas.

— Et ensuite ?

— C'est pour mon bien, uniquement pour mon bien.

— Alors qu'est-ce que tu attends ?

Il n'était pas certain de réussir.

— Tu me dégoûtes, espèce de pisseux.

Il approcha le tournevis de son visage, le dirigea vers son œil gauche en le tenant des deux mains. Il vit la pointe approcher : une légère griffure sur la pommette, une petite larme de sang. Il respirait vite, cherchait en lui la détermination pour agir, tout en s'efforçant de ne pas trembler. Mais c'était terriblement difficile.

— On n'est que tous les deux, gamin, poursuivit Micky. Ne te fais pas d'illusions : tu n'as que moi au monde.

Le tournevis à un millimètre de sa pupille, l'homme qui nettoyait pensa que c'était faux. Il y avait Fuck. Elle le lui avait prouvé en lui demandant de la sauver une deuxième fois. Une rage inconnue s'empara de lui, et il lança le tournevis sur la porte verte en poussant un hurlement, épuisant tout l'air de ses poumons.

— Après tout ce que j'ai fait pour toi, espèce d'ingrat… commenta Micky avec dédain.

L'homme qui nettoyait, haletant, resta une minute les yeux dans le vide. Puis il arracha ses vêtements et enfila sa combinaison de travail. Il laissa le téléphone de Fuck sur la table, convaincu qu'elle rappellerait. Cette fois, il lui parlerait. Il ramassa son double de clés et s'apprêta à partir, quand Micky se fit entendre une dernière fois :

— Tu reviendras, gamin, tu le sais aussi bien que moi… Sans moi, tu n'es rien.

49

Elle s'enfuit de l'hôtel, vêtue uniquement du blouson gris et de ces affreux sous-vêtements. Elle se retrouva sur la route, pieds nus et bouleversée, sans savoir où aller. Les voitures passaient à côté d'elle en klaxonnant, s'écartant au dernier moment pour ne pas la faucher. Puis un automobiliste s'arrêta et lui proposa de la conduire quelque part. Une fois chez elle, la jeune fille à la mèche violette réveilla ses parents et pleura dans leurs bras. Elle leur raconta tout, hormis le fait qu'elle avait été sauvée cette fois encore par un ange mystérieux.

— Tu as réussi à t'enfuir ? lui demanda sa mère, incrédule.

— Demain matin, j'appelle notre avocat, dit son père. Ils le paieront.

Elle ne l'avait jamais vu aussi déterminé à défendre sa propre famille. Contrairement à ce qu'elle avait imaginé, ses parents se montrèrent compréhensifs et ne lui dénièrent pas une seule seconde le soutien et l'amour inconditionnels dont elle avait besoin.

Sa mère lui prépara un bain chaud.

— Tu aurais dû m'en parler, lui dit-elle en l'aidant à se laver.

Assise dans la baignoire, les bras autour de ses genoux, elle se laissa caresser délicatement par l'éponge.

— J'aurais pu t'aider, insista sa mère sans la moindre note de reproche.

La jeune fille à la mèche violette n'eut pas le courage de répondre. Elle ferma les yeux. La main de sa mère plongeait dans l'eau et en ressortait avec un concert de gouttelettes qui résonnaient dans le silence et la vapeur à la lavande.

— Il va vraiment le faire ? demanda-t-elle timidement.

— Quoi donc ?

— Papa… Il va leur faire payer ?

— Je suis certaine qu'il ne laissera aucune chance à ceux qui t'ont fait du mal.

Elle se sentit revigorée par cette espèce de promesse.

— Toi, ça t'est déjà arrivé ?

Sa mère hésita un instant.

— Oui, admit-elle. Quand j'étais mannequin, on m'a demandé… des choses que je ne voulais pas faire.

— Et ?

— Et j'ai pu refuser, la plupart du temps.

Cette difficile confession de sa mère calma un peu son sentiment de culpabilité. Peut-être que même son père ne connaissait pas cette vérité : pour la première fois, elle se sentit en profonde harmonie avec sa mère. Elles se turent. La mère lava sa fille et lui enfila un pyjama parfumé.

Avant que la jeune fille ne s'endorme, Mme Rottinger s'assit à côté d'elle sur son lit, comme quand elle était petite. Elle lui caressa le front.

— Tu nous as tout raconté, n'est-ce pas ?

La jeune fille se mordit une lèvre, prête à lui révéler la partie de l'histoire qu'elle leur avait cachée. Mais elle repensa ensuite aux mâchoires qui s'ouvraient dans l'obscurité, féroces, à l'ange qui se transformait en démon vengeur. Elle n'était pas encore prête.

— Oui, mentit-elle. J'ai tout dit.

Sa mère la crut. Puis elle posa le regard sur le blouson gris posé sur la chaise.

— Il faudra le rendre au gentil monsieur qui t'a ramenée à la maison, dit-elle.

La jeune fille à la mèche violette ne fit aucun commentaire.

Alors, sa mère lui déposa un baiser sur le front et sortit de sa chambre, laissant la porte entrouverte pour qu'elle puisse voir la lumière du couloir. Écoutant le bruit de ses pas qui s'éloignaient, la jeune fille à la mèche violette se sentit soudain épuisée. Et surtout, réconciliée.

Un peu avant l'aube, l'angoisse la réveilla. Elle se recroquevilla sous les couvertures, espérant que cela passerait. Mais elle comprit bien vite qu'elle aurait du mal à s'en libérer. Elle aperçut le blouson que l'ange lui avait posé sur les épaules pour la protéger. Son armure. Elle tendit le bras vers la chaise, l'attrapa et le fit glisser jusqu'à sa tanière. En le serrant fort contre elle, elle sentit quelque chose de pointu sous le tissu. Elle fouilla les poches et découvrit un petit char d'assaut en fer-blanc, auquel étaient accrochées des clés.

Elle les fixa en se demandant ce qu'elles ouvraient. Peu après, elle se rendormit.

Il faisait jour quand elle ouvrit les yeux. Sa cheville lui faisait terriblement mal et elle avait envie d'aller aux toilettes. Elle se leva donc et descendit, bien qu'elle ignorât l'heure. Elle avait faim, aussi.

En bas, elle vit les domestiques mais pas ses parents. Ils étaient dans le patio, où ils petit-déjeunaient avec l'avocat de la famille, la personne en qui son père avait le plus confiance.

Cachée derrière les rideaux du séjour, la jeune fille pouvait les entendre. Elle était curieuse de découvrir comment ils comptaient agir contre ceux qui avaient abusé d'elle.

— Je vous répète que ce sont surtout les photos qui m'inquiètent, disait l'avocat. Dans la plainte, nous ne pouvons omettre leur existence. Ce qui veut dire que tout le monde va se battre pour les avoir, surtout les journalistes.

— Nous ne sommes même pas certains que ces images existent, répondit sa mère.

— Mais si elles existent, quelqu'un est en leur possession… Vous croyez que la personne qui a vendu votre fille comme *Baby-squillo* aura des scrupules à faire pareil avec de simples photos ?

Baby-squillo. La référence au scandale de prostitution infantile à Rome la blessa.

— Écoute-moi, Guido, dit l'avocat à son père, qui n'avait pas prononcé un mot jusque-là. Tu ne peux pas te permettre un tel scandale. Tu devrais tout de suite me donner mandat pour enterrer cette sale histoire.

La jeune fille comprit que l'avocat se référait à l'argent : son idée était que l'ingénieur en donne suffisamment à ces salauds pour acheter leur silence. Mais elle était convaincue que son père allait refuser.

— Si tu ne le fais pas aujourd'hui, que se passera-t-il quand ta fille sera grande ? Tu veux qu'elle soit marquée à vie par une erreur commise à treize ans ?

— Ça n'arrivera pas, se rebella sa mère. Nous l'emmènerons loin d'ici, si nécessaire.

Son père se massa le menton et prit une grande inspiration.

— Hors de question que l'on s'expose, trancha-t-il.

La phrase arriva comme un poing dans l'estomac de la jeune fille. Où étaient passées les bonnes résolutions de la nuit ? Les mots de son père, prononcés avec une fermeté inattendue, « ils le paieront », résonnaient encore dans sa tête. Elle ne pensait pas qu'il se laisserait convaincre aussi facilement. Peut-être qu'il avait peur pour sa famille. C'était compréhensible. Elle aurait voulu hurler à ce maudit avocat qu'elle se fichait du scandale, que la seule chose qui comptait était que les coupables paient et qu'elle se moquait de ce que penseraient les gens, parce que son papa les ferait tous taire. Mais ensuite, l'ingénieur Rottinger prononça une phrase qui la ramena à la dure réalité :

— Ce n'est pas dans mon intérêt.

Une fois encore, il se faisait passer avant tout le reste. Et sa fille devait s'adapter. Alors elle espéra qu'au moins sa mère serait de son côté.

— Ça veut dire qu'il faudra l'envoyer dans un collège en Suisse, affirma Mme Rottinger, rendant les armes.

Raffaele lui avait prédit que ses parents auraient honte d'elle. Il avait raison. Elle tourna les talons, en larmes, folle de rage, retourna dans sa chambre et ferma la porte derrière elle.

Elle se jeta sur son lit, le visage dans les oreillers, et s'abandonna à un hurlement désespéré. Puis elle leva la tête et vit le blouson gris, ainsi que le char d'assaut et les clés posés sur la table de nuit, à côté de l'ours en peluche blanc. Où était son ange ?

C'est alors qu'elle eut une intuition.

Son nouvel iPhone était sur son bureau. Elle l'avait synchronisé avec iCloud pour récupérer son contenu. Toutefois, elle n'avait pas désactivé les fonctions de l'ancien, notamment une, qu'elle avait oubliée jusque-là.

Elle prit son téléphone et chercha l'application de géolocalisation, qui permettait de retracer les appareils électroniques perdus. À ce moment-là, l'ancien iPhone était allumé et un point rouge clignotait sur une carte. Elle pouvait essayer de rappeler, au cas où il répondrait, cette fois.

Mais elle changea d'avis : elle avait eu une meilleure idée.

50

Cela faisait une éternité que la chasseuse de mouches n'avait pas pris le bus. De toute façon, même si elle avait toujours eu sa Clio, elle n'aurait pas pu conduire avec un bras dans le plâtre. C'était un chaud après-midi de début d'été, mais le véhicule était climatisé. Elle avait choisi une place près de la vitre, elle profitait de la vue du lac.

Elle allait à Côme. Un agent immobilier lui avait donné rendez-vous juste après le déjeuner. Elle avait décidé de vendre la villa de ses parents. Elle savait qu'elle n'en tirerait pas grand-chose, parce qu'elle était en mauvais état et jouissait d'une triste réputation. Mais peut-être qu'avec de nouveaux habitants, pourquoi pas une famille avec de jeunes enfants, la malédiction disparaîtrait. La chasseuse l'espérait.

Elle ne s'attendait pas à ce que le bus ramasse autant d'autres passagers sur le trajet, qui fut plus long que prévu. Néanmoins elle se sentait à l'aise, le soleil lui embrassait le visage et personne ne s'était assis à côté d'elle.

Par la vitre, elle aperçut l'île Comacina.

Elle se rappela que c'était là qu'avait eu lieu le sauvetage de la fille des Rottinger. Après son entrevue avec Diego, elle avait promis de ne plus s'impliquer dans cette affaire : elle chassa cette pensée et sortit son portable de son sac pour essayer de se distraire. De toute façon, le bus dépasserait bientôt l'arrêt correspondant à la petite plage et elle pourrait à nouveau tout oublier. Mais son anxiété ne se calmait pas. Comme si un instinct ancestral se réveillait. Et, bien qu'elle s'efforçât de se concentrer sur l'écran de son smartphone, elle n'arrivait pas à s'intéresser à quoi que ce fût : courrier électronique, Internet, réseaux sociaux… son attention était ailleurs. Juste avant un virage, comprenant qu'elle ne pourrait pas résister, elle se leva et fit signe au chauffeur :

— Excusez-moi, je voudrais descendre, s'il vous plaît.

Dès qu'elle posa le pied sur l'asphalte brûlant, elle se sentit mieux. L'autobus repartit, la laissant seule. Elle regarda autour d'elle. Il y avait un petit parking vide, d'où partait un sentier qui descendait vers le rivage à travers les bois. Elle l'emprunta, se disant qu'un peu d'air lui ferait du bien et que, de toute manière, elle était en avance pour son rendez-vous. En réalité, elle voulait voir le lieu où l'homme aux mille personnalités avait fait son apparition pour la première fois, sacrifiant son invisibilité pour sauver une fillette qu'il ne connaissait pas.

En marchant entre les arbres, elle aperçut deux tables de pique-nique installées pour les promeneurs du week-end. Mais la noyade avait eu lieu en semaine, alors que l'endroit était désert.

La chasseuse de mouches s'assit sur un banc à côté d'un cyprès et observa la petite plage où avait été traînée la jeune fille. C'était sur cette fine bande de galets qu'avait eu lieu la rencontre entre une innocente et un assassin. Le corps qui se démenait dans l'eau, entraîné par le courant. Peut-être l'adolescente avait-elle trouvé le souffle nécessaire pour appeler à l'aide ? Il avait eu quelques secondes pour se décider. Puis il avait plongé, prenant le risque d'être avalé par un de ces terribles tourbillons cachés sous la surface en apparence tranquille.

Pourquoi s'est-il jeté à l'eau ? se demanda la chasseuse. *Qu'est-ce qui l'y a poussé ? Il était seul, il pouvait ignorer les appels à l'aide et éviter de compromettre son précieux anonymat.*

Elle repensa aux témoins de la scène qui avaient secouru la jeune fille après la fuite du prétendu héros. Un jardinier qui travaillait dans une villa toute proche, trois maçons en train de rénover une maison et un facteur qui achevait sa tournée : elle l'avait lu dans le rapport confidentiel que lui avait confié Pamela. Aucun n'avait vu le visage de l'inconnu. Par ailleurs, ils avaient tous une bonne raison de se trouver là. Sauf l'homme mystérieux.

Mais était-ce la vérité ?

Que faisais-tu ici ce matin-là, après avoir tué et découpé en morceaux la pauvre Magda Colombo ? Tu t'es débarrassé du corps à plusieurs kilomètres de cette plage : alors pourquoi ici ?

Il était toujours là, dehors, libre de tuer à nouveau. Personne n'était prêt à la croire mais *elle le savait*. Pourtant, jusque-là, elle avait négligé la raison pour laquelle il se trouvait justement devant l'île Comacina, le vendredi où tout avait commencé.

Une brise se leva et agita les feuilles. La chasseuse sentit l'odeur d'un tilleul en fleurs. Elle ferma les yeux pour profiter du concert de la nature autour d'elle, généré par le vent. Les oiseaux qui s'envolaient, le clapotis du lac, les branches, le rire des feuilles.

Mais parmi ces sons, il y avait une fausse note.

La chasseuse de mouches se concentra : c'était comme un instrument qui n'avait rien à voir avec le reste de l'orchestre. Alors elle ouvrit les yeux et chercha du regard.

Non loin de la table de pique-nique où elle était assise, il y avait une poubelle en bois. C'était de là que venait le bruit. L'espace d'un instant, elle vit l'image d'un homme d'entretien poussant une machine pour laver le sol dans un service de soins intensifs : lors de son unique apparition, l'homme invisible avait pris les traits d'un technicien de surface. Troublée par ce constat, elle se leva pour aller vérifier le contenu de la poubelle. Elle en vit d'autres similaires, le long du sentier. En se penchant, elle remarqua le sac en plastique vert placé à l'intérieur. Il était vide, c'était pour cela que le vent l'agitait. Ce qui signifiait une seule chose. Quelqu'un venait régulièrement les changer.

51

La jeune fille à la mèche violette avait mis une heure et demie pour atteindre cette banlieue populaire de Côme. Et encore une demi-heure pour trouver l'immeuble d'où provenait le signal de son ancien iPhone : une cité avec une esplanade centrale où des enfants jouaient au foot pendant que des adultes bavardaient en buvant de la bière et en fumant, sur fond de musique latino. Elle apprécia immédiatement cette ambiance de fête multiethnique. En traversant, elle reçut des sourires de bienvenue.

Elle avait mis une petite robe bleu ciel, courte et moulante, achetée longtemps auparavant mais qui avait fini au fond de son placard car elle était convaincue que son physique ne l'autorisait pas à la porter. Maintenant, elle se sentait à l'aise, parce qu'elle croyait à nouveau en elle-même, et surtout parce qu'elle était certaine que l'ange l'accepterait telle qu'elle était. Elle portait une botte ranger avec une chaussette écossaise à son pied sain. Et elle avait enfilé le blouson gris, bien qu'il fût trop grand. Le fait qu'il appartienne à l'ange la rassurait, elle se sentait protégée. Elle avait les mains dans les poches, l'une serrant le trousseau de clés, l'autre son téléphone, qu'elle sortait de temps à autre pour vérifier son itinéraire.

L'immeuble qui l'intéressait était celui du milieu. Un grand réservoir trônait sur son toit.

Elle entra dans le hall et se dirigea vers l'ascenseur, mais l'application ne lui indiquait pas l'étage, parce que le signal se déplaçait uniquement à l'horizontale. C'était un problème. Elle rappela l'ange pour lui dire qu'elle était en bas. Il ne répondit pas.

Elle eut l'idée de laisser sonner le portable et chercher d'où provenait la sonnerie, le générique de *Stranger Things*.

Le téléphone à la main, malgré son attelle à la cheville, elle inspecta tous les étages, rappelant autant de fois que nécessaire. Au septième, elle entendit quelque chose au bout du couloir.

La jeune fille arriva devant une porte fermée par trois serrures.

Elle entendait distinctement la musique derrière : enfin le moment de vérité. Agitée, essoufflée, elle raccrocha, prit une grande inspiration et frappa. Pas de réponse. Alors elle retenta sa chance, priant pour que l'ange soit chez lui.

De toute évidence, il n'y avait personne.

Elle soupira, déçue.

Mais elle n'avait pas l'intention de renoncer. Elle appuya son dos contre la porte et se laissa glisser par terre, décidée à l'attendre. Elle sortit un chewing-gum et le glissa dans sa bouche. Elle joua avec son téléphone. Toutefois, le temps passait trop lentement et l'excitation céda la place à un ennui insupportable.

Il était seize heures. Elle contrôlait l'heure toutes les cinq minutes.

Elle sortit le char d'assaut et les clés du blouson puis les observa, tandis qu'une idée se formait dans son esprit.

Il n'y avait rien de mal à entrer pour récupérer son téléphone. Elle pouvait même écrire un petit mot à l'ange pour le remercier de tout ce qu'il avait fait pour elle et lui fixer un rendez-vous. Dommage qu'elle n'ait pas emporté son ours en peluche, elle aurait pu le lui laisser.

C'était la meilleure chose à faire : elle se releva et déverrouilla les serrures.

Elle referma la porte derrière elle et attendit quelques secondes que ses yeux s'habituent à la pénombre : la seule fenêtre était recouverte de toiles en plastique. Elle se trouvait dans une sorte de salon avec un coin cuisine. Tout était en ordre, à l'exception des vêtements maculés de sang jetés par terre. Elle repensa à l'homme qui s'apprêtait à la violer à l'hôtel et, surtout, à l'expression d'effroi sur son visage.

« Qui es-tu ? »

La jeune fille comprit que ce qui lui était arrivé ne l'intéressait plus, car elle était certaine que la justice rendue par l'ange répondait à une volonté supérieure qui légitimait la violence.

Il y avait une drôle de porte peinte en vert sur sa droite.

L'ignorant, elle explora la pièce où elle se trouvait et sur laquelle donnait une petite salle de bains aveugle. Un canapé-lit. Une armoire à deux portes. Une table recouverte d'une nappe à fleurs où était posé son ancien iPhone. Elle vérifia l'écran et constata qu'elle était arrivée juste à temps : la batterie était presque vide. Un tiroir ouvert dépassait sous la nappe. Il contenait des gants en latex, des ciseaux et un cahier entre les pages duquel était glissé un crayon à papier. Elle le feuilleta. Il renfermait d'étranges notes, tracées d'une main incertaine et pleines de fautes d'orthographe. Elle parvint à déchiffrer quelques lignes : il s'agissait d'une longue liste d'objets, de produits en tout genre et de nourriture.

On aurait dit le contenu d'une poubelle.

Elle le rangea et se dirigea vers l'armoire. Elle ouvrit la porte de gauche et découvrit des vêtements tous identiques : pulls gris foncé, jeans clairs, chemises blanches ou bleu ciel, chaussures de ville noires. Il y avait aussi un tablier en plastique noir et un sac en bandoulière vide. Du côté droit, en revanche, il y avait, pendus sur des cintres, un blazer en cuir foncé, une chemise à fleurs et une cravate fine de couleur pourpre. Elle aperçut aussi, sur une étagère, des bottines en cuir, une ceinture à la boucle argentée, une montre plaquée or, une bague ornée d'une pierre turquoise et des lunettes à verres teintés. À côté reposait une collection de cahiers comme celui rangé dans le tiroir de la table.

Il y en avait au moins une trentaine.

Elle remarqua, sur l'étagère la plus haute, un objet volumineux recouvert d'une serviette. La jeune fille se mit sur la pointe des pieds et la souleva doucement.

Une tête humaine.

Elle recula, effrayée, avant de comprendre que ce n'était qu'un socle en polystyrène sur lequel était posée une perruque blond platine.

Elle se sentit stupide. En se relevant, elle remarqua un objet par terre, juste devant la porte verte.

Un tournevis.

Il y avait une entaille dans le bois de la porte, signe que quelqu'un avait jeté l'objet contre celle-ci. Elle tenta d'ouvrir. C'était fermé à clé. Étrange. Alors elle essaya les clés du trousseau avec le char d'assaut.

Elle eut de la chance : la troisième fut la bonne.

52

Quand elle ouvrit la porte verte, elle fut assaillie par une odeur viciée d'eau stagnante et de chlore. L'air n'était probablement jamais renouvelé, mais il y avait aussi quelque chose d'âpre. *Un parfum masculin et de l'après-rasage*, pensa-t-elle.

C'était comme une invitation à entrer.

La jeune fille à la mèche violette était tout excitée. Elle fit un pas à l'intérieur et tendit la main vers le mur à la recherche d'un interrupteur. Quand elle appuya dessus, une ampoule suspendue au centre de la pièce s'alluma. Ce qu'elle révéla n'avait aucun sens.

La pièce était vide.

La jeune fille se demanda pourquoi les meubles étaient tous dans l'autre pièce et pourquoi cet espace n'était pas utilisé. Elle fit quelques pas, tourna sur elle-même sans comprendre. Elle se sentait inquiète et, sans pouvoir l'expliquer, menacée. Soudain, elle eut envie de pleurer. La lumière au-dessus de sa tête se mit à trembler. Un souffle de vent, venu de nulle part, la fit frissonner. La scène ressemblait à une hallucination désagréable. Elle eut l'impression qu'une ombre passait à côté d'elle, l'effleurant telle une caresse.

Elle en était certaine, désormais : il y avait là-dedans quelque chose de maléfique.

Alors qu'elle essayait de donner un sens à tout cela, une voix s'éleva dans son dos :

— Tu ne devrais pas être ici.

53

La jeune fille se retourna et découvrit un homme grand et robuste, au visage pâle et flasque. Il portait une combinaison verte d'éboueur et une casquette d'où dépassaient de drôles de cheveux roux évoquant ceux d'une poupée. *Une perruque*, pensa-t-elle. Derrière ses épaisses lunettes de myope, ses petits yeux noirs semblaient n'avoir pas d'iris.

Ça ne peut pas être mon ange, se dit-elle.

L'homme avança. Il portait de grosses chaussures.

— Fuck, dit-il, alarmé. Tu dois partir, Fuck.

Elle était désorientée, elle ne comprenait pas pourquoi il l'insultait. Puis elle se souvint de l'inscription sur la coque de son téléphone. Cet homme croyait que c'était son prénom : c'était insensé ! Effrayée, elle ne savait que faire.

— Je pars tout de suite, l'assura-t-elle.

Mais tandis qu'elle se dirigeait vers la sortie, l'homme se planta devant elle.

— Non, ça n'arrivera pas, affirma-t-il sur un ton péremptoire.

Pourquoi avait-il soudain changé d'avis ? Elle ne comprenait pas.

— Elle ne dira rien. Pas vrai que tu ne diras rien, Fuck ? demanda-t-il en lui attrapant les épaules et en la secouant. J'ai raison.

— Je ne dirai rien…

— Tu dois la laisser partir.

Elle comprit que l'inconnu ne lui parlait pas à elle, mais à la présence qu'elle avait sentie dans la pièce.

— Promis, je ne dirai rien à personne, répéta-t-elle, aussi terrorisée que lui.

— Allez, gamin, finissons-en ! dit encore l'homme avec une colère inexpliquée.

Mais il n'avait pas seulement changé de ton.

Il y avait une autre voix au fond de sa voix.

L'inconnu lui saisit le bras, la tira et la serra contre lui.

— Non, tu ne lui feras pas de mal, pleurnicha-t-il. Je ne te le permettrai pas.

Elle ne savait pas quoi faire. La peine de l'homme semblait sincère, mais il la serrait de plus en plus fort.

— Je t'en prie, tu me fais mal, dit-elle.

— Maudit ! Maudit ! s'exclama l'homme entre les larmes.

Son étreinte se resserrait encore.

Elle était en train d'étouffer.

— Prends-t'en à moi ! hurlait-il, désespéré. À moi !

Les yeux de la jeune fille se révulsèrent, elle était sur le point de s'évanouir, mais il la soutenait. Pendant cette sorte de danse désorganisée, sa vue se brouilla : elle n'avait plus la force de parler ou de résister.

Soudain, de l'agitation, du bruit. Quelqu'un cria :

— Lâche-la !

Ignorant l'ordre, l'homme continua à se balancer.

— Lâche-la immédiatement ! reprit la femme.

Il y eut d'autres cris, mais la jeune fille à la mèche violette n'entendait plus rien. Puis des coups de feu.

Et il se mit à pleuvoir.

L'ange s'arrêta net, puis il déploya ses ailes et la jeune fille tomba. Sa tempe heurta le sol mouillé et la douleur la réveilla. La jeune fille retenait toujours son souffle et, si elle n'ordonnait pas immédiatement à ses poumons de respirer, elle allait mourir. Alors elle le fit, et le monde s'éclaircit doucement devant ses yeux. Mais tout tournait au ralenti. De là où elle était, elle vit la carabinière traverser un rideau de fines gouttelettes et avancer vers eux, l'arme au poing. L'homme était sur le dos, un liquide rouge brillant giclait de sa gorge. La jeune fille glissa vers lui et avança les mains pour stopper la fontaine de sang qui se mêlait à l'eau se déversant du plafond. La femme en uniforme lui intima de reculer, c'était dangereux. Elle entendit à peine sa voix, perdue dans le cri aigu d'une alarme, mais peu importait. Cela lui semblait fou et injuste, parce qu'elle était convaincue qu'il aurait fini par la libérer de son étreinte.

Vous ne comprenez pas. Il ne peut pas me faire de mal, il me protège !

L'ange vit ce qu'elle faisait pour lui et sourit. Il se noyait. Il employa le peu d'oxygène qui lui restait pour lui dire :

— Petit, j'ai failli mourir dans une piscine. Cela aurait peut-être été mieux.

La jeune fille à la mèche violette lui répondit en sanglotant :

— Si tu étais mort ce jour-là, je n'aurais jamais été sauvée.

Puis quelqu'un l'arracha à lui, l'emporta, lui fit traverser le rideau de pluie. Mais ils ne cessèrent de se regarder.

54

Pamela conduisait, une expression à la fois joyeuse et mystérieuse sur le visage. La chasseuse de mouches, ne l'ayant jamais vue ainsi, se demandait si elle devait s'inquiéter.

— Il s'est passé quelque chose, dit-elle.

— Non, répondit son amie.

— Si. Et tu ne me racontes rien.

Encore un sourire : une preuve.

— Que se passe-t-il ?

— Rien… Giorgia et moi, on se marie.

— Et c'est comme ça que tu me l'annonces ?

— Elle m'a fait sa demande il y a trois jours, nous avons déjà prévenu nos familles.

— C'est une magnifique nouvelle. Tu t'es enfin décidée à faire d'elle une femme respectable.

Ce commentaire sexiste les fit rire aux éclats. La chasseuse était contente pour Pamela, bien qu'elle doutât que Giorgia fût la bonne personne pour elle. Elle ne le lui aurait jamais dit, naturellement.

Elle avait une dette envers son amie, et son amie avait une dette envers elle.

Après avoir découvert que l'homme mystérieux était un éboueur, elle avait téléphoné à Pamela pour lui demander de vérifier auprès des services municipaux qui s'occupait de la zone de la petite plage le fameux vendredi du sauvetage de la fille des Rottinger. Elles avaient obtenu un nom et une adresse. Venue pour un contrôle de routine, la carabinière avait assisté à une scène terrible.

L'homme essayait d'étrangler la jeune fille à la mèche violette.

Sa nature est de tuer, pas de sauver, s'était dit la chasseuse de mouches.

Pamela avait tiré. Une balle avait activé l'ancien dispositif anti-incendie relié au réservoir sur le toit. L'homme était mort d'une balle dans la jugulaire. Il y avait un élément récurrent dans cette histoire.

L'eau.

La chasseuse se remémora comment tout avait commencé. Et maintenant, c'était comme si le lac revendiquait aussi un rôle dans la partie finale.

La jeune fille avait été rendue à sa famille, qui l'avait enfermée dans une clinique pour l'aider à surmonter le choc. La chasseuse pria pour qu'elle s'en sorte.

Il restait des zones d'ombre.

Sa théorie selon laquelle l'inconnu était un dangereux assassin avait été mise de côté pour le moment. Rien de compromettant n'avait été découvert sur son compte. Et pas le moindre lien avec les victimes présumées de la liste de l'état civil. Toutefois, il restait un mystère concernant l'identité de cet homme.

Il sortait de nulle part.

Pour se faire employer, il avait présenté de faux papiers, de même que pour ouvrir un compte postal, acheter une voiture et louer un appartement. En outre, personne ne s'expliquait pourquoi il allait de temps en temps en discothèque déguisé en un autre homme. Quoi qu'il en soit, la chasseuse avait demandé à son amie de ne pas lui décrire son véritable aspect, car elle craignait qu'il ne vienne hanter ses nuits.

Il avait été enterré dans une tombe anonyme.

En l'absence de nom, elle l'avait baptisé « l'homme qui nettoyait ».

— Qu'y a-t-il ? demanda Pamela en la voyant soucieuse.

— Rien, dit-elle en fixant son bras plâtré.

— Nous sommes presque arrivées.

Peu après, elles garèrent la voiture devant l'une des plus luxueuses boutiques de Côme. Avant que la chasseuse ne descende, Pamela lui dit :

— Attends, je voulais d'abord te donner ça…

Son amie lui tendit un petit paquet avec un ruban rouge. Elle le regarda puis l'ouvrit sans rien dire. Il contenait un petit char d'assaut en fer-blanc. Un porte-clés.

— Il appartenait à l'inconnu, précisa Pamela. Il allait être jeté avec le reste de ses affaires, mais j'ai eu l'idée de te le donner.

— Pourquoi ?

— Parce que sans toi je ne serais jamais arrivée à temps.

La chasseuse de mouches baissa les yeux pour regarder le vieux jouet, se demandant quelle était son histoire et comment il était entré dans la vie de cet homme, consciente qu'elle n'aurait jamais de réponse.

— Alors, tu es prête ? demanda Pamela.

— Oui. Je suis prête.

Elle rangea l'objet dans sa poche, descendit de la voiture et se dirigea vers la boutique.

Une vendeuse vint à sa rencontre.

— Comment puis-je vous aider ?

— Je voudrais parler à la responsable, s'il vous plaît.

La jeune femme la regarda avec étonnement avant de disparaître. Peu après, une femme de son âge, incroyablement belle, se présenta.

— Vous me cherchiez ? demanda la responsable en souriant.

La chasseuse de mouches attendit un moment, puis dit :

— Vous ne me reconnaissez pas ?

— Je devrais ? Nous nous sommes déjà rencontrées ?

— Moi, c'est la première fois que je vous vois, admit la chasseuse.

— Excusez-moi, mais je ne comprends pas… Dans ce cas, pourquoi devrais-je vous reconnaître ?

— Regardez-moi bien…

La responsable, pensant que c'était une blague, s'agaça. Puis elle comprit.

— Vous êtes…

La phrase habituelle. À laquelle elle donna la réponse habituelle.

— Oui, je suis la mère.

L'autre était de plus en plus incertaine.

— Ils ont capturé mon fils après une cavale de trois jours. Il essayait d'acheter un sandwich à la gare de Milan, avec des pièces qu'il avait gagnées en faisant la manche. Il n'a pas avoué tout de suite. Il clamait son innocence et, bien que couvert du sang de la jeune fille qu'il avait poignardée, il faisait porter la faute à un agresseur fantomatique, entré par la fenêtre pour tuer Valentina.

La femme ne l'avait pas encore interrompue, c'était bon signe. Elle reprit :

— Mon mari et moi sommes allés à la préfecture de police, nous l'avons vu quelques minutes. Diego avait l'air renfrogné. À ce moment-là, je vous jure que je l'aurais tué de mes propres mains. Et pendant qu'il nous racontait la même histoire absurde, entre deux sanglots, pendant un instant, j'ai vu une lueur noire dans ses yeux et j'ai compris. Non seulement il ne regrettait pas, mais en plus, il s'en moquait.

La femme la regardait, impressionnée.

— Seule une mère peut comprendre ce qui se passe dans le cœur de son enfant. Seule une mère peut savoir. Et moi, je savais. Je savais avec une certitude que j'aurais voulu ne jamais avoir. Je me suis dit : mon Dieu, faites qu'ils ne le croient pas, faites qu'ils ne croient pas à ce mensonge démoniaque. On croit les connaître parce qu'on les a mis au monde, puis on se laisse distraire par l'amour qu'on leur porte et on refuse de voir. Mais au fond de nous, on sait… Si on n'agit pas pour les empêcher de faire du mal, alors c'est notre faute.

La responsable était troublée.

— Pourquoi me racontez-vous cela à moi ?

— Parce que votre fils possède une Porsche blanche, et parce que sa jeune et jolie fiancée cache ses bleus sous ses vêtements amples et son maquillage. Et parce que, dans mon cas, il était trop tard…

La responsable réfléchit en se torturant les mains. Son regard se perdit. Elle était inquiète. La chasseuse de mouches n'ajouta pas un mot. Elle tourna les talons et sortit de la boutique.

23 février

En cet après-midi d'hiver, la lumière décline. Les derniers rayons du soleil pénètrent la chambre d'hôpital et se posent doucement sur le lit où est allongée Martina, le dos soutenu par des oreillers. Le ventre vide et le regard triste.

— Les médecins ont tout fait pour sauver mon enfant.

La policière en civil est assise à côté d'elle. Elle a sorti un carnet au début de leur conversation, mais jusque-là elle n'a rien noté.

— Que pouvez-vous me dire du garçon ?

— Que je ne pensais pas qu'il était jaloux à ce point. Vous trouveriez ça absurde, si je vous disais que je n'arrive pas à lui en vouloir ?

— Je ne sais pas, ça dépend.

— À cinq ans, il a failli se noyer dans la piscine d'un hôtel abandonné. Nous aurions dû comprendre qu'il ne s'agissait pas d'un accident.

— Que voulez-vous dire ?

— Sa mère était avec lui. Elle a raconté qu'elle avait été distraite, mais c'était faux. Elle l'a vu en danger et elle est partie.

— D'après vous, c'est là qu'ont commencé les violences ?

— Cet épisode aurait dû tirer la sonnette d'alarme. Je crois que Vera n'a jamais aimé son fils. Je pense même qu'elle a développé une aversion pour lui.

— Vous dites qu'elle le détestait ? Comment est-il possible que vous ne vous en soyez pas aperçus ?

— Les explications sont nombreuses. Parce que notre culture catholique a idéalisé la figure maternelle, ou parce qu'on refoule par principe la possibilité de haïr celui qu'on a mis au monde. Nous sommes convaincus qu'il y a soit l'amour soit l'indifférence, et tous les psychologues vous diront que, pour la plus grande partie de l'humanité, c'est vrai, sauf pour une mère. Une mère n'a pas le choix, et souvent elle ne s'en rend pas compte elle-même.

— Une mère aime ou hait avec la même intensité.

— Exact. Vera en était un exemple. En plus, elle passait d'une relation tumultueuse à une autre, d'un homme violent à un autre. C'est pour cela qu'on l'a crue, quand elle nous a parlé de Micky.

— Micky ?

— Elle nous a convaincus que son compagnon occasionnel s'en prenait à l'enfant et qu'elle ne pouvait rien faire pour l'arrêter.

— Et ce n'était pas vrai ?

— Non.

— Comment l'avez-vous découvert ?

— Un jour, un voisin a entendu l'enfant crier et il a appelé la police. Quand les agents sont arrivés, Vera a accusé Micky, mais il n'y avait personne d'autre dans l'appartement.

— Alors l'enfant aussi a été manipulé par sa mère.

— Je sais, il peut sembler fou que nous n'ayons pas découvert la vérité tout de suite. Je ne cherche pas d'excuses, c'est aussi notre faute. Ma faute, avant tout. Mais c'est arrivé parce que nous avons cette croyance absurde que seuls les hommes peuvent faire une chose pareille. Pas une femme, encore moins une mère.

— Et quand vous avez compris, vous avez emmené l'enfant dans un institut.

— Oui. Même s'il aurait préféré être adopté.

— Plusieurs années plus tard, son vœu a été exaucé.

— Sans doute trop tard pour qu'il s'adapte à la réalité d'une famille. Quand j'ai choisi ce couple qui avait perdu un fils du même âge, je me suis dit qu'ils pourraient reprendre la vie là où elle s'était interrompue et panser ensemble leurs plaies. Et puis ils ont été les seuls à accepter de le prendre. Les autres se rétractaient quand ils apprenaient son histoire.

— Son histoire ?

— Le surnom du père de Vera était Micky. L'enfant est issu d'un inceste.

— Le mal est un cercle.

— Vous pensez le trouver ?

— C'est probable, où peut se cacher un enfant de quatorze ans ?

— Ne soyez pas trop durs avec lui, d'accord ?

— D'accord.

À ce moment-là, un pleur retentit.

La policière jette un coup d'œil au nouveau-né dans son berceau.

— Vous avez déjà choisi un prénom ?

— Mon mari tient à lui donner celui de son père… Il s'appelle Diego.

La policière range son carnet où elle n'a rien écrit, prend son sac et s'apprête à partir.

— Il les appelait les *hommes-mouches*… se rappelle Martina. Les hommes qui tournaient autour de Vera. Et il disait que moi seule pourrais les tenir à distance… Il me surnommait la chasseuse de mouches.

La policière se dirige vers la porte.

— Prenez soin de vous et oubliez cette histoire.

Martina la regarde sortir. Puis elle tend le bras pour prendre son bébé qui crie. Elle l'embrasse sur les joues, lui sourit et le met au sein pour le calmer. Il se nourrit d'elle avec voracité. Elle se demande quel sera son premier mot, quel caractère il aura et quel genre d'homme il deviendra. Dieu l'a préservé pour quelque chose d'important, elle en est certaine. Elle sait que les réflexions de ce genre sont un peu vaines, mais peu lui importe.

Bientôt, Diego pourra imaginer lui-même son avenir. Entre-temps, sa mère rêve et désire pour lui.

NOTE DE L'AUTEUR

Cette histoire est inspirée de faits réels.

REMERCIEMENTS

Stefano Mauri, éditeur, ami. Et avec lui tous les éditeurs qui me publient dans le monde.

Fabrizio Cocco, Giuseppe Strazzeri, Raffaella Roncato, Elena Pavanetto, Giuseppe Somenzi, Grazielle Cerutti, Alessia Ugolotti, Patrizia Spinato, Ernesto Fanfani, Diana Volonté, Giulia Tonelli, Giacomo Lanaro, Giulia Fossati et la très précieuse Cristina Foschini. Mon équipe.

Andrew Nurnberg, Sarah Nundy, Barbara Barbieri et les extraordinaires collaboratrices de l'agence de Londres.

Tiffany Gassouk, Anaïs Bouteille-Bokobza. Ottavio, qui nous a accueillis comme un frère. Vito, qui est toujours à mes côtés. Achille. Antonio Padovani, pour la brillante amitié dont il me fait l'honneur.

Paolo Pavone, pour sa générosité et ses nombreuses attentions. Gianni Antonangeli, conseiller attentif. Antonio Tacchia, pour sa minutie et son affection. Giampiero Campanelli, pour la force de son amitié. Maria Giovanna Luini, ma guide dans les ténèbres.

La Setta delle Sette[1]. L. M., qui a soufflé son âme à « l'homme qui nettoyait ».

Antonio et Fiettina, mes parents. Chiara, ma sœur.

Sara, mon « éternité présente ».

1. Groupe de lecteurs réunis sur Instagram pendant le confinement de mars 2020 pour écouter Donato Carrisi lire chaque soir un extrait du *Chuchoteur*.

Du même auteur :

Le Chuchoteur, Calmann-Lévy, 2010
Le Tribunal des âmes, Calmann-Lévy, 2012
L'Écorchée, Calmann-Lévy, 2013
La Femme aux fleurs de papier, Calmann-Lévy, 2014
Malefico, Calmann-Lévy, 2015
La Fille dans le brouillard, Calmann-Lévy, 2016
Tenebra Roma, Calmann-Lévy, 2017
L'Égarée, Calmann-Lévy, 2018
Le Jeu du chuchoteur, Calmann-Lévy, 2019
La Maison des voix, Calmann-Lévy, 2020

PAPIER À BASE DE
FIBRES CERTIFIÉES

Le Livre de Poche s'engage pour
l'environnement en réduisant
l'empreinte carbone de ses livres.
Celle de cet exemplaire est de :
250 g éq. CO_2
Rendez-vous sur
www.livredepoche-durable.fr

Composition réalisée par NORD COMPO

Achevé d'imprimer en France par
CPI BRODARD & TAUPIN (72200 La Flèche)
en septembre 2022
N° d'impression : 3049630
Dépôt légal 1re publication : octobre 2022
LIBRAIRIE GÉNÉRALE FRANÇAISE
21, rue du Montparnasse – 75298 Paris Cedex 06

26/6955/5